講談社文庫

逸脱者(上)

グレッグ・ルッカ｜飯干京子 訳

講談社

本書をアリーナの誕生に立ち会ってくれた
ナンジオ・アンドルーに捧げる。
すでに語られたすべての物語、
そしてこれから生まれるすべての物語について、
きみに感謝している。

目次

謝辞

本書の創作を助けてくださった以下のみなさんに、心からの感謝の意を――。

まずまっ先にいつもの三人組――アレクサンダー・ゴンバック、ジェラルド・V・ヘネリー、スコット・ニュバッケンに。〝跌打酒《しつだしゅ》〟の見本をくれたことにはじまり、武器の選択からその専門知識の伝授、ストップウォッチを握ってスタテン島フェリーに乗ってくれたことに至るまで、まさに三人はわたしが仕事をするにあたって、最高このうえない協力者だ。三ばか大将だってきみらには到底かなわない。もちろん、向こうも偉大な変人にちがいないけれどね。

格別の感謝を、わたしのエージェント、デイヴィッド・ヘイル・スミスに。リスクを冒すことを奨励し、結果にひるまず、わたしが引き返したくてたまらなくなったときも、拍車をかけて前進させてくれた。これ以上にすばらしい擁護者、そして友人は望みようもない。

以下の方々にも個々にお礼を申しあげたい――ダリア・カリッサ・ペンタには、またしても最適のタイミングで、的を射た意見と批評眼を携えて乱入してくれたことと、パ・ド・ドゥとはなにかを教えてくれたことに対し――マシュー・ブレイディとスティーブ・ウッドコックには、化学と薬学に関するその知識と、調査の援助ばかりか指導にも時間を割いてくれたことに対し――セアラ・ベラミーには、貴族社会とロンドン社交シーズンに関する協力に対し――リック・バーチェットには、暴言やうわごとや罵倒を耐え忍び、その絵の巧さと同じほど上手に耳を傾けてくれたことに対して。

ちょっとした会釈を――ジェシカ・パリッシュ医師、ハン・シン・シ医師、マックス・ケラハ、ニック・バラバス、ユリ、レブに。

またこの作品は、名前を伏せておいてほしいと言われる複数名の方々の熱心な不断の支援なくしては、けっして生みだされることはなかった。そのみなさんにも心より感謝申しあげたい。

最後に、ジェニファーとエリオット、わたしを地上につなぎとめながら、空を飛ばせてくれて本当にありがとう。

いいか、おれの名はマルヴェイニー
かなり知られた人間なんだ
だれもが密やかにおれの名を口にする
こいつに勝る賞賛があるだろうか？

——リチャード・トンプソン
〈クックスフェリー・クイーン〉歌詞より

逸脱者(上)

●主な登場人物〈逸脱者〉

アティカス・コディアック　ボディーガード、本篇の主人公

スカイ・ヴァン・ブラント　女優

エリカ・ワイアット　アティカスの被後見人

ブリジット・ローガン　アティカスの恋人

ナタリー・トレント　KTMH社のボディーガード

デイル・マツイ　KTMH社のボディーガード

コリー・ヘレッラ　KTMH社のボディーガード

ロバート・ムーア　元英国陸軍空挺部隊隊員

レディ・アントニア・アインズリー＝ハンター　子どもの人権唱道者

フィオナ・チェスター　アントニアの秘書

ドラマ　暗殺者

スコット・ファウラー　FBI特別捜査官

クリス・ハヴァル　《デイリー・ニューズ》ニューヨーク支局の犯罪記者

ジョセフ・キース　レディ・アントニアのストーカー

ダン　ドラマの仲間

オクスフォード　暗殺者

M・ローレン・ジュノー　スイス人弁護士

プロローグ

あとになって、あれは一種の審査だったのだと彼女は気づく。

だが、その場ではたんなる殺人にすぎなかった。オクサナ・ズルコフスカという標的の、計画的殺害。

彼女の口ぶりで、物語から省略された細部にも想像はついた。そうした細部のひとつひとつ、感触や色や音やにおいを、わたしはおぎなっていった。施設の洗面所が目に浮かび、シャワーからたちのぼる湯気が感じられ、床に貼られた灰色のタイルにしずくの垂れる音が聞こえる。曇った鏡は、銀の裏貼りをしたガラスではなく磨いた金属板だろう。壁に並んだ磁器の洗面台は水道管からあがってきた赤錆で汚れている。漂白剤と白黴《しろかび》と石鹸のにおいが壁にも天井にもへばりつき、結露がしずくとなって床に滴り落ちては、洗面室の中央にある排水孔にちょろちょろと流れていく。

その日は眩しいほどの晴天だったと彼女は言ったが、なぜかわたしには、一度も開け放たれたことのない高い採光窓から物憂げに床に落ちる影しか見えなかった。気の滅入るようなひどく寒い冬の場面が浮かぶのだが、彼女が憶えているかぎり、それは春の出来事だった。

個々のトイレに扉はなく、そのため彼女は入口からもっとも遠い仕切りに身をひそめ、便器にあがり、便座の両側を踏みしめて立っていた。完全に隠れていなくともかまわなかった。オクサナはいつも入口にいちばん近い洗面台を使うと知っていたからだ。先客があるときでさえ、オクサナは空くのを待った。オクサナはその洗面台を気に入っていた――施設内のどこよりも水圧が高かったせいで。

オクサナが入口のドアを閉め、水を出し、水道管が古い壁の内側でカラカラと音をたてるあいだ彼女は待った。耳を澄ませ、やがて歯を磨く音が聞こえると、彼女は行動を起こした。

それはまるでひと気のない暗い映画館の後ろの席に座り、スクリーンに映る自分を見ているようだったと、彼女は言った。自分の動きも意図も理解していながら、その行動と自分とのつながりは皆無だった。自分が動き、手をくだしているのに、感覚がまるでなかった、と。

それが不思議だったことを、彼女は憶えていた。

歯磨きをしていたオクサナ・ズルコフスカは、まったくの不意をつかれた。最初の一撃で洗面台の縁に叩きつけられ、息ができなくなった。二度目には額を、金属の鏡の底部に貼られたタイルに打ちつけられた。それが三度、四度、五度と繰り返され、やがて壁から流れ落ちた血が、シンクに浮いた歯磨き粉の泡や水と混じりあった。オクサナはほとんど声ひとつあげなかった。

オクサナの頭の感触が変わり、頭蓋骨が衝撃に抗うのをやめて、ついに圧力に屈したのを感じると、彼女はそこで手をとめ、少女がくずおれるにまかせた。

彼女が言うには、異様に硬いかぼちゃを割っているようだったらしい。

床の上ではオクサナの左腕がまだ動いていて、操り人形師の糸に引かれるように反射的に横に振れていた。やがてそれも止まった。

シンクを満たす水音が耳にもどってきた。手をのばして蛇口をひねり、水が止まると、彼女は鏡に映った自分を見た。錆の穴だらけの表面に血が縞模様を描き、それを見て自分もまた縞模様になっていることに気がついた。血は手にもシャツにも顔にもついていた。

彼女は服を脱ぎ、冷えてしまわないようラジエーターのそばに置いた。それからシャワーを使い、降りかかる氷のように冷たい水が、ゆっくりと時間をかけて火傷しそうな熱さに変わっていくまで、身じろぎもせずに立っていた。

これといった感情はなにもなかった、と彼女は言う。とにかく体から血を落としたいと思うばかりだった、と。憶えているのはシャツをどうしようか迷っていたことで、結局は炉に投げこんで、オクサナ本人のクロゼットから代わりをとってくることに決めたという。孤児院では全員がまったく同じ服を着ており、新しいシャツがたぶん自分には大きすぎることを別にすれば、だれかになにか気づかれるとは思えなかった。

いまにして思えば、オクサナは十歳にしては大柄な少女だった。彼女のほうはまだ八歳で、年齢よりも小さな体をしていた。

第一部

1

驚いたのは灰皿が飛んできたことより、ただものではないその投げっぷりだった。

おそらくスカイ・ヴァン・ブラントはハイスクール時代、つまり〝発見〟されて、二年連続で《ピープル》誌のもっとも美しい顔五十人のなかに選ばれ、オスカーのノミネートふたつとゴールデングローブ賞ひとつをかっさらう以前に、若かりし日のどこかの時点で、軟球か、もしかすると硬球を投げていたのではないだろうか。若かりし日が終わったということではない――ホテルの部屋の向こう端にいる女は、まだたったの二十二歳だ。

すくなくとも、彼女の宣伝担当者によればそうだった。

スカイは美人だった。長い髪はストロベリーブロンドと呼ぶにはわずかに色の濃いブロンドで、大きな瞳は情熱的で彫りが深く、大写しのラブシーンのためにあつらえたようだ。下唇はほんの少しぽってりとして左右非対称なため、いつみてもちょっとふくれているかのように見え、映画評論家は〝抗いがたい〟とか〝奔放な〟といった言葉でそれを表現した。歯の矯正は完璧そのものだ。なにをしていても目を瞠るほど美しい人がいるものだが、スカイもそのひとりで、微笑んでいようが、金切り声をあげていようが美しかった。

そしていまは、わたしに向かって金切り声をあげていた。

「いいかげんにして、アティカス! 荷物を持ちなさいってば!」

これで三回目になるが、わたしは言った。「できないんだ、ミス・ヴァン・ブラント」

スカイは問題のスーツケースを手から落とすと、部屋の正面ドアのすぐ内側に立っているわたしのところまで猛然と詰め寄ってきた。いまいる場所はテキサス州エル・パソにあるエル・プレジデンテ・ホテルのプレジデンシャル・スイートの居間であり、それはつまり、スカイにとっては詰め寄るべき距離がかなりあることを意味し、わたしにとってはスカイのまえから退散する時間が充分にあることを意味した。かまうものか。支払われた報酬に対する仕事はしているつもりだし、じっさいそれ以上のことをしていた。いま現在、六日間のはずだったロケーション撮影の八日目の午前にあたる。わたしはスカイのロケーション先での個人警護を提供するため、一日あたり二千ドル、プラス撮影スタジオからの固定給で雇われていた。目下のところ、スカイ・ヴァン・ブラントのボディーガードというわけである。

召使ではない。

今回の仕事は、わたしのプロフェッショナル人生でほかにも多々あったと同じ屑仕事であり、お飾り以上のなにものでもなかった。それでも仕事は仕事、真剣にとらえているし、スカイに命じられてばか高いトゥミのバッグを預かり、ロビーまで運ぶなどということは断じてありえないのだ。

わたしの立っている位置まであと一メートルの距離のところにきて立ち止まったスカイは、両手を腰にあて、例の奔放な下唇を、怒りでさらにもう少々突きだした。スクリーンであれほど優雅に美しく存在感を示しているにしては、意外なほど小柄な女で、百八十センチを軽く超すわたしとは三十センチ近い身長差があった。

「お金を払ってるのはわたしよ！　わたしの言うとおりにしたらどうなの！」

スカイはだれかの目をえぐりだすかのような勢いで人差し指を荷物のほうに突きだした。荷物は全部で三つあった――衣装鞄がひとつと、小さめのダッフルバッグがひとつと、ショルダー・ストラップのついた大きなダッフルバッグがひとつ。どれも黒革で、どれも衣類や脚本や化粧品、それにスカイが活力の源として常用しているニューエイジの万能秘薬やらホメオパシー療法の薬やらで膨れあがっていた。

「全部下に運んで車に載せて」スカイが命令する。

「できないのはわかってるはずだ」わたしは言った。「おれは両手を空けておく必要がある。ベルボーイを待って――」

「ふざけんじゃないわよ！　その糞頭は言ってることが糞ほども理解できないわけ？

糞荷物を持ってけっつってんのよ！」

スカイが怒鳴り終え、息を継ぐまでわたしは待った。そして言った——「断る」

　スカイ・ヴァン・ブラントが右手を挙げたので、ひっぱたく気だろうと思ったら、そのまま反転して、いっそう大声で罵りながら足を踏み鳴らしてもどっていった。罵声を聞いていると陸軍にいた当時が思いだされる。スカイ・ヴァン・ブラントが〝糞食らえ、獣姦野郎〟だの〝屁たれのケツ掘りジジイ〟だの、金切り声で叫んでいるのを聞いたら、《ピープル》はランキングにどんな変更をくわえるだろうかと、わたしは考えていた。

ファックス機とマルチ回線の電話と革装のホテル案内が載っているエグゼクティブ・デスクの脇を通る瞬間、スカイは隅にあった灰皿をつかんで、躊躇《ちゅうちょ》も警告もなくわたしめがけて投げつけた。灰皿はカットグラスの小さなものだったが、驚くほどに空気力学的バランスを備えていた。顔をそむけるのが精一杯だったわたしは、ぶつかった衝撃で一瞬この世からはじきだされた。つかのま奈落に突き落とされたような感覚に襲われ、重力に屈服しそうになるのをどうにか途中で踏みとどまったが、もう倒れないと確信が得られるまでは壁にもたれていた。

体をまっすぐにすると額から血が垂れてきて、左目が見えなくなった。動きが鈍く緩慢になった感じで、片手を持ちあげて眼鏡をはずし、視界を確保するまでしばらく時間がかかった。拭いても拭いても、また血が流れてくる。もとどおり眼鏡をかけたわたしは、警護対象者に焦点をあわせようと試みた。

スカイ・ヴァン・ブラントはカウチの後ろに立ち、両手は体の脇におろしている。その表情には後悔も謝罪も見受けられなかった。

「さあ」スカイは甘い声で言った。「荷物を持つのよ、マザーファッカー」

「辞めさせてもらう」とわたしは言った。

ドアマンが空港へ行くタクシーを拾ってくれ、車中ではずっと額にハンカチを押しあてていた。顔面の怪我は、だれに聞いてもそう言うが、やたらと血が出る。走っている途中、バックミラーで自分の姿をうかがうと、運転手の好奇に満ちた眼差しの向こうに左眉の上の裂傷が見えた。深い傷ではないが、皮膚がぱっくりひらいており、たぶん縫うことになりそうだった。

ターミナルに着くと運転手にチップとして二十ドル余分に渡し――どうせ経費だ――まっすぐ構内のフライト情報モニターに向かって、どこでもいいからニューヨーク界隈の空港に向かう次の便を探した。ニューアーク空港行きが一機搭乗中で、もう一機、三十分後に離陸するケネディ空港行きがある。列に並ぶと、視線の嵐にさらされた。そうした視線が傷のせいなのか、顔を知られているせいなのかはわからなかったが、はっきり言ってどうでもよかった。

「その傷はなにか手を打たれたほうがよろしいですよ」乗客係が穏やかなテキサス訛りで声をかけてきた。心から心配してくれている顔だった。

「手を打とうとしてるんだ」とわたしは言った。「家に帰ろうとしてる」

武器を入れた鞄を預け、乗客係がクレジットカードを読み取り機にかけているとき、わたしの携帯電話が鳴りだした。電源を切り、搭乗券を受けとったのち、コンコースで最初に見つけたギフトショップに立ち寄って、バンドエイドひと箱分にしては高すぎる代金を支払った。それから男性用レストルームを見つけ、鏡で自分の姿をじっくりあらためた。くだされた評価は、気分を引き立ててくれるものではなかった。傷は血が滲む程度に落ち着いていたものの、頬とシャツの襟には赤い点々が散っている。たぶん照明の加減なのだろうが、疲れて血色の悪い、全体として不快な見てくれをしていた。

ぬるま湯を出して慎重に血を洗い流してから、ポケットナイフを使って絆創膏をカットし、即席でバタフライ形の縫合代用テープをこしらえた。貼るときは痛かったが、なんとか傷はふさがった。どうやらこれで、数年前にピストルで殴られたときの頬の傷に仲間ができたようだ。顔になんの傷もなかったころを思いだそうとして、もう本当に三十歳なのだとあらためて実感し、そのあとまた少し水を出して眼鏡を洗った。二本の指で髪を掻きあげ、左耳のふたつのフープピアスをまっすぐに直し、係員がドアを閉ざそうとしているゲートに駆けつけた。

相席になったのは三十代なかばの白人で、紺のスーツに緑色と灰色のストライプのタイを締めていた。革のラップトップ・ケースが、前の座席の下にペニーローファーと並べて置いてある。仕事の出張であることを示すあらゆる徴《しるし》をまとっており、それはつまり、こちらをそっとしておいてくれるという意味であることをわたしは願った。いくぶん縮こまるようにして男のまえを通り、窓側の席に身を折って入りこむと、さらに体を捻じ曲げ、たんに窮屈で不快なだけで真剣に苦痛を感じるほどではない体勢をなんとか確保した。いよいよ宙に浮かび上がるまでにまだ四十三分間もアスファルト上にとどまっている時間があり、そのあいだに頭と灰皿との密会による頭痛が仲間を招びよせて盛大なパーティーをはじめた。

ようやく上昇しだした機体から窓の外を眺め、テキサスが下方に消えていくのを見つめながら、なんの因果でスカイ・ヴァン・ブラントのような連中の鞄持ちを期待されるような人間になってしまったのだろうと思い巡らせていた。

その電話が入ったのは五ヵ月まえの二月のことだ。侘しい冬で、雨や湿っぽい雪が降りつづき、身を切るような風が、昼も夜もいっこうに止む気配なく吹きつけていた。寒くて、しじゅうわけもなく寂しかった。

わたしの〝ガールフレンドと呼ぶのはよしてほしい〟ブリジット・ローガンは、その数週間まえに更生施設に入所してしまい、歳の離れた妹のような存在であるエリカ・ワイアットはニューヨーク大学《NYU》に進学し、一緒に暮らしていたうちのアパートメントを出て学生寮に移ってしまった。それまでまったく広いと思わなかったわが家が、だだっぴろい空洞に感じられた。

わたしはデイル・マツイ宅の居間でカウチに寝そべり、ナタリー・トレントを相手どって、さほど評判のよくない業界誌にも広告を打たねばならないほどわが社は逼迫しているのかどうかについて、つまらぬ口喧嘩をしていた。デイルのカウチの上にいたのは、クイーンズにあるデイルの自宅をわれわれがオフィスとして使っていたからであり、ナタリーと喧嘩していたのは、うちの会社が倒産の危機に瀕していたからだ。

「ほかにクライアントを得る方法でもあるの？」ナタリーが問いただした。「クライアント無しに仕事はできないのよ」

「きみが検討しているような出版物に広告を出している警備会社は、おれが思うに、信用を生みだせない」わたしは言った。「仮にもだれかの命を護《まも》ろうという気なら、信用はある意味重要だと思うんだがな」

「嫌味な言い方はやめて。信用はクライアントを護ることで築いていくのよ。そのクライアントを得るために、宣伝したらどうかと言ってるの」

「嫌だ」と、わたし。

「センティネルだって宣伝してるわ」

「ほう、なら、是が非でもやるしかないってわけだ」

ナタリーに睨みつけられ、言い過ぎたことを察して、わたしは舌をストップさせた。ナタリーとわたしには複雑な過去があり、そこには彼女がわたしの親友とつきあっていたことや、その親友が死んだこと、そのことで彼女がわたしを責めたこと、そしてやがて仲直りしたはいいが、一年近くものあいだ折々にベッドをともにするような仲にまでなってしまったことが含まれる。そうした一連の出来事のなかで友情が生き延びてこられたのは、その友情の確かさと、ふたり揃って頑固であるということの証明にほかならない。

そうした下敷きのうえであったにしろ、センティネル社を嘲るような言葉は卑劣と言わざるを得ないだろう。センティネル・ガードはマンハッタン最大の警備保障会社であり、ナタリーの父親、エリオット・トレントが経営している。われわれの会社——KTMHセキュリティ——が設立に至ったのは、ある部分でナタリーと愛するパパとの仲たがいに端を発したものでもあり、ナタリーもわたしも自分たちの会社をセンティネル社が象徴する既存の警備会社に対する新たな選択肢にしたいと思っていた。それはいまも、わたしが思うに価値ある目標であり、ナタリーも同じ気持ちなのはわかっていた。

問題は、個人警護というものがごく内輪的コミュニティであるということだった。たいていの仕事は、前回の仕事に満足したクライアントや同業者からの紹介で入ってくる。うちのような新規参入の会社には前のクライアントなどいないし、噂によればエリオット・トレントはしょっぱなからわれわれをブラックリストに載せてくれたらしく、センティネル以下、どこの警備会社も紹介をまわしてくれようとはしなかった。

肘をついて体を起こし、ナタリーを見ると、睨んだ顔はいつのまにかデイルの家の裏庭を見渡す窓に向けられていた。外はちらちらと雪が降って芝生に舞い落ちている。デイルはもうひとつの椅子に座って、咎めようとする親の目でわたしを見ていた。考えてみればデイルとのつきあいはナタリーとのつきあいよりもさらに長い――陸軍で何度か同じ部隊に配属されていたのだ。デイルは疑うべくもなく友人知己のだれよりもいいやつであり、根っから優しい人間だった。

そういうわけで、そのデイルからの咎めるような視線というのは、かなり痛烈なショックだった。

「言いたかったことはわかるだろ」わたしはナタリーに言った。

「父と比べられるのは気分のいいものじゃないわ」

「そんなつもりじゃなかったんだ、ナット」

ナタリーがふたたびわたしを見やり、緑色の目が考えこむように、つかのま焦点を失った。ナタリーはわたしよりひとつ年下で、長身で体の均整がとれ、最近ボブに切り揃えたばかりの赤い髪をしている。新しい髪型は、その顔だちと首や顎の線をきわだたせていた。KTMH社の四人——ナタリー・ト《T》レント、デイル・マ《M》ツイ、コリー・ヘ《H》レッラ、そしてわたし——は同等の立場にあるが、仕事のときにはヒエラルキーが生じ、ナタリーはわたしの強力な副指揮官を務めてくれる。仕事における技量はわたしと同等か、それ以上かもしれない。

「いま現在もクレジットに頼ってしのいでるって、わかってるんでしょうね？」

「痛いほどわかってる」

「そのクレジットももう限界だってことはわかってる？」

「ああ」

「だったら教えて、アティカス、どんな選択肢があるの？　いつか電話が鳴ることを願ってひたすら待つ？　それともなにか前向きに、広告のひとつでも打ってその効果を見る？」

「その質問は問題を含んでるかもしれないぞ」デイルが言った。「広告を出すほどの金、すくなくとも効果をもたらしてくれそうなところに広告を出すような金は、ないんじゃないかな。法人口座が必要だろうし」

「あたしは仕事が転がりこんでくるのをじっと待つ気はないわ」ナタリーは言った。「なにかやらなきゃだめなのよ」

「賛成だ」わたしは言った。

「じゃあ、どうする？」

「考えつかない」

ナタリーがぎりぎりと睨みつけにかかったとき、電話が鳴った。デイルが席を立ってとりにいき、ナタリーは睨むのを放棄して、ふたたび裏庭にしかめっ面を向けた。

「あんたにだ」デイルが言って、わたしに受話器を差しだした。

「だれから？」わたしは訊いた。

「ロバート・ムーア軍曹だよ。英国陸軍特殊空挺部隊《SAS》第二十二小隊の。憶えてるか？」

わたしは電話にでようとして、危うくテーブルをひっくりかえしそうになった。

「ロバートなのか？」

「アティカスか。久しぶりだな、ご友人」回線は良好で、ムーアが英国からかけているのか通り向かいからかけているのか判断がつかなかった。「世の中はきみを正当にあつかっているか?」

「不満はいろいろあるが、あんたは聞きたくないだろうな」わたしは言った。「どうしたんだ?」

「間が悪かったか? あとでかけ直してもかまわないんだが」

「いや、このままで問題ない」

「先にきみのアパートメントにかけたら、留守番電話にここの番号が入ってたんだ。聞いてるかどうか知らないが、わたしは連隊を辞めたよ」

「知らなかったな」

ムーアが耳元で笑った。「全身に装備をまとって沼地を駆けまわるには、もう歳をとりすぎていると思ってな。指標に掲げたものが思惑とは裏腹に自分を打ちのめす日がくると、男は引退を考えるというわけさ。じつをいうと、いまはきみの業界にいるんだ」

「冗談だろう?」わたしは言った。ナタリーとデイルが揃って怪訝な顔でこちらを見ているので、ふたりと同じくわたしもなにもわかっていないことを示そうと、空いた手を虚ろに振ってみせた。

「大真面目だ」とムーア。「それでなんだが、たまたま二週間ほど先に、わたしの警護対象者が海を渡って、そちらでちょっとした講演をする予定なんだ。似非《えせ》政治がらみの、写真撮影が山ほどあるようなたぐいのな。ひょっとして群集の扱いを手伝ってくれる気はないかと思ったんだが」

「日程は？」だれか書く物と書かれる物を持ってきてくれと慌てふためきながら身振りで伝える。ナタリーがコーヒーテーブルの上にあった〈ＧＧ＆Ｇインダストリーズ〉（ガン・アクセサリーのメーカー）のカタログを投げてよこし、デイルがボールペンを差しだした。

「今月の末、二十五日から、三月三日までだ」ムーアは言った。「空いてるかな？」

「もちろんだ」

ムーアは笑った。「スケジュールを確かめなくてもいいってことなのか？」

「いや、頭に叩きこんであるんだ」そう答えながら、カタログに〝しごと〟と書きつけ、ふたりのほうに掲げてみせた。「もう少し内容を聞かせてもらえるかな？」

「資料は揃ってるから、番号を教えてくれればファックスで送ろう。日程や行動計画といったものだ。内容を確認してから折り返し電話をくれれば、条件の話に入れる」

「ちょっと待ってくれ」わたしは通話口を手で覆った。「ファックス番号はあるのか？」

「ファックス番号はある」デイルが言った。

わたしは手をどけて、デイルから教えられた番号をムーアに復唱した。「返事はいつまでに要る？」

「あす電話してもらえるか？」

「了解だ」

「では、そのときにまた。ごきげんよう」

電話を切り、ニュースを分かちあおうと振り向くと、部屋はいきなりもぬけの殻になっており、デイルとナタリーはすでに廊下の突きあたりのオフィスに移動していた。デイルは給紙トレイに紙が入っているかどうか確認中で、ナタリーはファックス機を、まるでそいつがいまにもホメロスを朗読しだすかのように、じっと見張っている。それでもわたしが入っていくと、ナタリーは機械から視線を引き剝がすようにしてこちらに向けた。

「で？」

「ロバート・ムーアはSASを辞めて、現在は個人警護の業界にいる。ニューヨークでの仕事を受けていて、われわれに援助を求めている。詳細はこれからだ」

「警護対象者はだれ？」

「言ってなかった」

「でも、おそらくは支払い能力の高い人物ということね？」

「だと思う」

ナタリーはしばらく下唇を噛んでいた。ファックス機がピーと一回鳴り、つづいて唸りだし、数秒のうちに次々と紙が吐きだされてきた。その紙が排出トレイにあたると同時にデイルが捕らえてこちらに差しだしたが、わたしが読むまえにナタリーが一枚目をひっつかんだ。

「レディ・アントニア・アインズリー＝ハンター」ナタリーが読みあげる。「ムーアが警護するのはレディ・アントニア・アインズリー＝ハンターよ」

「支払い能力はあると見てよさそうだ」わたしは言った。

ナタリーはわたしの肩を拳固で殴った。

レディ・アインズリー＝ハンターは、二十三歳にして、子どもの人権唱道者として世界的にもっとも認知されている人物のひとりであり、英国ではじまった草の根団体で、米国の〈ロック・ザ・ヴォート〉（ミュージシャンらが協力して若者に政治参加を呼びかける非営利団体。一九九〇年設立）などとよく似た〈トゥギャザー・ナウ〉の創設者である。飢餓、病気、虐待、搾取、教育欠如――それらはすべて〈トゥギャザー・ナウ〉のヒットリストに挙げられ、組織は目的達成のためにユニセフや国際労働機関《ILO》と緊密な関係を結んで活動しており、その突撃隊長を務めているのがレディ・アインズリー＝ハンターなのだ。ブロンドで魅力的で、彼女がこれまで目にしてきたにちがいないあらゆるものにかかわらず驚くほど無邪気な顔だちをしていて、起きている時間のすべてではないがほとんどを、みずからの使命のために使っていた。インタビューを受ければ、好きなバンドや食べ物や映画について気軽に話すのと同様に、第三世界の乳児における死亡率や、新興国家における子どもや配偶者虐待の発生率についてもすらすらと語ってみせる。

メディアは当然ながら、英国でも米国でも、彼女に首ったけだった。そうした注目度こそ、ほかのさまざまな要素にも増して、この女性をけっして侮れない威力とならしめていた——彼女にはメッセージを届ける力がある。

そしてまた、彼女を標的にしてしまうのも、その注目度だった。どこかに隠れた頭のいかれている連中まで、ことごとく彼女がだれであるかを知っているのだから。

つづく三週間、われわれは事前準備に没頭し、安全を期するためだけに、考えられることのすべてを網羅した。われわれ四人全員、ムーアがKTMHに救命具を投げてくれたのだと承知しており、それを手放すつもりなど毛頭なかった。この仕事は大きな正念場であり、われわれがやるべきことを心得ていて、しかも有能であるということを、見ている者すべてに知らしめるチャンスなのだ。

そして、見ている者たちがいることは、われわれのだれひとりとして疑っていなかった。

ただ、だれが見ているかを知らないだけで。

ナタリーとわたしはレディ・アインズリー＝ハンターが訪れることになっている場所を、ホテルからレストラン、アパートメント、国連の正面玄関に至るまで、ことごとく入念に下見することからはじめた。写真を撮り、地図を作成し、頭をしぼって起こり得る最悪の事態を想定し、そうなった場合にいかなる行動をとるかを考える。進入動作や降車動作を練習し、予備範囲の時間をも設定しておいた。レディ・アインズリー＝ハンター到着を目前に控えた二月の最終週だけで、ナタリーとわたしの合計で二千発の弾がふたりの武器をくぐっていった。

こちらが現場で忙しくしているあいだ、デイルとコリーは路上で基本ルートから第二ルート、さらに第三ルートまでプランを練り、それぞれを何度も何度も実地に走っていた。街のどこにいようと、最寄の病院と最寄の分署と、そこまでの最短距離をふたりは熟知していた。日中走行と夜間走行、明け方と夕方の走行を行い、それぞれの交通状況を学び、どの場所で遅延が予想されるかを把握して、遅れた場合の対処法を練る。コリーはメンバー全員の装備を修理してオーバーホールして磨きあげ、万全の状態に調整した――無線機のバッテリーを自腹で取り替えることまでしたらしい。

四人がこれまで行ってきたなかでも最高の下仕事であり、ケネディ空港に一行が到着して、レディ・アインズリー＝ハンターとムーアとそのほかの同行者に面会したときには、これ以上ないほど準備万端に整っていた。われわれは自信に満ち、なおかつ慎重だった。自分たちがなにをしているか知り尽くしていた。

残念ながら、ついにそのときが来てみると、そうしたものが効果をあげることはなかった。準備も。装備も。二千発の狙撃演習も、ルートの試走や地図上での熟考に費やした長い時間も、すべての無線機にとりつけられたまっさらのバッテリーも。

そのときが来てみると、事態を左右したのは運だった。

あきらかなまぐれだった。


まだレディ・アインズリー＝ハンターがニューヨークに到着もしていないうちから招待状が次から次へと舞いこみはじめ、ありとあらゆるセレブな人物がなんとかして接点を持とうと、ディナーやコンサートやクラブへの招待を申し入れてきた。ほとんどの場合、彼女はお詫びとお礼を述べてあっさり断りをいれ、それよりホテルに留まって仕事をすることを好んだ。

しかし、カーソン・フリートから新たな超大作のプレミアショーにご臨席賜りたいと招待されたときは別だった。『遥か彼方へ』の出演者には、大勢のスターに混じって、あのスカイ・ヴァン・ブラントの名前もあった。

「出席したがるだろうな」招待状を読み終えたムーアは言った。送られてきた郵便物をふるいにかけるのもムーアの職務の一環であり、当然その招待状もムーアが開封して読むこととなった。「フリート監督の映画にはぞっこんだから」

「問題が生じると思うか？」わたしは訊いた。

「いいや。招待の内容だが、まず映画を観て、その後ナインス・アヴェニューの〈パスティス〉で打ち上げパーティーに出てほしいそうだ。両方に出席するとして、遅くとも午前二時までには連れてもどることになるだろう。パーティー狂いのお嬢さんではないからな」

「そう聞くと、おれたちも非常にありがたい」

「きみとナットでルートを確認してもらえるかな。本人には警備を配置した旨、伝えておく」

「夜間の警護態勢を万全に整えたうえで、今夜とりかかるよ」

「そうしてくれ、では」とムーア。「まあ、とくに難しいことはないだろう」

　進入は申し分なかった。

　退出はまったくの別物だった。

われわれは車を二台使い、デイルの運転する一台でレディ・アインズリー＝ハンター、ムーア、わたしの三人を拠点から拠点まで搬送し、追走するもう一台はナタリーが運転して、コリーと、フィオナ・チェスターという、レディ・アインズリー＝ハンターの秘書をしている若い女性が乗る手筈だった。会場のあるブロックの周囲には車が数珠繋ぎに駐《と》めてあり、セレブが退出するたびに、イベント・スタッフがそれぞれの運転手に無線で移動の許可を出している。イベント・スタッフが仕事をわかっているとは信用しがたかったので、デイルとわたしはムーア本人からの指示を待った。

「スリーピーは三十秒後に退出する」ムーアの声が無線に届いた。

「了解」デイルが応答し、車を発進させて所定位置に移動させると同時に、わたしは自分の無線をとってコリーに指示を繰り返した。ナタリーの了解が届いてすぐにこちらの車が停止し、外に出たわたしは、赤い絨毯の手前の端で、両側にできた人垣に目を走らせながら、あけたドアを手で押さえた。カメラマンやサインを求める人々がベルベットのロープの向こうで三重、四重の人垣を作るなか、ナタリーとコリーが両サイドに分かれて所定の位置につく。フラッシュが焚かれはじめた。

イヤピースからムーアの声がした。「スリーピー、退出」

「了解」

絨毯の向こう端にふたりがあらわれ、こちらに向かってきた。レディ・アインズリー＝ハンターはにっこり微笑んで両側に手を振り、その横にムーアがぴったりつき添っている。ふたたび怒濤のようにフラッシュが焚かれた直後、叫び声がして、赤絨毯になだれこんだパパラッチらがいきなり喧嘩をはじめた。とっさにムーアの左手がレディ・アインズリー＝ハンターの肩にのび、自分に引き寄せて抱えこむと、みずからを盾にして車までの強行突破を試みた。わたしは配置にとどまり、ナットとコリーが必死で通り道の確保に努めるのを見守った。

警官の介入がはじまり、見物人が巻きこまれ、みるまに押しあいへしあいの人間団子ができあがった。喧嘩はさらにエスカレートして、拳固が派手にとびかいはじめ、突然ムーアが落ちるレンガのようにくずおれた。まったくの不意打ちで、飛んできたカメラマンの肘が元軍曹の顔を直撃したのだ。恐ろしく長い一瞬、ひとり残されたレディ・アインズリー＝ハンターは身じろぎもせず、乱闘に囲まれて赤い絨毯に立ちすくんでいた。

わたしは車を離れ、彼女に向かって飛びこんでいき、目のまえの人間を両手でなぎ倒していった。イヤピースから撤退を叫ぶムーアの声が聞こえる。

差しのべた腕をレディ・アインズリー＝ハンターがつかみ、その体を引き寄せて抱えたわたしは、突破口を探した。「だいじょうぶだ」と声をかける。「だいじょうぶ、もう心配ない」

「なんてこと」と彼女がつぶやいた。
「つかまって」と言ったわたしは、すでに車まで突破しようと向きなおっていた。
そのときコリーが叫んだ。「銃だ！　銃！　銃だ！」

男の名前はサミュエル・ジェプスンといい、後日わかった話によると、年齢は四十三歳、つい最近ベルビュー病院から退院したばかりで、統合失調症の治療を受けていたという。警察がようやく男からわずかでも筋の通った話を聞きだすことに成功し、レディ・アインズリー＝ハンターがニューヨークに到着するまでの四日間、男が薬をやめていたことが判明した。さらにジェプスンから説明を聞くと、本人としてはただ、英国王室の植民地返還要求を阻止しようとしただけだったらしい。ジェプスンいわく、みんなは理解していないが、じつはレディ・アインズリー＝ハンターは世界政府秘密工作員の一員で、ニューヨークの街にやってきたのは市長を誘惑し、ニューヨーク《NY》市警《PD》をみずからの大義のために徴兵するという使命を帯びてのことだったそうだ。

ジェプスンの使用した銃はスペイン製のセミオートマチック拳銃で、九ミリ弾七発のマガジン容量を持つリャマ・モデル9だったが、その入手先についてはいっさい話そうとしなかった。あまり手入れされてこなかったと見えて、銃身の周囲やスライドに沿って点々と錆が浮いていたが、もちろんそれで発砲に支障があったわけではない。

ほかの武器であれば、事態はまったく異なる展開になっていた可能性もある。しかし、ジェプスンが持ってきたのはリャマであり、その決断ひとつがすべての発端となった。

コリーが二度目に「銃」と叫んでいたころ、わたしはレディ・アインズリー＝ハンターの肩に手をかけて屈んだ姿勢に押し下げながら、ムーアが事前に練習させてくれたことを祈り、伏せたりしないように祈っていた。もし絨毯にべったり伏せてしまったら、すばやく移動させることは不可能になる。彼女は屈んだところで留まり、さすがは公爵令嬢、教わったことはしっかり覚えていて、わたしがジェプスンの姿をとらえたときもまだ屈んでいた。

ジェプスンは孤独なガンマンになりきって、まっすぐ突進してきた。右手に銃をとりだし、わたしには聞こえずじまいだったが、なにやら糾弾の言葉を叫びながら、危険臨界域《クリティカル・スペース》にとびこんできた。わたしの胃は小石サイズに縮みあがり、武器をひっぱりだす暇もなく、じっさいなにもする余裕はなかった。そのとき極めてはっきりと考えていたのを憶えている――ジェプスンがレディ・アインズリー＝ハンターを撃ったら、わたしは一張羅のスーツにまともに血を浴びることになり、スーツは〈ブルックス・ブラザーズ〉で買ってかなり気にいっていたが、おそらくドライ・クリーニングに出す金もないだろう、この警護対象者が死んだらもう二度と仕事にはありつけないだろうから、と。

逃げようと動きだした人垣からジェプスンが飛びだしてきた瞬間、わたしはその正面に踏みだして左手で銃をつかみ、スライドを力ずくでもどして発砲準備を解こう、撃鉄が薬室内の弾に振りおろされるのを阻もうとした。意識的に機転をきかせたのではない——パニック行動以外のなにものでもなく、なんでもいいからなにかをやって、リャマが火を噴くのを阻止しようとしたのだ。

銃を握った力でジェプスンの腕をその体に押しもどし、さらに距離を詰めにかかって、肘をとらえて押さえつけようとした。手のなかで金属がはじけたような震動があり、銃を握る手ごたえがなくなったので、ふたたび男に手をのばし、左手で右肩をつかまえ、もういちど肘をとらえて、そこから身を翻すと同時に男を頭から絨毯に投げとばした。反転した拍子に肩がはずれたジェプスンが、うめき声とともに床にのびる。

両手が自由になった瞬間、右の指で銃を抜いたわたしは、新たな攻撃がないか見渡しながら、レディ・アインズリー＝ハンターに怒鳴った。「車に乗れ！　車に乗るんだ！」

彼女はしゃがんだ姿勢からはじけるように身を起こし、わたしもそのあとを追いながら、群集を見やって、さらなるフラッシュの猛攻に目を細めた。レディ・アインズリー＝ハンターが後部座席に滑りこみ、つづいてわたしが飛びこみ、思いきりドアを閉めると、文字どおり体で彼女をかばった。エンジンはとっくにかかっており、およそ一秒で車は通りに走りでた。デイルがアクセルを踏みこみながら、早口で無線に話している。

「前方支障なし、もうだいじょうぶだ」一分後、デイルはわたしに言った。「ムーアやほかのみんなも向かってる。ホテルで合流だ」

寝返りをうつようにレディ・アインズリー＝ハンターから離れ、手を貸して起こしてやったのち、その体に両目と両手を走らせて、怪我を見落としたりしていないか確認した。アドレナリンが多量に出ていると、弾丸を受けてもかなりの時間動きつづけることが可能であり、ホテルに到着したとたん、病院に向かうべきだったことが判明するような事態は願いさげだった。

「ぴんぴんしてるわ」レディ・アインズリー＝ハンターは言った。

「申し訳なかった」わたしは言った。「だいじょうぶか？　気分はなんともないか？」

「平気よ、ミスター・コディアック」

わたしは相手の体から手を離して、座ったまま少し退がった。頰を紅潮させ、まだ息をはずませているが、見たかぎりでは本当のことを言っているようだ。「これからホテルに連れてもどる」

「いま聞いてたわ。なんとなくミスター・マツイはパーティーに急行してる様子じゃないなと思ってたの。ああいうことがあったあとでは、盛りあがりに欠けるでしょうしね」レディ・アインズリー＝ハンターはさらりと言って、にっこり笑った。

それから両手を太腿《ふともも》に置き、体を折って嘔吐した。

髪が汚れないようにまとめてやりながら、ふと、自分が左手になにか握っていることに気づいたわたしは、いったいなんだろうと訝しんだ。

嘔吐が空えずきに変わるころ、レディ・アインズリー＝ハンターはわたしの両手を押しやって、ふたたび上体を起こした。涙が顔をつたい、目にも光っていて、マスカラは流れてしまっていた。指先で鼻をぬぐっているので、わたしは自分のハンカチを探しだして渡してやった。

ハンカチを受けとって勢いよく洟《はな》をかんだ彼女は、目元を押さえてから、もういちどわたしに微笑もうとした。「ごめんなさい」

「心配いらないさ。当然のリアクションだ」

「汚しちゃったわ」

「デイルが掃除するよ」

レディ・アインズリー＝ハンターは、ごくかすかだが笑い声をあげ、いい兆候だとわたしは受けとめた。そのとき、彼女はわたしの左手に焦点を合わせた。「それはなに？」

「なんだろうな」そう言って手をひらくと、長さ十センチほどの金属の塊があった。

「おそらくスライドだ」

「スライド？」

「銃からはずれたんだ」

前の座席からデイルが訊き返す。「なにからはずれたって？」

「押しもどそうとした拍子に、スライドストップが弾け飛んだんだろう」わたしは言った。「とれて手に残ったのに、アドレナリンが効きすぎていたから落とさなかったんだ」

レディ・アインズリー＝ハンターは座席にもたれ、ふたたびハンカチを使った。

「すばらしい手際ね。あの男の銃をそんなふうに分解してしまうなんて」

「そうとも、本当だ」とデイル。「狙ってやってのけたんだからな」

「どうしてちがうとわかる？」わたしは訊いた。

「あんたを知ってるからさ」

機体はケネディ空港に向かって降下をはじめていた。真下のロッカウェイの海に沈みゆく日の光が傾いて薄れていくのを眺め、美しい光景だと思い、この美しいイメージをずっと心に残しておきたいと考えていた。真実を伝えているようで伝えきれない何時間ものビデオ映像や山ほどの写真より、そのほうがずっと価値がある。

だが、カメラこそが、わたしをはじめとするKTMHのメンバーを、スカイ・ヴァン・ブラントやカーソン・フリートや、そしてレディ・アントニア・アインズリー＝ハンターらが活躍している圏内へ高々と打ち上げてくれた功労者だった。何枚かの写真と果てしなく回りつづけるビデオテープによって、一見手品のようにも見えるその光景、わたしが片手で難なくジェプスンの銃を解体した様子が、繰り返し繰り返し紹介されたのだ。一週間にわたって《タイム》誌の表紙をかざった全色刷りの写真は、ジェプスンが倒れた直後に撮られたもので、片手にスライドを握り、もう一方の手に自分の銃を握ったわたしと、車に向かって猛然と駆けだしていくレディ・アインズリー＝ハンターが写っていた。

レディ・アインズリー＝ハンター襲撃からほんの数日のうちに、われわれのサービスを求めるリクエストが殺到し、本格的な警護の仕事から大仰なはったり仕事まで、あらゆる内容の依頼が舞いこんできた。なかには一件、アイダホまで飛んで民間軍の施設で一週間ばかり個人警護のこまかい点を訓練してもらえないかというものまであった。その件はパスしたが、それ以外のほぼすべての依頼にわれわれはイエスと答えた。トークショーにも招かれ、そのなかには全国放送もいくつかあった。われわれメンバーは、「チャーリー・ローズ・ショー」と「ラリー・キング・ライブ」に出演した。《ニューヨーク》誌は、『新しいセキュリティ』と題して特集記事を掲載した。四人のなかであきらかに最高の容姿を持つナタリーはひとりだけ特別な注目を集め、ナタリーが走っている写真には『援護をお願い《カヴァー・ミー》！』とキャプションが添えられた。

いまでは、クイーンズのデイル宅から仕事に繰りだすこともなくなっていた。マンハッタンはウェスト・ヴィレッジを少しくだったホーランド・トンネルの入口近く、かつてプリンティング地区と呼ばれていた地区にオフィスを構えることになったのだ。われわれは裕福になりつつあり、当然ながら満足していた。さばききれないほどの仕事があり、ここ最近ナタリーとデイルは、山積みの仕事を助けてもらうために、だれかもうひとり雇い入れる構想を練っている。

わが社は、客観的に見て成功していた。

わたしのまぐれのおかげで。

2

九時六分にマレーヒルにあるわたしのアパートメント・ビルの正面でタクシーに降ろしてもらい、ロビー玄関のドアを開錠し、郵便受けをチェックしてみると空になっていた。最上階まで二段ずつ階段をのぼって自宅に入る。ステレオでエルヴィス・コステロがかかり、その声に隠れるようにほかのだれかの声が聞こえたが、ドアを閉めると声はやんだ。内側からドアに鍵をかけ、不便なことに玄関のすぐ脇にある寝室に鞄を放りこみ、そこで振り返ると、居間の角から姿をあらわしたブリジット・ローガンがいた。

わたしを見るとブリジットは微笑み、それで気分がましになった。わたしはブリジットの笑顔に弱い。その口のひらき具合と、唇の左下端がわずかに横にひっぱられたようになるところに。だがそれをいうなら、左の鼻腔を貫くフープピアスから右ふくらはぎのタトゥーに至るまで、ブリジットに関するほぼすべてに弱いのであり、それも複数の意味あいで弱いのだった。ブリジットのほうがわたしより二センチ背が高く、体は細くひき締まり、抜けるように真っ白な肌が、黒髪と碧眼をいっそうタフに見せている。わたしは最高にいい女だと思っているが、ひいき目があることは素直に認めよう。知りあってから三年と少しになるが、その間につきあいだし、喧嘩し、別れ、揃って関係を破壊すべく努力を重ねたあと、ようやく不安定なやすらぎを分かちあえる関係にもどったところだった。一年前は、言葉すら交わさない状態だったのだ。

物事は変化する。ブリジットが更生施設から出てきて以来、ふたりが一緒に過ごす時間は急速に増えていった。いまではブリジットは、チェルシーにある自分のアパートメントにいるのと同じくらい頻繁にわたしの部屋で過ごしていた。バスルームにはブリジットの洗面用具を置く棚があり、簞笥の抽斗《ひきだし》二段を使って服をしまい、徐々に本や音楽についても、ブリジットのコレクションが街の向こう側から移住してきていた。

この五月に、いっそのことさっさと引っ越してすっきりしたらどうかと訊いてみたのだが、ブリジットはいまのままで充分だと答え、プレッシャーをかけられるのは嫌だという一言で、そこから先の話し合いを打ち切ってしまった。頼むからいまの状態を台無しにしないでほしい、と言う。

なので、わたしは台無しにしない努力をした。

それでもつい、「やあ、ハニー、ただいま」と言ってしまうのはやめられなかった。

ブリジットの笑みがひろがり、廊下をこちらに歩いてきたので、わたしも迎え入れるべく歩み寄った。キッチンでおたがい相手にたどりついて短い抱擁とキスを交わし、やがてブリジットがキスから身をひくと、わたしはその肩に顔をうずめ、そのままでもう少し抱きあっていた。ブリジットは黒のタンクトップを着ており、肌は温かく、うちのシャワーに彼女が置くようになったオートミール石鹸のにおいがした。

「ぜったいに、二度と、その呼び方はしないこと」と、ブリジットが言った。

「ベッドに行こう」ブリジットの肩に語りかける。

「んんん」ブリジットが口元をわたしの耳に寄せ、歯がフープピアスにかちりと当たるのが聞こえた。「そそられるけど、お客さんが来てるよ」

ブリジットの体を離し、眼鏡をまっすぐに直すと、廊下の突きあたりでこちらを見ながら待っているナタリーが目に入った。スラックスとブレザーに身を包み、あまり上機嫌ではなさそうなところを見ると、仕事帰りに直接寄ったようだ。

「やあ、ナット」

「アティカス」

冷蔵庫をあけて自分用にアンカー・スチームを一本とりだし、ふたりのレディにもそれぞれ一本ずつ勧めた。ふたりとも返事はノーだった。ひとくち飲んでからテーブルのそばの椅子にどさりと腰を降ろし、ネクタイをほどきにかかった。

「それはスカイ・ヴァン・ブラントのサインかしら？」ナタリーが訊ねた。

「怪腕の持ち主だ」わたしはネクタイの皺をとろうと、テーブルに広げて撫でつけた。

「マネージャーが昼すぎに電話してきて、絶叫してたわ」ナタリーは言った。「ほっぽりだしてきたんですってね。そのあとスカイ本人からもあなたの居場所を訊ねる電話がかかってきて、もしもどってくる気があるならと、かなり動揺しているような声で——」

「役者だからな」とわたし。「化粧のりが悪いと動揺するんだ」

「正確には映画女優よ」ナタリーが訂正をくわえた。「その次は彼女のエージェントが電話してきて、あたしに金切り声をあげながら、こんな状態ではスカイは仕事にならないと、どういう意味か知らないけどそう言ってきたの。さらにまたスカイがかけ直してきたんだけど、こんどは嫌な女を決めこんで、あたしがあなたに連絡をとれずにいる旨を伝えると——」

「携帯電話は切ってたからな」

「そうだと思ってたわ。ずっと連絡がとれないんだと伝えたら、あたしのことをいくつかの下品な言葉でコンビネーションもとりどりに呼んでくれたあと、電話を切ってしまった。それからマネージャーがまたかけてきて、あなたはクビだと言ってきた。

要はつまり、なんだか知らないけれどエル・パソで起こったことの結果、あたしはきょうの午後、スカイ・ヴァン・ブラントの組織から口頭による虐待を受けたわけ。エル・パソでいったいなにがあったのか聞かせてくれるかしら、アティカス？　すごく興味があるんですけど」

「おれが理由もなく仕事を放棄したりしないのはわかってるだろ」

「わかってるわ」ナタリーは言った。「それにスカイ・ヴァン・ブラントは甘やかされたガキで、あなたが二日前に仕事を終えているはずだったこともね。それはスカイがやったの？」ナタリーは手入れのいきとどいた爪でわたしの額を指差した。

「灰皿でやられた」

「なんで？」ブリジットが訊いた。

「鞄持ちを断ったからだ」

女ふたりが顔を見あわせた。ブリジットがくすくす笑いはじめる。

「けっこう」わたしは言った。「楽しんでもらえて嬉しいよ、おれのほうは楽しむどころじゃないからな。ガラスの灰皿を頭にぶっつけられた痛みはもとより、もう少しで意識を失うところだったし、目に血が流れこんで、見ることもできなかったんだぞ」

「かわいそうにねえ」とブリジット。

わたしはそっちを無視して、ナタリーに話した。「向こうが警護を不可能にさせたんだ」

「ほっぽりだしてくることによって、あなたは警護対象者を危険にさらしたのよ」ナタリーが言った。

「どんな危険に？　肩こりか？　スカイ・ヴァン・ブラントにパ《P》ーソナル・セ《S》キュリティ・エ《A》ージェントは要らなかったんだよ、ナット、必要だったのは子守りだ。おれはお飾り以外のなにものでもなかった。それに、はっきり言っておくが、おれはクビになったんじゃない。辞めたんだ」

「そういうことをすると、仕事をより多く獲得するのが難しくなるかもしれないわ」

「その手の仕事をってことだろ。それにそうはならない。連中には通常どおりの請求書を出して、もしごたごた言うようなら、うちの弁護士から連絡させると言ってやる」

「この件を訴えるつもり？」ブリジットが訊いた。

「もちろんそんな気はない。だが、連中にうちの評判をドブに落とすような真似はぜったいにさせないし、少しでも怒ったような態度に出たら、暴行のかどで民事訴訟を起こすと脅してやってもおれの良心は咎めないね」

「おおっと、こりゃ本気で頭にきてるよ」ブリジットがナタリーに言った。

「まさにそのとおりだ」

「そういう感情は抑えるようにしたほうがいいんじゃないかしら」とナタリー。「あした一時に、クライアントがオフィスに来るの。あなたに面会したいそうよ」

「本物の仕事なのか？」

ナタリーは訝しげにわたしを見た。

「おれたちが訓練されてきたことをじっさいにやるような仕事なのかってことだ」わたしは説明した。「手のこんだ宣伝みたいな仕事じゃなく」

「あたしたちがそういうことをやってきたと思ってるわけ？」

「思ってないのか？」

「思ってないわ。とにかく、いまはそんな話をするときじゃないのははっきりしてる。それじゃ、またあした」

「外まで送るよ」ブリジットが声をかけた。

わたしを残してキッチンを出ていったふたりが、玄関先で静かに話しているのが聞こえる。ナタリーとブリジットの友人関係は、わたしがそれぞれと知りあうよりも以前にさかのぼり、過去にはその友情が嵐に見舞われたこともあったが、厄介な問題もほぼ解きほぐすことができたようだ。ビールを飲み干すと同時にドアの閉まる音が聞こえ、空になった壜をシンクでゆすいでいるところにブリジットがもどってきた。

「さてと、相棒。気分転換になにをしよっか？」

「気分は問題ない」

「そうだね、むっつりするのはお手のものだから」

「やめろよ」

「そのうえ自分を哀れむのはもっと得意ときてる」

「やめてくれと頼んだだろう」

「いいや、あんたはやめろって命令したんだよ、あたしがそういうのにどう反応するかはわかってるはずなのに」ブリジットは壁にもたれ、胸のまえで腕を組んだ。「もういっかい訊くよ。いまからどうしたい？」

「シャワーを浴びたい。なにか食いたい。ベッドに入りたい」

「それだけ？」

「そうだな、それをみんな、ひとりでやらずに済むとありがたい」

「だとすると問題があるね。あたしはもう食べたから」

「夕飯は抜きにしてもいい」

「問題解決」

　真夜中をすこし過ぎたころ、夕飯を抜きにするのはいい考えではなかったことに気がついた。ふたりでベッドを抜けだし、服をひっかけてキッチンにもどる。ブリジットのハーブティー用に湯を沸かし、自分用にはジュースをグラスに注ぎ、一緒にテーブルについて薄切りにしたりんごとチーズをパンに載せてぱくついた。ブリジットはタンクトップにわたしのショートパンツを穿いており、その両腕に注射の跡が見えた。ふくらんだ、触ると硬い傷跡。わたしの視線にブリジットが気づいた。

「もうだいじょうぶだから」とブリジットは言った。

「わかってる」わたしは言った。「見ると哀しくなるだけだ」

「傷跡ってのはそうだよね。あんたにもいくつか、あたしを同じ気持ちにさせる傷がある」

「それに、また増えた」

「スカイ・ヴァン・ブラントには、あんたに傷を負わせる権利なんてないよ。きれいに治るさ」ブリジットはりんごのスライスにチェダーチーズを載せ、もぐもぐやってから、お茶で飲みくだした。「苛ついてるのはスカイのことじゃないんだろ」

「労働者階級の憂鬱、ってことでどうだ？」

「やりなおし」

わたしはグラスのなかのクランベリー・ジュースをまわした。「スカイをほっぽりだしてくるべきじゃなかった。苛ついているのはそれもあるが、そもそもそんな仕事を請けたこととどっちが苛立たしいのかがよくわからない。まがい物の仕事だとはなからわかっていたのに、それでも請けてしまった」

「報酬がよかったんだ」

「金のためにやったわけじゃない」

「それじゃ、スター・ファッキングのため？」

「いまなんと言った？」

「文字どおりの意味じゃないよ、馬鹿だね。有名人とお近づきになりたい気持ちのことさ。そういうのって魅力的だもんね、たしかに」

「そういう魅力はずいぶんまえにすっかり薄れてる。雲の上の連中がどんな暮らしをしてるかは見てきたよ、ブリジット、興味はない。そういう理由で受けたんじゃないんだ」

「だったらどういう理由？」

わたしはジュースを飲み干し、手のなかの空のグラスを見た。「なにかしたかった、ってことかな、たぶん」

「退屈と闘うにはもっといい方法がいくらでもあるよ」

「それは知ってるんだがな」

ブリジットはお茶を飲み干すと、ふたりでテーブルを片づけてから、電気を消してベッドにもどった。いつも丸くなって眠るブリジットは、背中をわたしに押しつけるようにして体を落ち着けると、数分で眠ってしまった。わたしがリラックスするにはもっと時間がかかり、ようやくうとうとしはじめるまでに一時間近くが過ぎてしまった。

やがて突つかれて目覚めたわたしは、日差しに顔をしかめながら、ＦＢＩから呼びだしがきてる、とブリジットの声が告げるのを聞いていた。

3

「いったい何回こんなことをやるんだ？」スコット・ファウラー特別捜査官にわたしは言った。

「知るもんか」とスコットが答える。「質問するネタが尽きたら終わるんじゃないのか。乗れよ」

助手席に座ると、スコットはわたしがシートベルトを締め終えるのを待ってエンジンをかけ、レキシントン・アヴェニューを走る車の波に乗り入れた。夏とは思えないほど肌寒い朝で、ショートパンツとタンクトップを選んできた歩行者は、なんとか体を温めようという目的できびきび歩いていた。

いまのところ本人は快適のようだが、十八度以下の気温はすべて、スコットにかかると〝凍えそう〟と定義されるのをわたしは知っている。わたしもスコットも生まれはカリフォルニアだが、スコットは南カリフォルニア出身で、放課後や週末になると太平洋南岸沿いに打ち寄せる波をつかまえながら育ったくちだ。わたしより四つ歳上で、眼鏡をかけてピアスをふたつつけ、いつでも気軽にビーチに繰りだす用意ができているように見える。制服のようにブルーまたはグレーに統一したそのスーツを着ていなければ、一見しただけでスコットがＦＢＩに勤めていることを言いあてるのは至難の業だ。

「街を離れてたんだろ」スコットは言った。「かわいいスカイと。うまいことやったな」

「いったいなんの話だ？」

「新聞に載ってる。テキサスはエル・パソ郊外のグレー・モス・インで抱きあうふたりを目撃、鬱憤を抱える若手女優スカイ・ヴァン・ブラントとセレブ警護のスペシャリスト、アティカス・コディアック」

「待て待て、ゆっくり説明してくれ。なんだって？」

「六ページ。《ニューヨーク・ポスト》。後ろの座席に一部置いてある」べらぼうに美味い禁断のごちそうをこっそりほおばったように、スコットがにたついている。

新聞を探して体をねじると、すでに有名人のゴシップページをひらいた状態で畳んであった。小さい資料写真のスカイが載っており、記事はおおむねスコットが引用したとおりだったが、「ヴァン・ブラントの広報担当は、ふたりのあいだにはなんの関係もないと否定している」という一文が最後に添えてあった。

「まったくの嘘っぱちだ」わたしは言った。

フランクリン・Ｄ・ルーズヴェルト・ドライブ《F D R》に合流しようと駆けひきしながら、

スコットが笑った。「連中はともかくそういう糞をでっちあげるのさ。相手がだれであれ、グレー・モス・インでおまえがいちゃついてる現場を押さえられるなんてことは、絶対ありえないだろうからな」

「あしたを楽しみにしてろ」わたしは言った。「スカイとおれが喧嘩して別れ話が進行中って記事が載るはずだから」

「おや、そいつは残念だな。おまえとスカイならばっちり似合いなのに」

「黙って運転してろ」わたしは新聞をふたたび後ろの座席に放りなげた。「なにか起こったのか？」

「わからん。支局長が言っていたのは、バックルーム・ボーイズがまたおまえに会いたがってるから、朝、支局に連れてきてくれないか、ということだけだった。で、努力します、と返事したんだ」

「それだけ？」

「なにかほかに知ってたら話すさ、アティカス」スコットは言った。「おそらく前回と同じことの繰り返しだろう。どこかのだれかがどこかでなにかを見つけ、連中はおまえがそこに光を当ててくれるんじゃないかと期待してる」

「そして、ふたりでまたご出動ってわけか」

「そして、ふたりでまたご出動ってわけだ」

ガレージに車を駐めたのち、スコットに連れられて連邦ビルに入り、わたしだけビジター・パスを受けとって金属探知機に通されたあと、ふたりでエレベーターに乗ってFBIのオフィスにあがった。かつて廊下と曲がり角の迷路のように思えたそこもいまでは見慣れ、グレーとブルーのカーペットを敷き詰めたフロアを歩いて、大統領と司法長官とFBI長官の写真のまえを通りすぎ、特別捜査官や事務官たちとすれちがいながら、やがてこれまでも毎回同じだったいつもの会議室にたどりついた。

連中はすでに席について待っており、今回は六人と、ここしばらくの出席者数では最高だった。五人の男がいるうち三人がテーブルに、二人が奥の壁際に座り、一人だけ混じった女はテーブルについていた。テーブルの議長席にいるのは五十代のヒスパニック系の男で、肘のあたりに資料のフォルダーを積み上げており、口をひらくまえから、アメリカ人だろうと見当がついた。CIAか国家安全保障局《NSA》か、もしくは国務省《ステイト》の人間だろうが、そんなふうには名乗らないかもしれない。その右側にあと二人、どちらもアジア系の男が座っている。左側には女が座り、黒人で五十代手前くらいだろうか、しゃべると南アフリカの訛りがあった。奥に座った男はどちらも白人だったが、プレゼンテーション用に照明を落としてあったので、容貌まではよくわからなかった。

これがバックルーム・ボーイズというわけだが、これまでのところ同じ顔ぶれが揃ったことは一度もない。彼らの面前に召喚されたのはこの十一ヵ月で六度目になるが、いまや苦痛でたまらなかった。はじめの二回くらいまでは、さほどでもなかったのだ――まだ目新しさもあり、このわたしのささやかな識見や経験を提供することで国際的な法執行という大義の役に立てるなら、よろこんで協力しようと思っていた。だが、キャストがころころ変わるわりに役どころに変化がなくて、いまではすべての台詞をそらで覚えてしまっていた。

議長席の男が立ち上がった。「お運びありがとう、コディアックくん。わたしはマリエッタといい、国務省に勤めている」

「どうも」と、わたし。

スコット以外の全員がしばしわたしに目を注いで、評価をくわえていた。わたしは着古したジーンズにTシャツを着て、アーミージャケットを羽織っていた。きのうの晩に額に貼った縫合用バタフライ・テープは剥がれ落ち、鬚を剃ってくる暇はなかった。かなり薄汚い格好で、プロフェッショナル・セキュリティのスペシャリストというより、畑ちがいの仕事場に迷いこんだ強盗といった風情に見えるのは想像がつく。それで上等だ。全員がなにかの役を演じているなら、こちらも一役演じてやればいい。

マリエッタは女を指して、リヨンにあるインターポール本部の代表だと紹介した。右側の二名は、韓国の情報院に所属しているということだ。背後の二名は黙殺され、マリエッタの様子から出席者全員がそれに倣うべきなのだと察しがついた。つまりその二人は、おそらく幽霊《スプーク》こと秘密工作員だということだろう。

ひととおり紹介が済むと、マリエッタはテーブルの上の黒く滑らかなラップトップとそこからリンクさせた液晶プロジェクターを使って、プレゼンテーションを開始した。スピーチは自分の傍らに座った三人に向けられ、残りのわれわれはそこにいないも同然だった。

「コディアック氏は、ここニューヨークに拠点を持つ個人警護のスペシャリストです。約一年まえ、氏はジェレマイア・ピューという男をとりまく警護班を率いていました。ピューは、テンのメンバーであり現在ドラマと称されている暗殺者の標的となっていた人物です。ここでなにが驚きに値するかというと、コディアック氏が自身と警護対象者の命を守りぬいた事実はもとより、氏が複数の機会にわたってドラマと個人的な接触を持ったという点であり、大半は電話だったものの、対面での接触が三回も含まれ、そのうち一回は氏の自宅で会話が交わされました」

テーブルのマリエッタ側にいた全員がふたたびこちらを見た。わたしは右手を挙げて、軽く手を振ってやった。マリエッタが連中に伝えなかったのは、自宅でふたりが会話を愉しむまえにドラマがわたしの衣服を剥いでパンツ一丁にした点と、ずっとわたしに銃を突きつけていたという点だ。うちのカウチには、いまもドラマが威嚇のためにぶっぱなした銃弾の穴があいている。

「現時点では」マリエッタが先をつづけた。「国際的な法執行機関や情報機関が知るかぎりにおいて、このコディアック氏が、ドラマと接触を持ったあともなお生き延びている唯一の人物です。氏はテンの内情に関して独自の識見を持っていると考えられ……」

嫌悪感を顔に出さないようにするためもあって、わたしはマリエッタからチューニングをはずした。わたしをテンに関するエキスパートだと称するのは、スコット・フアウラーをビーチ・ボーイズのメンバーと称するようなものだ。わたしが雇われて護っていた男を、ドラマが雇われて殺そうとしただけで、はっきり言ってわたしはドラマについて語るのは気が進まなかったし、わたしの仲間もみなそうだった。われわれはあの経験を、命も手足の一本も失うことなく、奇跡的に無傷で生き延びたのだ。あの女の名前をたまにでも口にすることは、運命にいらぬちょっかいをかけるようなものだと思えてならなかった。眠りの底から呼び寄せられたあの女が、われわれ全員の命をふたたび破壊しにやってくるような気がするのだ。

テンというのは冷酷無比な暗殺者たちであり、躊躇もなく不手際もなく、判断を曇らせる信条や感情を持たずに殺人をおこなう現代の魔物である。金のためにやることをやり、提供するサービスに何百万ドルもの対価を受けとるだけの技量を持っている。彼らについてわかっている情報は皆無に等しく、片手に足るほどのコードネームと、曖昧な噂と、いかにも味気なく疑わしい事実がわずかにあるにすぎない。〝ザ・テン〟という名前も誤解を招きかねないのだが、名目上で最強の十人と言っているだけで、とくにその業界内で正確な人口調査結果を提示しようと考えている者がいるわけではない。三人なのか五人なのか五十人なのか、そこのところは知る由もなかった。

だれも認めたがらないことではあるが、死と殺戮《さつりく》は大昔からずっと、いかに勢力が拡大され、いかに各政府が仕事をするかの一要素でありつづけてきた。テンはその論理的かつ不可避な結果にすぎない——メンバーがみな政府もしくは軍のプログラムに基づいて訓練されているのは疑うべくもないし、無法者となる以前には、それぞれ国家や機関に仕えることによって技術を身に着けているのだ。つまり、場合によっては、テンのメンバーを追っている組織が、そのテンのメンバーを生みだした人々を頼みの綱としていることもある——そうした人々の提供する情報が正確でなく、率直でなく、有用でなかったとしても、少しも驚くには値しない。テンをいっそう危険な存在にしているのはそこで、情報がまったく欠落しているため、わずかでも事実が発見されたとなると、ほぼ常に疑いの目が向けられることになる。

なによりたちが悪いのは、ほとんどの場合、テンのメンバーが襲ってくることは、彼または彼女が去って死体が冷たくなってからでなければ絶対にわからず、そうなってからでもわからない場合が多いということだった。証言させたくない証人がいる？　おっと、見てごらん……間《ま》のいいことに、就寝中に心筋梗塞を起こしたらしい。ある議員のせいでビジネスがやりづらい？　その議員とはアパートメントで若い愛人と並んで裸で死んでいるのが見つかった例のご立派な紳士のことじゃないのか？　交通事故、転落死、謎の病、理由のわからない蒸発、悲劇的な火災……どうやらテンのメンバーは、需要に応じてそうした事態を創りあげることができるらしかった。

そしてドラマというのは、そのテンのひとりであり、かつてわたしを心底震えあがらせた女である。ドラマとの対決後に、デイルとコリーとナタリーとわたしが街を捨てて南極の掘っ立て小屋に引っ越さなかった理由はただひとつ、そんなことをしても無駄だと知っていたからだった。

ドラマがわれわれを殺したいと思えば、われわれの命はない。

それでもやはり、ピューの警護を終えてからの数週間は、四人とも四六時中パラノイアにとりつかれて生活していた。ナタリーは、カレッジの二回生のときに暮らしたパリを再訪するのが念願だったのだと言って、一ヵ月間フランスに滞在した。コリーは妻と息子を連れてエクアドルの実家を訪れた。デイルと恋人のイーサンは〝アメリカ探しの旅〟と称し、四週間かけて車で各地をまわった。わたしはこの街にとどまり、すべて平常どおりであるふりをして過ごした。

なにも起こらなかったので、四人とも肩の力を抜くようになったのだが、そのあとクリスチャン・ハヴァルが、本を執筆しているからインタビューに応じてくれないかと各人のもとに頼みにきたときには、ふたたびだれもが気もそぞろになった。ハヴァルは《デイリー・ニューズ》ニューヨーク支局の犯罪記者であり、ピューの警護に強引に首を突っこんできて、その渦中での経験を特集記事に綴った人物なのだが、ごく最近それを書籍に著して、まもなく出版されることが決まっていた。先日聞いた話では、ハヴァルはその本を『ドラマ――警護と暗殺の世界にひらかれた窓』と題したそうで、わたしや同僚の知るところを総合してみると、本のなかでハヴァルは起こったことのほぼ全容を開陳しているようだった。われわれの名前を変えるような手間をかけてくれたとは聞いておらず、本の出版と同時にどっと押し寄せるにちがいない一般大衆の詮索の目を、待ち遠しいとはとても思えなかった。

ドラマもたぶん、同じ気持ちではないだろうか。

自分や仲間がいまも息をしているのは、ドラマの目につかないようにしているからだとわたしは受けとめ、それでいいと思っていた。

それこそわたしの望んでいる状態だった。

マリエッタのプレゼンテーションのあとはスライド・ショーに移行し、液晶プロジェクターが、どこから入手したとも知れぬ粒子の粗い盗撮写真を、部屋の奥の壁に映しだした。最初のセットはドラマの写真だったが、うちの二枚ほどは、当人なのか胸のある薄鼠色の染みにすぎないのか判断しがたかった。スライドの大部分が防犯ビデオや望遠レンズで撮った映像を引き伸ばした白黒写真で、カラー写真も数枚あった。ドラマは女にしては長身でわたしとあまり変わらず、ひき締まった体は六十三、四キロといったところだろうか。髪は、以前に見たときはブロンドで肩までのばしていたが、いま壁に映しだされているさまざまな写真では、髪型も髪の色も、そのほかの外見と同様、常に変化している。目は、わたしの記憶では青かった。ラテックスを使ったり凝ったメイクアップを駆使するような最新の変装をする気はないようだが、小さな変化をくわえて容貌の特定を困難にする技術に長けているようだ。四枚の写真で眼鏡もしくはサングラスを着用しているが、同じものを二度使うことはなく、それぞれのフレームが顔のかたちを隠したり、ちがって見せたりするのに役立っていた。

マリエッタはスライドを順に送り、最後に最新の一枚が映しだされた。前回わたしがドラマを見てから、数分ののちに撮影された写真だ。ブロードウェイ沿いのビルの外に停まった消防車にピントを合わせたその写真は、たまたま通りがかった旅行者が作業中のニューヨーク消防局《FDNY》をカメラに収めたくて撮ったものだ。かろうじて画面に入っているドラマは、ブロードウェイを北向きに歩いており、そこにカメラがあることを知らなかったのはまちがいないようで、顔を隠していなかった。

かちっと音がして、スライドが同じ写真の大写しに変わり、こんどはドラマを中心にトリミングがしてあった。数あるスライドのうち、本当にいい写真はこの一枚だけだった。ＦＢＩはもとの写真のネガを入手することに成功し、そこから焼きなおして、最新イメージの出来栄えに改良をくわえていた。ほぼ横顔の状態で、まっすぐ自分の正面を見据え、サングラスを用意した右手を持ちあげようとしている。黄褐色のスラックスに黒のラフなブレザーを羽織り、髪はストレートのダーティーブロンドを首のつけ根までのばしている。なにか言いかけるようにわずかに口をひらき、上唇の端がきゅっと後ろにひかれて、微笑みはじめる瞬間か、微笑み終わった瞬間のようだった。

この写真は以前にも見ていたが、見るたびにその表情の意味が気になった。このときのドラマは爆弾でわたしとデイルとピューを殺そうとした直後であり、ブロードウェイを歩きながら、仕事は成功した、われわれは死んだと確信していたのだとも思える。手がけた仕事をやり遂げた満足の表情だったのかもしれない。仕事に抱いた矜持《きょうじ》が顔にあらわれたのかもしれない。

ラップトップがさえずるような音をたて、白色光がドラマの映っていた壁を満たした。マリエッタはナレーションの締めくくりに沈黙を置き、その後、質疑応答の場を設けた。インターポール代表の女は、わたしがドラマと顔をつきあわせて会話したという事実に感銘を受けたようだった。

「どういった経緯でそういうことに？」と女は訊いてきた。

「自宅で待ち伏せされたから」

「なぜそんなことをしたのかしら？　あっさり殺さなかった理由は？」

「先にうちの自宅に盗聴器をとりつけたんだ。われわれは作戦計画の大半をそこで立てていた。おれを生かしておいたほうが役だつということだったんだろう」

「そして、話をしたのね？　どのくらいの時間？」

「十分ほど」

「なぜ？」

「おれの考えでは、こちらの帰宅がちょうど盗聴器をしかけた直後だったため、おれの気をそらせ、室内でなにか置き場の変わっているものがあっても気づかないようにしたかったんだと思う。それと、精神的に参らせたかったんだろう。ドラマからの電話も大半はそれが目的で、心理的に追いつめようとしたにちがいない」

ふたりの韓国人は小声で話しあっていた。ひとりが質問をする。「彼女の国籍を特定できるだろうか?」

「無理だな。英語は自然で流暢だった。中部大西洋岸のアクセントがかすかにあったから、英語が母国語である可能性はある」

「受けた訓練についてなにかわかることは?」もうひとりの韓国人が訊いた。

「過去にボディーガードをしていたようなことをほのめかしていた。どこでとは言わなかったが」

「年齢はいくつくらいだと思う?」

「おれと似たようなものじゃないかな、三十代になったばかり。そのくらいだ」

「利き手はどちらだった?」

「右」

「科学技術に傾倒している印象を受けた?」とインターポールが訊く。

「いや、手近にあるもので最適なものを利用するという感じだった。尖った棒で望む仕事が遂行できるなら、それを使うだろうな。だが、科学技術については最先端に至るまで精通している。うちのアパートメントの盗聴に使用されたAC電源式送信機は全長で約二ミリ、幅はその半分だった。爆弾も自分で組み立てている」

インターポールの女はその回答を気に入って、ノートにメモを書きつけた。「十分間の会話をしたんだったわね。彼女の性格について、なにか言えることは？」

「いくつかブラックジョークを言って、言葉遊びを楽しんでいるような感じだった。当時われわれは——同僚とおれという意味だが——ドラマにパートナーがいる可能性を想定して行動していたんだが、最終的にはまちがいだったと判明した。ドラマはそいつを楽しんでいた。誘惑しているようにさえ見えた」

全員の視線がわたしに釘づけになり、やめてくれるまでわたしは待った。〝誘惑〟という言葉のせいだ。その言葉を使うとかならず、質問をしていた連中は、なにか隠しごとをしているのではないかという目でわたしを見る。まるでそれ以上のことがあったかのようだが、じっさいはなにもなかった。ドラマとの会話の締めくくりは寝床のなかではなく、それどころかスタンガンの発する十二万ボルトをくらわされて、彼女が去ったあとも相当の時間が経過するまで、艶《なま》めかしい気分にはとんとご無沙汰になってしまったくらいだ。

マリエッタの咳払いで、ふたたび質問がはじまった。つづく小一時間、ドラマが用いた装備やその使用方法にはじまり、ドラマと闘うにあたってどんなテクニックが有効で、どんなものが失敗と判明したかなど、あらゆる側面を網羅した質疑応答がなされた。韓国系のふたりはわれわれの対監視手順におおいに興味を抱き、ドラマがわたしのアパートメントに仕掛けた装置の全スペックを知りたがった。

それが済むとインターポールの女がマリエッタにCD-ROMを手渡し、そこからマリエッタが新しい画像を読みこんでプロジェクターに映しだした。

「何人か、きみに見てもらいたい人物がいるんだ」マリエッタはわたしに言った。「ひとりでも見覚えがあったら教えてほしい」

「まずないだろうな」わたしは言った。「これまでもまったくなかった」

「ええ、知ってるわ」とインターポール。「お願いだから、つきあってちょうだい」

四十七枚の写真は、その大半が監視カメラで撮られたもので、写っている男女はみなテンのメンバーだと疑われている人物のようだった。人種は広範に入り混じっていたが、やや白人が優勢のようだ。

予言したとおり、見覚えのある顔はひとつもなかった。

インターポールがブリーフケースから一枚の紙をとりだし、目のまえのテーブルに置いた。「いまからこちらで集めたいくつかの名前を読みあげるから、聞いたことのある名前があれば教えてちょうだい。たとえば、ドラマがそのどれかを口走っていたとか」

「いいよ」

「クロード・ポンチャーディアは？　またの名をジャン＝クラウド・デュポワ、もしくはマーロン・ブレダというんだけれど？　ファイアマンとも呼ばれているわ」

「知らない」

「ベンジャミン・ホウルカムは？　ダンサーと呼ばれているかもしれない」

「知らない」

「ジェニファー・エバティーン、またはテリ――rがひとつにiがひとつ――・ガルサ。リリスと称されることも？」

「知らないな」

「ラヴィ・ライ。またの名をロベルト・ミューネスは？　呼び名はゴメス――」

「『アダムスファミリー』の？」

女は紙面から顔をあげて、わたしを見た。「え？」

「なんでもない、悪かった」わたしは謝った。「そいつも知らないよ」

「アンドレアス・パリオス、もしくはサイモン・ベン＝ハヴァーは？　ローレンスで知られている場合もある」

「知らない」

女はマリエッタに眉をひそめてみせると、アタッシェケースにその紙を几帳面にしまいこんだ。このインターポール代表に訊いてみようかと思ったのだが、そうしたコードネームはいったいどこから仕入れてくるのだろう。それに、テンのメンバーが自分たちのあいだでもそれを使っていると本気で思っているのだろうか。ドラマが受話器をとって、たとえばリリスに電話をかけ、首の骨を折るコツを交換したり、車両爆破の近ごろの相場を訊いてみたりする姿は、わたしにはどうも思い浮かばない。コードネームは法執行機関や情報機関によって使用されるものであり、はるか昔に本名を失い、いまは挽いたコーヒー豆を通り抜けていく熱湯さながらに数々の偽名を通過していく連中に、ラベル付けをする手段にすぎないはずだ。

テーブルの向こう端にいる全員が、額をつきあわせて熱心に話しこんでいる。スコットの座っている席を見やると、肩をすくめてよこしたので、わたしは咳払いをした。話し合いは途切れなかったため、もういちど、こんどはもっと大きな音をたててみた。すると、マリエッタが顔を起こした。

「なんだね?」

「楽しませてもらったよ」とわたしは言った。「だが、ほかに行くところがあるんだ」

「もちろん」マリエッタは立ち上がりながら言った。「わざわざ来てもらって、長いあいだ話を聞かせてもらって感謝してる」

「お安い御用さ」とわたしは嘘を言った。

スコットも立ち上がり、ふたりでドアに向かった。出ようとしたとき、インターポールの女がマリエッタに訊ねるのが聞こえた。わたしがスカイ・ヴァン・ブラントとつきあっているという話は本当なのか、と。

4

スコットはいったん市街を車でもどって、オフィスまで送り届けてくれた。朝方の晴れた空は消え、低く灰色に垂れこめた、いまにもぽつりときそうな空にとってかわっていた。

「たいしたことはなかったな」カナル・ストリートに曲がりながら、スコットは言った。

「あんたにとってはな」わたしは言った。「いくらか寝不足解消にもなったろう」

「本気で眠ってたわけじゃない。目が疲れないよう休めてたんだ」

「奥にいたふたりは何者だ？」

スコットは肩をすくめた。「アルファベットから三文字選んで混ぜたら、それが答えだ」

ホーランド・トンネルを抜けようと苦闘している渋滞に巻きこまれないよう、そのまえにカナル・ストリートを降り、ブロックをハドソン・ストリートのほうへまわりこむようにして、ＫＴＭＨ社がオフィスを構えるビルの真向かいに駐車した。小さなブロック全体を占有しているそのビルは、かつては出版までを一貫しておこなう堅実な印刷会社の根城だったものだ。いまではマンハッタンの印刷業界は死に絶えてしまい、その結果、ビルの大規模修繕工事がすすめられていた。十七階建てのこの物件はトリニティ教会が所有し、この一画の資産価値向上に全力を注いでいる。てっぺんにあと二階分のフロアを足す工事がはじまっており、足場が三方向から建物を囲んでいた。

スコットはわたしを降ろし、また二、三日のうちに連絡を入れるようにすると言った。通りを渡ったとたん、頭上の窓で運転中のエアコンから、しずくがぼたぼたと垂れ落ちてきた。わたしがエル・パソに発ったあとでロビーの壁が新しいペンキで上塗りされ、そのにおいがまだ充満している。一緒にエレベーターを待っている小集団の顔ぶれは、大半がこのビルの十六階にある〈ニューヨーク・レストラン・スクール〉の生徒たちだった。日中にしてはずいぶん人が多いように思い、腕時計を見ると一時六分で、ちょうど昼食を終えてもどってくるところなのだと気がついた。

エレベーターが到着し、大勢の生徒にまぎれて乗りこんだ。黒人やラテン系の若者がほとんどで、わたしは〝超絶美味なベアネーズソースの作り方〟についてのおしゃべりを、耳をそばだてて聞いていた。十五階で彼らをあとにして降り、廊下の突きあたりの重厚な木製ドアへと向かった。ドアには真鍮製のプレートが塡まり、そこに〝ＫＴＭＨエグゼクティブ・プロテクション〟と書かれている。ドアは鍵があいたままで受付スペースにはだれもおらず、受付係の姿さえ見えなかったが、驚きはしなかった。ずっと運がないのか、電話に出てメッセージを受けてちょっとタイプを打って、オフィスを訪れる客を出迎えるという複雑な仕事をマスターできる人材がいまだに見つからないのだ。

しばらく立ったまま、廊下の奥から聞こえる声に耳を澄ませていると、背後で入口のドアがカチリと音をたてた。入ってきたのはコリー・ヘレッラで、〈クリスピー・クリーム〉のドーナツの箱を抱え、口にもひとつくわえていた。

「LAにいたんじゃなかったのか?」わたしは訊いた。

コリーの返事はドーナツに吸収されてしまい、ついてこいと言うように頭を振りながら廊下を歩いていくので、わたしは指示にしたがった。ここにはふんだんなスペースがあり、充分に全員が窓のある専用オフィスを確保できたし、いい部屋を巡っての喧嘩も無用だった。さらにコーヒールームや資料室、会議室、装備保管室、洗面所二ヵ所――片方はシャワー付き――が備わり、あと三部屋は用途が決まらないまま空き部屋となっていた。壁はオフホワイトに統一され、床は主に見た目は本物そっくりだが傷がつかないスウェーデン製の擬木集成材を使っていた。なかなかすばらしい空間で、はじめて入った人にはオフィスというより、もっとくつろいだ印象を持ってもらえるのではと思っている。

コリーはコーヒールームに入り、箱を降ろしてドーナツを呑みこんでしまうと、「けさもどってきたんだ」と言った。

「そのようだな。でも、おまえだけは来週までLAに残るはずだっただろう」コリーとデイルのふたりは、わたしがエル・パソに発つ少しまえに、ある種の製作における技術アドバイザーを務めるという、さるメジャーな撮影所から請けたコンサルティング仕事で出かけていた。ふたりの説明によれば、要は若い役者たちに本物の手つきで贋物の銃を握る方法を教える、ということだったらしい。「なにかあったのか？」

「いや、たんに予定より早く済んだんで、帰っていいと言われただけさ」コリーは食器棚をあけて、皿を一枚とマグカップをみっつ取りだした。カウンターのコーヒーメーカーにはコーヒーがめいっぱい作ってあり、淹れたての香りがした。「デイルは時差ぼけからまだ立ち直ってなくてな。いま家に帰ってるが、おれのほうはちょっとオフィスの様子をたしかめに寄ろうと思ったってわけだ」

「そしてドーナツを持ちこみ、コーヒーでも淹れよう、と？」

「こいつはおれの分じゃない。ポットを持ってくれないか？　両手がふさがってるんだ」

　ポットを手にコリーのあとからコーヒールームを出ると、廊下を引き返していくので、これはつまりナタリーの専用オフィスに向かっているのだろうと察しをつけた。

「その額はどうした？」肩越しにコリーが訊ねた。

「禁煙奨励プログラムさ」

「ナタリーの話じゃ、あんたとスカイ・ヴァン・ブラントは仲たがいしたんだって？」

「スカイ・ヴァン・ブラントとおれは、もともと仲よくもしてなかったがな。ナットはどこに？」

「あんたのオフィスだ。客人をもてなしてるんだよ、まだ察してないようなら言うが」

「察してたさ。こんどはだれだ？　どこかの甘ったれたロックスターがホテルの部屋の掃除を手伝ってくれと言ってきたのか？　それともまた、映画界のセレブがおのれのエゴを満足させるための人手がほしいと？」

わたしのオフィスのドアは廊下をはさんでナタリーのオフィスと向かいあっており、そのまえで立ち止まったコリーは、片手に皿を載せてバランスをとった。コリーはわたしより十三センチほど背が低く、レスラーのような体軀と黒い髪と、この世に敵はひとりもいないのかと思わせるような笑顔の持ち主である。だが、その笑顔は見せてくれなかった——見せたのはしかめっ面で、顔を動かさずに目だけでわたしを見上げている。

「ドアをあけてくれよ」コリーは言った。

コリーと目を合わせたまま、わたしはドアをあけた。「頼むから、こんどの警護対象者は我慢ならないガキじゃないと言ってくれ」

「車の後部座席で吐くことがそれにあたるんでなければね」と、レディ・アントニア・アインズリー＝ハンターが返事をした。


「こっちにはいつごろまで滞在を？」わたしは訊いた。

「きょうだけだ」ムーアが言った。「今夜にはとんぼがえりさ」

「忙しい旅だな」

「公爵令嬢は国連本部《UN》に用があってな」

ナタリーとコリーとわたしは、ムーアの隣の椅子に腰掛けたレディ・アインズリー＝ハンターが、ちょうどチョコレート・オールドファッションのかなり大きなひとかけを口に押しこんだところに揃って目を向けた。両の頬がぷっくり膨らんだのを見られた令嬢は、片手で顔を隠しながら急いで嚙んで呑みこむ一方、反対の手で、ちょっとの間《ま》ほかに見るものを見つけたらどうかという大意の身振りをした。

「国連ではドーナツを出してもらえなかったと見えるな」わたしは言った。

「うむ、紅茶だけだった」とムーア。

「そんなに大げさな用じゃなかったの」レディ・アインズリー＝ハンターが言った。「ただの会議よ、それだけ」

「そうそう、国連本部で会議があっただけだよな」コリーが言った。「じつはおれも、先週あそこに呼ばれちゃってさ」

「そういえばあたしもそうなの」とナタリー。「事務総長がブッククラブの仲間でね。課題本リストを渡さなきゃならなくて」

「この人たちはわたしをからかってるわ、ロバート」とレディ・アインズリー＝ハンターが言った。「やめさせて」

「これ、きみたち、公爵令嬢をからかうのはやめたまえ」ムーアが言った。

「おいおい、われわれの先祖はその権利のために独立戦争を闘ったんだぞ」わたしは指摘してやった。「からかわれたくなければ、そんなに欲張って食べちゃいけない」

「まったく植民地の連中ときたら」とレディ・アインズリー＝ハンター。「ひょっとしてこの人たちは、ロイヤル・ファミリーの一員であり、連合王国世襲貴族のひとりでもある人物と話してるってことをわかってないんじゃないかしら？」

「いや、わかってる」ムーアが言った。「問題は、だれも気にもしとらんってことだ」

「まもなくわたしが国連の名誉親善大使と呼ばれることになるのを知ったら、この人たちもっと適切な敬意を払うようになるかもしれないわね」

「なるかもしれないな。なりそうか？」

わたしがコリーを見やると、コリーはナタリーを見やり、ナタリーはわたしを見て、全員がうなずいて賛同を示した。

「ええ、それなら敬意を払いましょう」とナタリーが言った。

レディ・アインズリー＝ハンターは、よろしいという徴《しるし》ににっこり笑い、われわれはお祝いの言葉を送った。どうやら本人はその栄誉にいささか照れているらしく、なんどか催促してようやく説明してくれたところによると、〈トゥギャザー・ナウ〉はかねてより〈国連・子どもの権利委員会〉とともに活動をつづけてきており、その活動における熱意のほどが今回の任命に結びついたのだという。まだメディアにはなにも発表されておらず、正式な任命は三週間先まで下りないということだった。

「それでここに来ることになったというわけなんだ」とムーアが言った。「わたしはやめておこうと言ったんだが、令嬢がどうしても、きみたちごたまぜ集団の手を借りてほしいとおっしゃるんでな。内容は前回とほぼ同じだ」

「できれば今回は妄想にとりつかれた男を抜きにしておいてほしいけど」レディ・アインズリー＝ハンターがつけくわえた。

「うちのスケジュールはどうなってた？」わたしはナタリーに訊ねた。

「これに関してなら空けられるわよ」

「なら、協力しよう」わたしはムーアに言った。

「すばらしいわ」レディ・アインズリー＝ハンターが言った。「あなたとロバートにはここで詳細を話しあっていただくとして、残りのみんなは遅い昼食に出かけてもよさそうね」

レディ・アインズリー＝ハンターが立つと同時に全員が腰をあげ、ナタリーとコリーは装備保管室に無線その他のギアをとりにいった。ふたりが上着を羽織って所定の位置に銃をおさめてからもどってくると、みんな揃って正面入口に向かった。ムーアが午後遅くにまた三人と落ちあう手はずを整えたところで、レディ・アインズリー＝ハンターはわたしにさよならを告げ、頬についばむようなキスをした。

「引き受けてくれてほんとに嬉しいわ。忙しくて断られるんじゃないかと心配してたの」

「きみの頼みを忙しくて断ることは、今後もありえないよ」とわたしは答えた。

ムーアとわたしは三人がエレベーターに乗りこんで階下《した》に降りていくのを見届けてからなかにもどり、ふたたびわたしのオフィスに入った。それぞれ自分のカップにコーヒーを注ぎ、わたしはラップトップをとりだして、デスクではなくカウチに腰を落ち着けた。ムーアはさっきと同じ椅子に座って煙草に火をつけ、ふたりで必要と思われる内容を詰めにかかった。わたしの友人知己のなかでもムーアはずばぬけた自制心を持つ人物であり、それはある部分、世界最優秀の特殊部隊とはなんたるかを心得ていると定評のある英国陸軍特殊空挺部隊《スペシャル・エアー・サービス》に服務していた結果だろうが、おそらくそれにくわえて、ムーアが黒人で、生来ずっと偏見に対処してこなければならなかったことにも起因しているのだろう。四十代なかばのその顔には、二十五年余にわたる厳しい兵役の皺が刻みこまれている。公的セクターで働くいまもまだ、ムーアは髪を陸軍刈りにしていた。

「マンハッタンには五日間滞在することになる」ムーアは言った。「通常の報道記者会見を組む予定にしているが、国連が大使任命の公式発表をした時点で会見の申し入れはどっと増えるだろうから、ある程度スケジュールを空けておくようにしてるんだ。日程がもっと詰まってきたら、また知らせよう」

「どこに泊まるんだ？」

「ジ・エドモントンだ。知ってるか？」

「ああ、セントラル・パークの近くだな」

「十八階のスイートをとろうと思っている」

「もう少し地上に近い部屋はとれないのか？」

ムーアは首を横に振った。「じつは本人がエドモントンのスイートを気に入っていて、十二階より下にはないんだよ」

「連れてくるのは全部で何人になる？」

「本人と、個人付秘書――憶えていると思うが、フィオナ・チェスターという若い女性だ――そしてわたし。それだけだ」

ラップトップ越しにムーアを見やる。「ほかにはだれも？」

「令嬢はそれでも大袈裟だとお考えだ」

わたしは笑った。「それを聞いてどれだけ生き返ったような思いがするか、あんたには想像もつかないだろうな」

「いいや、つくとも。きょう《ポスト》を見たからな」

「ガードの増員は要るだろうか？」

煙草を深々と吸ったムーアは、少し顔をしかめて鼻から煙を噴きだした。「正直言ってわからん。プロフェッショナルとしてのパラノイアにずっと煩わされっぱなしなんだ」

わたしはおもわずうなずいた。その意味するところは重々理解できるからだ。金と時間と見てくれが問題にならないのなら、ムーアもわたしもレディ・アインズリー＝ハンターをケヴラー繊維にくるんで移動させたいところだったし、救急医療従事者を含む一ダースの人員で警護班のローテーションを組みたかった。

すでに空になったコーヒーカップに、ムーアはぽとりと灰を落とした。「彼女に対する脅威レベルはここ最近かなり低くなっている。とくに、北アイルランドの和平問題が進展をみてからはな。これまでＩＲＡが最大の懸念だったんだが、いまはちがう。ときどき彼女のもとに手紙が届くんだが、まあその程度だ」

「手紙というとどんな？」

「ああ、お決まりのいかれた内容さ。大半は性的なものだ。夢物語や、シナリオもどきの手紙だが、そういったなかにも暴力的なものはめったにない。もちろんみんなロンドン警視庁《スコットランド・ヤード》に転送しているが」

「全部見せてもらえないか。書き手が判明しているものがあれば、その名前のリストも」

「お安い御用だ」

さらにいくつかメモをタイプし、打った内容をムーアに見せた。ざっと読んだムーアがひとつふたつ変更をくわえ、四時には周到な計画ができあがった。翌朝から事前準備をはじめる旨を伝えると、ムーアは自分サイドでなにか進展があったり、とくに人まえに出るような機会がほかに確定した場合は、そのつど情報を伝えると約束した。さらに五分をかけて料金の相談をしたのだが、わたしが負けてやろうとするとムーアは不機嫌になった。「きみはビジネスマンとしては救いがたいな、アティカス。

自分たちの値打ちに見合う額をちゃんと請求したまえ」

「値段を負けるのは、あんたがおれたちを有名にしてくれた恩人だからだ」

「そんなものでなにが変わるというんだ、馬鹿者め。さあ、本当のレートを言うんだ。あした依頼料を送金するから」

「一週間につき六千ドル、プラス諸経費だ」

「いったいなにを考えてるんだ？　すくなくとも一万は請求すべきだと、自分でもわかってるはずだぞ」

「こんなことで言い争うなんて信じられんな。八千ドル、それが最終オファーだ。その金額をのむか、やめるかだ」

ムーアが承諾したので、わたしは白紙の標準契約書をとりだして、しかるべき内容を記入し、それぞれが署名を入れた。オリジナルを保管用に預かり、一部コピーをとって渡すと、そろそろムーアが行かなければならない時間になった。ドアまで送っていって、握手を交わしたのち、ムーアは帰っていった。

デスクにもどって契約書をファイルに綴じ、空になった皿とマグカップを片づけ、ムーアの吸殻をトイレに流した。食器を洗って棚にしまい、コーヒールームのカウンターを拭いて、ポットの底に残った澱《おり》をゆすぐ。そうしてからまたデスクにもどり、腰を降ろした。照明は消えたままで、影が長くのびていた。わたしの左側、カウチとは反対の側に、《タイム》誌と《ニューヨーク》誌の表紙、ほかにもいくつかの新聞の一面を飾った写真が額に入れて掛けてある。薄暗がりで見ると、新聞写真はその日の朝に見たスライドを思いださせた。細部がぼやけ、さまざまなグレーが渾然と流れる様子が。

オフィスのなかのものが見えないほど明かりが弱まると、わたしは椅子をまわして窓の外を見た。下の路上では、トンネルにもぐりこもうとする車が何台も何台も押し寄せては列をのばし、ガラスと着色金属の車体にヘッドライトとテールライトが白と赤の光を映している。ときおりクラクションやサイレンの音が周囲の街から浸みこんできたが、それ以外は静かだった。

わたしはアントニア・アインズリー＝ハンターのことを思い、いかにその人に心からの好意を抱いているか、その人生の使いように感銘を受けているかを考えた。彼女を警護できたことが誇らしかった。

ふたたび警護を頼まれるほど、信頼されていることが誇らしかった。

5

十日後、会議室でデイルと作業をしていると、フロントデスクの派遣社員がインターコムのブザーを鳴らした。その日われわれは午前中を費やして、ブロンクスのドウィット・クリントン・ハイスクール周辺エリアの危険分析をおこなっていた。レディ・アインズリー＝ハンターが訪米二日目の午前に、そこで講演を予定しているのだ。学校の講堂で生徒たちをまえに話をし、その後は〈トゥギャザー・ナウ〉の地元支部のメンバーらと交流会を持つ。デイルとわたしは車でエリア一帯を走って数ある進入路の確認を済ませたのち、徒歩で下見にまわった。三ダースの写真を撮り、地図を作成し、フィルムを一時間現像の店に預けてから、簡単に昼飯を済ませた。

そして、いまはオフィスにもどり、学校までのもっとも安全な往路と復路を割りだしにかかっていた。最短かどうかは二の次だ。デイルは関連する写真を部屋の奥の壁にかけたコルクボードに留めているところで、わたしはニューヨーク五区の〈ハグストローム・アトラス〉を広げて走行ルートに線引きし、それを文字情報として法律用箋に手書きしていた。ナタリーとコリーはエドモントン・ホテルに出向いて、そちらのほうの下見に各部屋をまわっているはずだった。

電話機からインターコムのブザーが鳴ると、わたしはペンでボタンを突いた。「はい？」

「コディアックさん？」派遣社員が言った。「ミズ・クリス・ハヴァルが受付にいらしてます。面会のお約束はありません。でも、なにかお渡ししたいものがあるそうですので」

「ほら来なすったぞ」デイルがそうつぶやきながら、次の写真をコルクボードに画鋲で留めつけた。

「すぐ行くと伝えてくれ」インターコムにそう答えてボタンを離すと、わたしはペンにキャップをして腰をあげた。

「もしあんたにだけ一冊持ってきたんなら、おれは侮辱された気になるな」とデイルが言う。

「もしおれにだけ一冊持ってきたんなら、断然そう感じる権利があるとも」とわたし。

廊下の突きあたりで待っていたハヴァルは、わたしがやって来たのを見て微笑んだ。前回会ったときから七ヵ月近くが経ち、クリス・ハヴァルは見た目は変わらないものの、どこかまえとはちがう雰囲気を身にまとっていた。ショートヘアはアーティスティックに乱してあり、肌は健康的な生活か高価なエステサロンのどちらかでしか得られない色つやをしている。わたしの知っているハヴァルから考えると、後者にちがいなかった。肩からかけたブック・バッグは黒革のイタリア製で、最近になって新調したものだろう――以前のブック・バッグはオリーブドラブのキャンバス地で、Kマート製だった。左手には紙のショッピングバッグを提げていた。

「会ってくれてありがと」クリスは言った。「どうもアポイントをとるべきだったらしいわね？」

「きみに十分間という果てしない時間を与えよう」そう保証して、わたしは自分のオフィスを指し示した。なかに入ると、ハヴァルはギャラリーにしている壁にまっすぐ歩み寄り、ひとつひとつの額に目を凝らした。わたしはデスクのまえに腰を落ち着け、それが済むのを待った。終わるとハヴァルは、くたびれたティーンエイジャーのようにカウチにへたりこんで、ブック・バッグが床にずり落ちたのもかまわず、紙袋のほうをコーヒーテーブルに置いた。なかからとりだしたのは、ギフト包装した箱の束だ。金色のフォイルペーパーで包んで、ひとつずつ丁寧にブルーのリボンをかけてある。

「これが例の？」わたしは訊いた。

「ええ、そうよ」ハヴァルはいちばん上の箱をとって、ひょいとフリスビーのように投げてよこした。

　中身はハヴァルの書いたハードカバーの本だった。ダストジャケットはつや消しの黒で、おもてには伝統的な舞台劇の仮面がふたつ、光沢のあるシルバーのエンボス加工であしらわれている。一方の仮面は悲劇面、もう一方は喜劇面だ。悲劇面の左目は血の涙で光っていた。ジャケットの裏面には、わたしのまったく知らない大勢の人々の言葉が引用され、〝驚愕！〟とか〝明かされる真実！〟とか〝まさにこの分野における決定版と言えるだろう！〟などと書かれている。

　本の扉にハヴァルのサインが記され、献辞が添えてあった。献辞はこうだ。〝アテイカスへ──わたしを吹き飛ばしかけてくれたことに感謝をこめて〟

「どういたしまして」わたしは言った。「つぎはもっとがんばるよ」

「あんなことを考えついた時点で殺人よ。それにしても本に献辞を書くのがこんなにたいへんだなんて思いもしなかったわ」ハヴァルは残りの包みをぽんと叩いた。「あなたはまだ簡単なほうだったのよ。コリーとデイルには、なんて書いたらいいか見当もつかなくって。ふたりともいる？」

「デイルは会議室で作業してる。ナタリーとコリーは外出中だ。おれが本を預かってもよければ、全員にちゃんと渡しておくが」

「みんな忙しそうね」

「そうなんだ」わたしは肯定した。

「それじゃ、これはまかせとくわ」ハヴァルはカウチにもたれてコーヒーテーブルに両足を載せ、そろそろ帰ろうかといったようすなど微塵もなかった。「この本はあなたたちみんなに誠意をもって書いたつもりよ。正直に書こうと努めたつもり。感想はかならず聞かせてね」

「もちろんだ」わたしは本を閉じ、デスクの脇の電話に並べて置いた。「売れ行きのほうは、なにか聞いてるかい?」

「月曜まで公式には発売されないんだけど、初版は予約注文だけで売り切ったわ。出版元は増刷にかかってて、こんどはハードカバーで五万部よ、信じられる? みんな《タイム》誌の年間ベストの話でもちきりになってて、もう決まったも同然と思ってるみたい」

「そいつはすごいな」

ハヴァルはかぶりを振ると、両手で、まあ待て、まだあるんだというような曖昧な仕草をしてみせた。「もっととんでもないことになってんのよ。あのね、あたしには著作権エージェントがついてて、こないだその人が二作目の契約をとってきたの。出版社はすぐにでも書いてくれって言ってるんだけど、その前金っていうのが気後れしちゃうような金額だったのよね、ほんとに。それで、エージェントは別にもうひとり、ハリウッド系列のがいるんだけど、けさそこからも映画化権のオファーがきたって電話があって、その額を聞いたらもう、二冊目の本の前金ですらドブで見つけた小銭に見えてくるってもんなのよ」

　はじめ喜びかと見えたハヴァルの感情が、じつはショックであったことにわたしは気がついた。

「来週の月曜から出版記念ツアーを組んでて、ラジオやテレビや、インターネットのチャットルームや、公共放送サービス《PBS》といったあらゆる場に出演するの。いろんな人があたしのエージェントに電話してきて、インタビューの予定を組みこんでくれだのなんだのってせっついてるわ。あたし、いつ目が覚めるかと思ってさ、アティカス、だれかが電話してきて、とんでもないまちがいがありました、あたしの本じゃなくて、だれか別の人の本でした、クリス・ハヴァルという名前の別人が書いた本でした、って言ってくるんじゃないだろうかって」

「よかったじゃないか、嬉しいよ」とわたしは言い、それは本心だったのだが、声が誠意を伝えておらず、クリスはそれを感じとったようだ。傷ついた表情が一瞬よぎってすぐに消えた。

「待って、ちがう、あなたたちの実名は使ってないの」ハヴァルは言った。「名前は全部変えてあるのよ」

　胸から車一台が転がり降りていったほどの安堵だった。

「そこんとこ？　それを気にしてた？」

「そこんとこだ」わたしは言った。「ありがとう、クリス」

「まだ礼は言うべきじゃないかもしれないわ。謝辞には挙げたのよ、あなたもほかのみんなも、それから社名にも触れた。注意して読んでいれば、だれでも気がつくと思うけど、でも……」

「そのくらいは乗り切れるさ」

ハヴァルはカウチにまっすぐ座りなおし、足をとんと床にもどした。「怖かったの？」

「これ以上名前が広まると思うと、ぞっとしないのはたしかだな」わたしは正直に答えた。

「怖いのはそっちの話？　あの女がまた、その……」ハヴァルは右手で、銃を撃つような真似をしてみせた。

「それはもう怖くない」

ハヴァルはよほど興味に駆られたのか、座ったままカウチの端ぎりぎりまでにじりよってきた。「ほんとに？」

「そんなことをしても意味がないからな。本の出版をとめようにも手遅れだし、ほかにおれたちを狙う理由があるとすれば復讐のみだろうが、あの女の世界にそんな要素が組みこまれているとは思えない」

　ハヴァルは考えこみ、やがてため息をつくと、ふたたび後ろにもたれこんだ。「執筆中になんどかあったの、怖くてたまらなくなることが。文章を考えてて不意に思い至るのよ、これは真実なんだって。自分がこの秘密を書いているあいだも、その女はどこかに存在してる、その女もほかの暗殺者も……そう思ったら、外出するのも怖いし、部屋にこもっているのも怖いし、人と一緒に過ごすのも怖ければ、ひとりでいるのも怖くて……」

「同じだったよ」わたしは言った。

「ええ、きっとそうだったと思うわ」

　数秒のあいだ、わたしとハヴァルは無言で恐怖を噛みしめあった。

「ほんとはもう、次作の執筆にかかってなきゃいけないのよ」ハヴァルは言った。「新しい本にね。連中は一日もはやく、一冊目の続編みたいな、おなじ系統のものを欲しがってる。テンにまつわる新たな本を」

「調査がうまくいくといいな」

「じつはその部分を助けてもらえるんじゃないかって、期待してたんだけど」

　わたしはなにも言わなかった。

　ハヴァルは写真のかかった壁を見やった。「本人と話がしてみたい」

おもわず吹きだして、むせかえりそうになった。

「ええ、どう聞こえるかはわかってるわよ」とハヴァルは言った。「でも、あなたとは何度か話をしたんでしょう。だったらそこまで突飛な考えでもないんじゃないかな？」

「いいや、突飛だ」わたしは請けあった。「クリス、おれを信じろ、あの女にインタビューなんてしたら後悔するぞ。それにどう考えてみても、あまりよろこんでインタビューに応じてくれるとは思えないしな」

「あれからなにか連絡とかはないの？　ピューの件のあとは？」

ハヴァルの言い方だと、まるでドラマが元恋人で、友好的に別れた間柄のようだ。

「本気で言ってるのか？」わたしは珍しいものでも見るように訊いた。

「もし連絡がきてたら、約束をとりつけてもらえるかなと思ったんだけど」ハヴァルは立ち上がって壁を見やり、もっとそばで写真を見ようとまた壁ぎわに寄っていった。「彼女には時間を割いてもらうだけの支払いをさせてもらうつもりよ」

「おれの言うことを聞いていないようだな」わたしは言った。「あれ以来、ドラマと話などしていない。話などしたくない。それにじっさいのところ、きみも話などしたくないはずなんだ」

「いいえ」ハヴァルは言った。「あたしがなにをしたいか決めつけないで、アティカス。驚くべきインタビューになるし、驚くべき本になるわ」

「協力はできない」

「するつもりがないって意味？」

「ドラマから連絡などきてないって意味だ、クリス。そこまでにしておいてくれ」

ハヴァルは壁から振り返り、デスクにいるわたしに探るような視線を向けた。「ずっと音沙汰はないわけね？」

「まるでＦＢＩの連中みたいだぞ。そのとおりだ」

一瞬曇ったハヴァルの表情は、つぎにこう訊いたときには消えていた。「どうやったらコンタクトがとれるか教えてくれない？」

「いま言ったとおり――」

「そういうことじゃなくて、あたしが言いたいのは、ほら、もしあたしがドラマを雇いたければってことよ、ね？　どうしたらいい？」

この口から出て無視されっぱなしのあらゆる言葉より雄弁であることを願って、わたしはハヴァルをひたと見据えた。ハヴァルも見据え返して応じたが、やがて肩をすくめると、カウチにもどってブック・バッグを拾いあげた。

「わかってるだろうけど、調べることはできるのよ」ハヴァルは言った。「訊いたほうが早いからそうしただけで」

「クリス」わたしは言った。「ほんとにやめておいたほうが身のためだ。テンのひとりを釣りあげにかかったとたん、向こうはまだコンタクトもとらないうちから調査をして、きみが何者かを突きとめる。今回、一冊目の本のことを知っている相手は、一キロも手前からきみがやってくるのに気づくはずだ。あっさり無視してくれたら運がいいということになる」

右手で肩の革ストラップを調整しながら、ハヴァルはにっこり笑った。「恐怖心はなにかをやらない理由にはならないわ」

「恐怖心の根源をよく検討すべきじゃないかな。自己保存はひとつの正しい衝動だ」

「わかってないわね、アティカス」わたしのオフィスの出口に向かいながら、クリス・ハヴァルは言った。

「クリス――」わたしはもういちど試みようとした。

「ゲームの名前は、〝書くか死ぬか《パブリッシュ・オア・ペリッシュ》〟なのよ」そう言い置いて、ハヴァルは出ていった。

「異常者ファイルだ」わたしは一冊のフォルダーを、ブリジット・ローガンのデスクに落とした。

「あれ、あんたにはなんに見える？」ブリジットが訊いた。

「なんだって？」

ブリジットはため息をついて上を指差した。われわれがいるのは〈アグラ＆ドノヴァン探偵事務所〉のオフィスで、ブリジットは自分のデスクの椅子にだらりと腰かけ、わたしを無視して頭の上にさがった照明器具に焦点をあわせている。人差し指の方向をたどると、天井にとりつけられた磨りガラスのカバーが見えた。照明器具はつや消しの真鍮のボルトで所定の位置にしっかり留められている。

「照明だろ」わたしは言った。

「ああ、でも、なんに見える？」

「ひっかけ問題かなにかか？　照明器具に見えるが」

「あんたにゃ想像力ってもんがないね」とブリジット。

わたしはブリジットのデスクに置いたファイルをずっと押しやり、キーボードにくっつけた。これまで扱った異常者ファイルのなかでいちばん分厚いとはいかないまでも、骨の周囲にぎっちり身が巻いている感じで、押しやった拍子に新品のトランプが箱から出てくるように中のページが滑りでてきた。「ロンドン警視庁《ニュー・スコットランド・ヤード》謹呈」と、わたしは言った。「ロバート・ムーア経由だ」

「それで、そのSAS野郎はどうしてんの？」

「元SASだ」

「それで、その元ＳＡＳ野郎はどうしてんの？」

「担当している警護対象者とともにわれらが美しき街を訪れるにあたり、けっして危害を被ることのないようにしてくれと、おれたちを頼ってきたんだ。いますぐこれにとりかかってほしい」

「そんなに急がなきゃだめなの？」

「お嬢さん、おれがここにきたのは、われわれの警護努力をきみのサービスで援助してもらう下請契約を結びにきた客としてであって、夜ごときみに悦びをもたらす男としてではないんだ」

「それって、ずいぶん自分を買いかぶってないかい？」ブリジットは椅子に座りなおし、フォルダーをひらいて資料に目を通しはじめた。

「内容はチェック済みなんだよね？」

わたしはうなずき、ブリジットの真向かいの椅子に座った。「郵便物は、ムーアか、ムーアの率いる警護班のだれかが検閲してる。読んで不審に思ったものは警察に転送し、そこからは警察が担当するんだ。そこにあるのは公式資料のコピーで、ムーアがメモを書きこんだものだ」

ブリジットの目は資料を追いつづけていた。「ざっと見たとこ、メモに反アイルランド感情があらわれてないのが驚きだね。あんたはもう見たんだろうけど」

「見たよ」

「特に注意してほしい人物はいるの？」

「気になった手紙には付箋をつけておいた」

ブリジットはわたしが印をつけたページを見つけると、フォルダーからそこだけはずし、目のまえに並べて広げてから、デスクに両肘をついて手で顎を支えた。じっくりと読みすすんでいく。詳しく調べる価値ありと、印をつけておいたのは四通だ。うち三通は性的な内容で、そのうちの二通に同じ送り主の署名があった。この二通ははじめロマンティックな文章に正体を隠し、やがてレディ・アインズリー＝ハンターと一緒になにがしたいかを説明する段になると、徐々に内容が不穏な妄想へと進化していく。はっきりと暴力的な描写をしているわけではないが、先に進むにしたがってトーンが強引で恨みがましくなっていくのだ。三通目は匿名で書かれた手紙で、レイプ殺人妄想を絵のように事細かに書きこんでいた。スコットランド・ヤードは三通目の書き手が最初の二通と同一人物とは考えていなかった。

四通目は、激しい言葉で殺してやると脅迫するもので、書き手は文中で自分が一度ならず〝もう少しで実行に至るところだった〟と言っている。さらにその手紙はジェプスンの襲撃にも言及し、〝ずっと護られていることは不可能だ〟と指摘していた。

ブリジットの口元が一本の線に引き結ばれた。

「肉切り包丁とドリルのくだりに差し掛かったんだろ？」わたしは訊いた。

ブリジットはうなずいて読みつづけ、デスクの抽斗をあけようと片手を動かした。ラインマーカーかペンをとろうとしているのだと思ったら、とりだされたのは缶ケース入りアルトイズのシナモン味で、ブリジットはそれを三粒口に放りこんだ。缶はあけたままデスクの上に置かれた。

読み終わると、ブリジットは署名のあった二通を脇に寄せた。「この二通がいちばん心配だね」

「コネティカット州の消印で投函された分だな？」

「そう、ハートフォードからだよ。〝いつも想っている、ジョセフ・キース〟と署名してある。ジョーとせずに、きっちりジョセフと書いてるね。ジョセフ・キースが何者かはわかってんの？　これを書いたやつのことは？」

「いいや。きみを雇いたい理由はそこだ」

ブリジットは口のなかのアルトイズを嚙み砕いた。「レディ・アインズリー＝ハンターの訪米はいつ？」

「月曜」

「あと五日か」

「そうだ」

「オーケイ、すぐにとっかかるよ。特捜の伊達男とはもう話した？」

「ファウラーは、きみとなら喜んでハートフォードまで運転していこうと言ってた」

「いま、電話してみる」ブリジットは電話に手をのばした。「ハートフォードまで行くんなら、二、三日こっちを空けなきゃならない。うちに寄って郵便物をとりこんだり、植木に水を遣ったりしてもらうことになるよ。あんたらのほうの準備は万端なの？」

「期日が迫ってくると毎度同じ調子だ。細々した部分が目についてきはじめる」

わたしがデスクをまわりこんでそばにいき、その頬に口づけるあいだ、ブリジットはダイヤルする手を止めていた。

「あたしはこのキースってやつの調査に、二週間まえからかかってるべきだったんだよ」ブリジットはそう言ってわたしを叱った。

「けさまで資料が届かなかったんだ。ムーアはわれわれにコピーを渡すために、いろいろ手間どったらしい」

「時間が足りないよ、アティカス」

「しかたなかったんだ」

「なにかおおごとになったときに、その言葉が公爵令嬢への慰めになるんだろうね」

とブリジットは言った。

6

「それで、やつはどこにいる?」ムーアが訊いた。

「そこが問題なんだ」とわたしは答えた。「わからないのさ」

スピーカーフォンからかすかな雑音が聞こえ、大西洋の向こうで、ムーアがナタリーとわたしの伝えた状況について考えこんでいる。レディ・アインズリー＝ハンター到着をあすに控えた日曜日の昼下がり、ナタリーとわたしはオフィスにこもって、こちら側の段どりに抜かりがないことを確認する作業にかかっていた。クイーンズではデイルとコリーが最後の車両確認をおこない、そのほかの装備についてもいつでも使用できる状態であることを確かめているはずだった。

「この件ではFBIの協力を得ているものと思っていたが」ムーアは言った。「連中にも見つけられないのか?」

「捜してくれてる」

「それで?」

「それで、まだ捜しているところなんだ、ロバート。ブリジット・ローガンとスコット・ファウラーがハートフォードに出向いている。アパートメントは捜しあてたものの、本人は留守で、いまのところもどっていないという話だ」

「畜生」

ふたたび沈黙が落ちた。わたしは自分のコーヒーカップに手をのばし、中身がすっかり冷たくなっているのに気づいたが、ともかくも飲みほした。

「わかった」ムーアは言った。「訊きたいんだが、われわれはただパラノイドになっているだけなのか？」

「なんとも言えないわ」ナタリーが言った。「ローガンは近所の住人に訊きこみをしたの。先週はじめごろまでキースは自宅にいたそうよ。キースの職場も訪れ――派遣業者に登録して、ホワイトカラーの事務職員として仕事をしてるんだけど――そこの人たちから聞いたところによると、キースは最後の支払小切手を先々週の金曜に受けとっていて、そのとき派遣元に、二、三週間街をはなれる、と話していたらしいわ」

「畜生」ムーアがまた言った。「次はキースがライフルを所持していると言うつもりだろう」

「所持しているとすれば、非合法で入手した武器ということになるな」わたしは言った。「FBIの話では、キースは火器を所持していない」

「いいニュースとみてよさそうだ。ほかには？」

「あるが、気に入らないと思うぞ。ブリジットがアパートメントを家捜しすると

――」

「合法的にか？」

「細かいことにはこだわらない主義なんだ。キースは〈トゥギャザー・ナウ〉と令嬢に関する書籍を山ほど持ってる。聖堂とは言わないが、とブリジットはその点を明確にしていたものの、相当なコレクションではあったらしい」

「たとえばどんな？」

ナタリーは手帳をめくった。「写真、雑誌記事、切り抜き。レディ・アインズリー＝ハンターが書いた記事のコピー。最近のものもあって、国連から大使任命を受ける公式発表についての記事も含まれていた」

スピーカーフォンから流れだすうめき声を聞いていると、ムーアは不機嫌な幽霊のようだった。「聖堂じゃない、とは？」

「線香がなかったから」とわたし。

ムーアの睨みつける顔はだいたいこんな感じかというところを、ナタリーが代理でやってみせてくれた。

「ブリジットはジョセフ・キースの写真を発見してる」わたしは言った。「近所で訊いて確認済みだ。こちらで複製を作り、ＦＢＩが地元の法執行機関への配布を手配している」

「それだけか？」

「これ以上はたいしてできることがないな。キースは犯罪歴がないから、犯罪を起こさないかぎり、法の力をフルに使うわけにもいかない。ブリジットがずっとバックグラウンドを追っかけてるんだが、訊きこみをしても、現在のやつの動向に光が当たるようなものはあがってこない。いま手元にあるものでなんとかするしかないんだ」

「ローガンを信用してるんだな？」

「見つかるものがあれば、かならずブリジットが見つけると信じてるさ、ロバート」

また沈黙が落ち、今回は電話が切れてしまったかと思うくらい長かった。

「よし、それでは」ムーアが穏やかに言った。「プロフェッショナルとしての意見を聞かせてほしい。キャンセルすべきだろうか？」

ナタリーの辛そうな表情に、同意のつもりで軽くうなずいてみせる。ここは相談する必要もなかった――どちらも相手がこの件をどう考えているか知っていた。

「令嬢はキャンセルの提案をのんでくれるかしら？」ナタリーがムーアに訊いた。

「われわれに百パーセントの確信がないかぎりはノーだな。身の安全について明確な危険があると言わないかぎり無理だろうが、そう言われてもまだ決行したいと言い張るだろう。懸念の内容を伝えてみることはできるが、そうしたところで令嬢を不安にさせるだけだ。震えあがりはしないまでもな。そのくらいで今回の旅をやめさせることはできまい」

「では、おれたちで決定をくだすということに?」

「いや、これに関しては、わたしは悪者を決めこませてもらう」ムーアが答えた。「きみらの決定にしてくれよ、きみらふたりのな。教えてくれ――〝きみらの腹はなんと言っている?〟」

わたしの腹は冷たいコーヒーを飲むべきじゃなかったと言っており、なんだかしくしくしだした感じだった。ジョセフ・キースがどこの馬の骨かは知らないが、その男はにわかにわたしや仲間の命ばかりか、われわれを雇った人々の命までをも左右する力を握っていた。わたしはこの仕事が欲しかったし、仕事をして、うまくやり遂げたかったのだが、いまや道なかばの状態でそれを手放そうかという状況に迫られており、それというのもすべて、その頭のおかしいとおぼしき男が会ったこともない若い女性に夢中になり、その頭のおかしいとおぼしき男が、本人にしかわからないさまざまな理由と、脳に居座ったなんらかの悪魔のせいで、同じその女性に危害をくわえようとしている可能性があるからなのだ。われわれにはキースがなにかやらかすことを匂わせる情況証拠が片手ほどあるだけで、それ以上のものはなにもなかった。

ナタリーがわたしの返事を待っている。

「あす、公爵令嬢にお目にかかろう」わたしは言った。

電話からムーアの低い笑い声が伝わってきた。「それを聞いたら令嬢もよろこぶぞ」

「この話を伝えるのか？」わたしは訊いた。

「いま話したら、要らぬ重荷になるだけだろうな」ムーアは言った。「安全な旅を願っていてくれ、ご友人」

ムーアが回線の向こう側で接続を切り、わたしは手をのばしてスピーカーをオフにした。ナタリーは最後の走り書きを済ませると、ペンと手帳を置いて椅子の上で体をのばし、両腕を頭上高く突きあげたまま左右一回ずつ上体をひねって、ようやくため息とともに背中をもたせかけた。

「一瞬、ムーアにあきらめろって言うのかと思ったわ」

「一瞬、言おうとしてた」

「そして？」

「そしておれは、これこそ自分たちが金をもらって引き受けた仕事だってことを思いだしたんだ。レディ・アントニア・アインズリー＝ハンターがビッグ・アップルを訪れ、観光をし、いい仕事をしたいというなら、リスクを可能なかぎり最小限に抑えながら、そいつをさせてやるのがおれたちの仕事だ」

「もし警護対象者がどこかの部屋に缶詰にされて、二十四時間監視してもらうためにお金を払ってくれるんなら、ことはずいぶん簡単なんだけれどね」

「透明なアクリル樹脂の箱に入れておけるならもっといい」

「それじゃ警護対象者が窒息するわよ」ナタリーが指摘したところで、わたしのデスクの電話が鳴りはじめた。

「まあな、しかし保存状態は完璧だ」わたしは受話器をとった。「きみはだれで、日曜の午後にうちのオフィスに電話してきた理由はなんだ？」

スコット・ファウラーの声が答えた。「いまドアのまえだ。鍵がかかってる。開錠して、外に出てきてくれ」

「どうしておれがそんなことをしなけりゃならない？」

「きみがダウンタウンに出頭を求められているからだ」

ナタリーは片方の眉を弓なりにした。わたしはファウラーに言った。「ちょっと忙しいんだが」

「そいつはよかった。こっちは大至急なんだ」

「大至急というのはどの程度？」

「大至急というのは、こうして携帯電話で話しているあいだは、これ以上なにも話すつもりはない程度だ、アティカス」スコットの口調は変化しており、その変化を聞きとると、ふいに冷たいコーヒーを飲み干したことが心から悔やまれた。

「すぐにいく」とわたしは言った。

会議室の明かりはすでに落としてあり、テーブルの先頭に、ラップトップ画面からこぼれる漂白したような光に包まれたふたりの男の姿が見えた。ラップトップは小型の液晶プロジェクターと並べて置かれ、われわれが入室すると同時に、青空と積雲のイメージ画像がわたしのそばの壁に映しだされた。

ラップトップとプロジェクターを操作している男が言った。「コディアックくん、どうぞ座ってくれ」男の声は穏やかだったがあわただしく、息切れしているようでさえあった。

「なにごとだ？」

「すぐにわかる」もうひとりが言った。こちらの男のほうが大きく太い声をしている。「座りたまえ」

スコットを見やると、眼鏡のレンズに雲が反射して映っていた。謝るような顔をしながら手振りでまえに出るよう示し、その表情から、スコットもこんな扱いは予想していなかったし、気に食わないと思っているのがうかがえた。ふたりで会議テーブルのなかほどの椅子まですすみ、わたしが一脚を引きだしたところで、最初の声がふたたび高く響いた。

「ご苦労だった、ファウラー捜査官。外で待っていたまえ」

スコットが足を止め、明かりのほうに顔をしかめると、眉間の皺にできた影でさらに皺が深くなったように見えた。「ここの各部屋にいるあいだは、常時コディアックの守《も》りをするよう指示を受けているんですが」とスコットは言った。

「外で待機してくれ、ファウラー捜査官」二番目の声が言った。スコットの苗字を口にしたとき、わずかにボストン訛りがあることにわたしは気づいた。「きみは今回のブリーフィングに同席を認められていない」

つかのまスコットは反論したそうな様子を見せたが、まもなくかすかに首を振って、わたしの肩をぽんと叩いた。「外にいるよ」

スコットが出ていってドアが閉まるまで、わたしは立って待っていた。

「座りたまえ、コディアックくん」二番目の声が言った。

「まさにトム・クランシーだな」わたしは言った。「感動したよ。どうして明かりをつけないんだ？」

「まだだ」一番目の声が言った。「座りなさい」

ささやかな抗議行動として、座りこみならぬ立ちこみに打ってでようかと考えたが、そんなことをしてもそのうち足が痛くなるだけでなんにもならないと気づき、引きかけていた椅子を最後まで引きだして、仰せのとおりにした。わたしが座ったとたん、ラップトップから低いジーッという音がして雲と空が消え、なにやら倉庫のような施設の外観とおぼしき映像に置き換わった。合成したような暗いオレンジに塗られた大型のコンテナが並んでいる。中央のコンテナは、ふたつあるドアがあいており、煌々とこぼれる光が入口を照らしていた。コンテナの上端から上の背景に、熟れすぎたプラムの色をした空が広がっていた。

「これは昨夜、ダラスで撮影されたものだ」一番目の声が言った。「場所は〈トータル・ストーリッジ〉というレンタル会社。写真を撮ったのはダラス市警《DPD》だ」

またジーッと音がした――外観写真がコンテナ内部の写真に入れ替わる。色彩は鮮明だが暗色で、あらゆる犯行現場写真がそうであるように、露光不足であると同時に露光過多に見える。コンテナ内部は広く、容積の約半分までがさまざまな寸法の箱や木枠で埋まっていた。いくつかの箱には見覚えのあるブランド名――東芝、ソニー、ゼニス――が記してあったが、大半はなんの表示もなかった。どうでもいい。写真が焦点を合わせているのは箱ではなかった。

死体だ。

三つある死体はどれも男だった。みな二十代後半から三十代なかばあたりの同年輩と見え、服装も似通っていて、エル・パソでしょっちゅう見かけたテキサス・カジュアルと呼ばれる恰好をしている。カウボーイ・ブーツにジーンズにTシャツだ。三人のうちひとりは、デニム・ジャケットを着ていた。三人とも射殺されている。

床はコンテナ中央の小さな排水孔を囲んで四方から一様に熊手で掃いたような条《すじ》があり、なかでなにか水が漏れても保管された荷物の近くには溜まらないような設計になっていた。現場に注ぐ照明の光で、排水孔に流れた血がタールのように見える。

プロジェクターの裏でふたりのうちひとりが咳をし、ラップトップがふたたび音をたてると、新しい写真がプロジェクターに映しだされた。ヒスパニック系の男のクローズアップだ。男は頭部を横から撃たれ、頭頂部の皮膚はほぼ失われている。至近距離から撃たれたように見え、おそらく直射だったのだろう。

「ホアキン・エステバン・アレッサンドロだ」二番目の声が言った。

またジーッという音がし、こんどは白人の男が壁にあがった。わたしに言えるかぎりでは、男は四度、胸骨から顔の中央へとのぼっていく軌道線上を撃たれていた。灰色がかった白い骨が、肉が裂けて吹きとんだ穴からのぞいている。男の右手のそばに、リボルバーが落ちて転がっていた。

「リカルド・モントローゼ」と二番目の声。「そうだ、そいつは一発も発射できなかった」

映像が替わる――最後の犠牲者が壁にあらわれた。先のふたりとちがって、うつ伏せに倒れている。露光がやや暗いが、頭蓋底部に弾丸を受けているようだ。おそらく膝をついている状態で撃たれたのだろう。

「ミカエル・オルテス」二番目の声が言った。

ラップトップが唸る――映像は消え、ふたたびホールマーク社のグリーティングカードのような青空と雲になった。

「ひとりも聞き憶えはない」わたしは言った。

「あるとは思っていなかったよ」一番目の声が言った。しゃべると常に階段を駆けあがってきたばかりのように聞こえる。「凶器は現場から回収された。スミス&ウェッソン・モデル99、九ミリ口径。指紋はなかった」

「三人の男は、ダラス市警《DPD》によって、ここ二年間にわたる一連の強盗事件の容疑者であると目されていた」二番目の声が言った。「電気製品、車両、宝石、銃――売りさばけるものならなんでも盗んだが、麻薬のたぐいには手をつけていない。非暴力主義の犯罪集団というわけだ。ここまではいいか？」

「いいとも」とわたし。人間の心理というのはおもしろい。三枚の写真を見せられ、うちの二枚はいかにも暴力的だったが、いちばん頭から消えそうにないのは、犠牲者の顔が自分の脳味噌に突っ伏していて見えない写真だった。

「内部を調べる途中、ＤＰＤは盗難報告のあがっていた品を大量に回収することとなった」ふたたび一番目の声。「だが、盗品コレクションには大きく欠如している部分もあった。おそらくそれらの品については、すでに昨晩の殺しに先だって売り払われていたと考えられる」

「銃がなかったんだろ」わたしは言った。「弾薬も」

「そのとおりだ。倉庫内に武器類は発見されなかった。これにはいくつかの説明が考えられる。別の場所に保管されているという考えがひとつ。売り払われたというのがひとつ。犯行後に殺人犯が持ち去ったと考えるのがもうひとつだ。みっつのうちのどれか、もしくは組み合わせてもいいが、どれも完全にありうる話だ」

「なにか警備システムのようなものはなかったのか？」わたしは訊ねた。

「ゲートでは開錠番号が必要だが、抑止力になるようなものではない」二番目の声が答えた。「定点監視カメラは正面のオフィスとゲート地点、さらにコンテナの各列に沿って設置してある。残念ながら、この問題のコンテナ周囲のカメラだけは使用できなくなっていた」

「だが」とわたし。

「だが」第一の声が答える。「DPDはゲート地点のカメラから、いまから見せる写真を回収した」

ラップトップがさえずるような音をだし、監視ビデオからとったと思われる白黒映像があらわれた。ゼネラル・モータース社の大型トラックが写真の画角から出ていこうとしており、その後ろにフォード・トーラスのように見えるセダンがつづいている。テープのタイムスタンプは、前夜の二三四九時と記されている。カメラはゲートの入口方向から見て右手側に設置されており、二台とも運転者の姿は見えなかった。

「進入時だ」と第一の声。「画像を拡大しようとしたが、引きのばして使えそうなものは見あたらなかった」

「だが」こんどは独り言のようにわたしは言った。なにが来るのかはわかっていた――日曜の午後にスコットがオフィスまで迎えにきたという時点ですでにわかっていた。

「だが、退出時の写真ではいくらか手を打つことができた」

ジーッという音のあと、トーラスが一台で出ていこうとしている映像に替わった。タイムスタンプは〇〇〇八時。運転席の窓が下ろされて人影が一部見えていたが、ほんの一部であり、運転者はカメラの視界をとおる線から外れようとしているかに見える。

そして映像は、輪郭が不明瞭にぼやけた拡大写真に替わった。

「あの女かね？」第二の声。

その人物は眼鏡をかけていた。わたしのとは異なる細いワイヤー・フレームの眼鏡で、ここでも髪型を変え、頭のかたちがはっきりわかるほどのベリーショートにしている。しかしそれは申し訳程度の変装にすぎず、目の前の壁に映った女がその数分まえに三人の男を殺した女と同一人物であることは疑いようもなかった――去年の夏に、わたしとデイルとピューを殺しかけた女と同一人物であることは疑いようがない――疑問の余地もなかった。

わたしは指をひらひらさせて写真に手を振り、手の影でプロジェクターの光をさえぎった。

「やあ、ドラマ」とわたしは言った。

ドラマは手を振り返さなかった。振り返せないのだ。写真だから。

そうとわかってはいても、すこしも気休めにはならなかった。

ボストン訛りのある男は、エリス・グレイシーと自己紹介した。グレイシーは五十代に差し掛かろうとしており、侵略してきた白髪と闘って敗れた黒い髪は、短く刈り整えられていた。モンブランの万年筆でメモをとり、質問を発するときは常に笑みを浮かべている。その笑顔は誠意がないもはなはだしく、目元まで届くことはけっしてなかった。相棒のほうはマシュー・ボウルズと紹介された――見たところグレイシーより二十は若いようだ。どちらもスーツに身を包んでいるが、ボウルズのほうが潔癖性であるらしく、喉元を終始ネクタイで締めつけていた。

ふたりともCIAのメンバーだと名乗ったが、いま見たものを考えると、それを疑う理由はなかった。

「ドラマからのコンタクトはないかね？」ボウルズが訊ねた。

「それを訊かれるのは今週になって二度目だな」わたしは言った。「もしコンタクトがあったとしたら、すでにそちらの耳に入っているはずだから信用してくれ。大声で叫びまくるだろうから、街じゅうの知るところになるはずだ」

「今週で二度目？」

「知り合いのジャーナリストにも訊かれた」

ボウルズはネクタイを気にしている。結び目をさらに締めつけようとしているようだ。「クリス・ハヴァルか？」

「もう読んだんだな？」

「あの本はベストセラーになるだろうな」グレイシーが笑みを浮かべた。「われわれ全員が読んだ。すばらしい内容だ」

「なぜハヴァルは、きみがドラマと連絡をとっているか知りたがった？」ボウルズはなにを言うのも一様に畳みかけるような早口だった。

「おれにインタビューの手配をしてもらえないかと思ったそうだ。無理だけどな。あんたたちが言おうとしているのは、ドラマがマンハッタンに向かっているということなのか？」

「わからない、と言ったら信じてもらえるかね？」グレイシーの笑みがつかのま輝きを増した。「すでにこの街にきているとも考えられるが、われわれにはこれっぽっちの手がかりもない。わかっている唯一の事実は、いまこの部屋にはいないということくらいだ」

「ドラマは仕事で動いていると？」

「さきほどの犯罪現場の写真を見て、きみはどう思う？」

「狩りの最中だと思うが、あんたがたがまちがいだと言ってくれるのを心から望んでるよ」

「きみはあしたからアントニア・アインズリー＝ハンターの警護を開始する予定で、ドラマはいまから十五時間まえ、誤差があったとしても前後数分という時間にダラスにいた。どちらも事実だ。そこから好きに推察してみたまえ」

「推察した内容は、好きになれないな」わたしは言った。

「ドラマが狩りをしているという確証は得ていないし、たとえそうであったとしても、きみの警護対象者を狙っていることを示す証拠はなにひとつない。気休めになったかね？」

「あんまり」とわたし。

　ボウルズは液晶プロジェクターからつないだコードをはずして、ラップトップをブリーフケースに収めにかかっていた。それが済むと、正面に積んであったフォルダーのいちばん上の一冊をとってひらいた。フォルダーにはセキュリティ違反と国家機密について、大仰だがぱっとしない警告文が赤インクでスタンプしてある。ボウルズは8×10《エイト・バイ・テン》のモノクロ写真をとりだして、わたしのほうに向けて置いた。ちゃんと見るには離れすぎている場所に座っていたので、立ち上がって近くに移動し、ボウルズの肘先にあった椅子に腰掛けた。

「以前にこの男を見た憶えはないか？」ボウルズが訊ねた。

　そこに写っていたのはなにやら似非《えせ》軍事部隊のような集団で、野戦服やもともと狩猟用だったような服を着た八人の男が並んでいた。全員白人であり、年齢層は風体から見て二十代前半から五十代後半までと幅が広い。ボウルズが興味をひかれている人物は、赤インクで丸く囲んであった。男の身長は百八十センチ強、体重は九十キロといったあたりで、頭は禿げあがりつつあり、細身の口髭を唇の上で短く刈りこんでいる。写真ではそれぞれが武器を――ライフルやショットガンなどの長銃を――握っていたが、問題の男だけは見たところ丸腰だった。

「だれなんだい？」

「以前に見た憶えはないか？」ボウルズは抑揚も変えずに繰り返した。

「おれの知るかぎりでは」

ボウルズは写真をひっこめて片づけた。グレイシーを見ると、そんな写真がだれのものかは自分も知らないというように肩をすくめた。

「だれなんだ？」もういちど訊いてみた。

「ドラマの同業者かもしれない」ボウルズが言った。

「こいつもテンの一員だということか？」

ボウルズは持ち物をブリーフケースにしまい終わり、グレイシーは愛用のモンブランをもういちどきゅっと締めてから胸ポケットにおさめた。ふたりにこれ以上なにも教える気がないのはあきらかだった。

「この状況にはあんたがたで最善を尽くすと言ってくれ」わたしは言った。「あの女の発見に全力を傾ける、と」

「この状況にはこちらで最善を尽くし、ドラマの発見に全力を傾けるつもりだ」グレイシーの顔から笑みが抜け落ち、いま見せようとしている表情は危険なほど同情へと近づいていた。「きみはアインズリー＝ハンターのためにやるべきことをして、われらのレディから連絡その他があったときは知らせてくれ、いいな？」

「おしまいかい？」

「とりあえず、いまは終了だ。これ以上きみに話せることはないし、どうやらきみのほうもわれわれに話せることはないようだからな。ドラマがきみのレーダーにかかったときは、ファウラー特別捜査官にそう言ってくれ——あの男がわれわれに伝えてくれる。あとは頭を低くして、背中を壁に向けているように」

グレイシーが立ち上がった。ボウルズはいったん躊躇していたが、やがてテーブルごしに手を差しだしてきた。わたしはその手を見やり、次に本人を見ながら考えた。この男は会見が握手に値するようなものだったと本当に思っているのだろうか。

さらに一秒が過ぎ、ボウルズは手を引っこめると持ち物をまとめ、ドアから出ていくグレイシーのあとにつづいた。ドアの外に足を踏みだしかけたボウルズは、わたしがまだ座っている場所を振り返った。

「気の毒だったな」ボウルズは言った。

その言葉は、わたしの数々の落ち度に対する心からのお悔やみに聞こえた。

7

ナタリーは自分のオフィスで、ここ数週間のあいだに撮影した現場写真の束をめくりながら、地図と照らしあわせていた。わたしはノックもせずになかに入った。

「デイルとコリーに電話して、いますぐここに呼んでくれ」とナタリーに告げる。

その表情と口調でナタリーにわかりきった質問を思いとどまらせたわたしは、それ以上ひとことも言わずに自分のオフィスにもどると、まっすぐ電話に向かった。ムーアの自宅にかけてみたが留守電だったので、連絡をくれとメッセージを残した。つぎに携帯電話にかけるとボイスメールだったので、また同じメッセージを残した。電話を切ると、ナタリーが入ってきた。

「なにがあったの？」

「全員が揃うまで待つことにする」

「レディ・アインズリー＝ハンターに関すること？」

「みんなが来るまで待て、ナット」

ナタリーはぐるりとオフィスを見渡し、そして言った。「夕食を注文しておくわ」

「それがいいな」

「ところで、ブリジットから電話がきたわよ」

「なんて言ってた？」

「みんなが揃ってからにしようと思うんだけど」

たがいに睨みあうことにより、自分が嫌なやつになっていたと気がついた。それに、胃の痛みが頭に入植者たちを送りこみ、独自の行動に出るかどうか見物していることにも気がついた。

「けさ、中部標準時で午前零時八分に、ドラマがテキサスのダラスにいたんだ」わたしは言った。「保管倉庫内で三人の男を殺害し、おそらくだが被害者が現場に保管していた複数の武器を携行している」

しばしナタリーは声を失い、口をかすかにあけているものの、なんの声も出てこなかった。

ナタリーがなにを訊こうとしているかはわかっている。わたしは言った。「何枚か写真を見てきた。ここに向かっているという確証はなにもない」

「でも、ありうるのね」

「可能性はある。あまりありそうにはないと思うが」

ナタリーはわたしを凝視しつづけている。一秒後、じつはその視線はわたしに向けられているのではなく、すこし横にずれた、わたしの肩の向こうに焦点が合わされているのだと気がついた。

「なんだ?」とわたし。

「ブラインドがあいてる」

振り向いたわたしは、デスクの後ろの窓から外を見て、自分が全世界に背中をさらしていることに気づいた。ここから見えるだけでも、スナイパーがオフィスに一発ぶちこむために使うとちょうどいい止まり木が、軽く一ダースはある。パニック兆候がぶりかえしてきた。ドラマが姿を消したあとの数日間にわたってへばりついていた感覚が。デスクの下にもぐりこみたい衝動が、にわかに強烈になった。

「ドラマはおれたちを狙ってるわけじゃない」わたしはナタリーに言った。

「あなたも耳にしているでしょうけど、この本のことがあるのよ。いまや書店のウィンドウに飾られ、ラジオでもみんなが話題にしていて、そこに書かれている内容は、ひとりのプロ暗殺者と、彼女がある男を暗殺するのを阻止した警護スペシャリストたちの話がすべてなの」

「だからといって、ドラマがおれたちを狙うのは筋が通らない」

「ブラインドを閉めて、アティカス」

「ドラマはヘマをやって、ダラスで写真に撮られるような真似をしているが、そういうのはあの女らしくないんだ。カメラがそこにあるのは知ってたはずだ。知ってなきやおかしい」

「やることはすべて理由があってやってるはずよ。そしていまはあたしたちを狙う理由があるの。ハヴァルに電話しなければ」

「どうしてドラマがおれたちに動きだしたことを知らせたりするんだ？　おれたちが嗅ぎつけるのは当然わかってなければおかしいんだぞ。ドラマがおれたちやクリスを狙うことはありえない。おれたちの警護対象者を狙うことも考えられない」

「彼女はゲームが好きなのよ、アティカス」ナタリーがカーペットの上で重心を移すのが聞こえた。声は穏やかなままだったが、言葉は加速をはじめていた。「ブラインドを閉めてちょうだい。あたし独特のパラノイアよ、わかってる。あなたのは車で、あたしのはスナイパーなの。だから頼んでるのよ、お願いアティカス、いますぐそのいまいましいブラインドを閉めて」

わたしは片手を夕日にかざして窓の外に目を凝らした。わたしを殺そうと思っているようなだれかが、周囲の建物の中や上から飛びだしてくる気配はどこにもない。下を見おろすと、ホーランド・トンネルの渋滞がニュージャージーを目指し、もしくはニュージャージーからもどって身悶えしていた。

「お願いだから……」

わたしはブラインドを閉じて向きなおった。窓を覆う羽根板の隙間から沈みゆく日の光が差しこみ、オレンジとゴールドの細い帯が室内のあらゆる影を区切っていく。

ナタリーはいつのまにかドアの外まで退がっており、その表情にわたしは驚いた。長いつきあいのなかで、わたしはたいていの感情を——すくなくとも、ナタリーが顔に出すことをいとわない感情は——その顔に見てきた。緊張している姿も、不安を抱えた姿も、恐れている姿さえ見たことがあった。しかし、ナタリーが怯えているのを見たのは、それがはじめてだった。

「だいじょうぶだよ、ナット」

「いいえ、だいじょうぶじゃないわ。もういちどなんて無理よ」

「ドラマには一年も時間があったんだぞ。いまさらどうして？　本が原因なら、それこそどうしていま、もう出版もとめられないときになって襲ってくるんだ？」

「キャンセルすべきだったのよ。ムーアに電話しなければ」

「連絡をとろうとはしたさ。あちこちメッセージを残しておいた。なにも問題は起こらない」

だれもが普通はとびぬけて無邪気な子どもにだけ向けるようにとっておく愛しげな目つきで、ナタリーはわたしを見た。「あなたはいかれてるわ、コディアック」

「ああ、だが、そいつは害のない、雨でもおれはバイクに乗るんだ、ほっといてくれ的ないかれ方だろ」わたしは言った。「この件はきょうおれたちが、何時間かまえに向きあっていた事態となにもかわらない。キースに関する状況とまったく同じなんだ。情況証拠以上のものなどないんだから、こんなことで仕事をしないわけにはいかない」

ナタリーは首を振った。「そのふたつは比較にならないし、同じだなんてとんでもないわ、アティカス。キースはストーカーとおぼしき人物よ。暴力的性向があるのかどうかすらわかってない。それにひきかえプロの暗殺者は——あたしたちはあの女になにができるか知ってるし、その仕事ぶりを見てきたじゃないの」

「暗殺者は腕の達者なストーカーにすぎないさ、ナット。すくなくともキースに関しては、暴力をふるう意向のあるなしはわからないにせよ、レディ・アインズリー＝ハンターに執着心を抱いているという確証がある。ドラマのほうにはそれすらないんだ。おれにはドラマがわれわれを狙っているとは思えないし、レディ・アインズリー＝ハンターを狙っているとも思えない」

ナタリーの顎が収縮する。「だったらなぜCIAは、ドラマがこの国にいることをあなたに知らせる必要性を感じたの？」

それはすでに自分にも訊ねてみた問いだが、答えはわからずじまいだったので、脇をすりぬけることにした。「どうだっていい。もがきながらでも、自分たちの得意とするところに忠実に警護対象者を守りぬくんだ。最悪の事態になれば、大勢の人間を撃つことになる」

「もしくは身内が大勢撃たれることになる」ナタリーは目を閉じ、なんとか肩の力を抜こうとし、ふたたび目をあけたときには恐れていることを示す最後の気配も消え去っていた。「あなたはほんとにいかれてるわ。自分でもわかってるのよね？」

「その点で逆らったことはないだろ」わたしは答えた。「ブリジットは電話でなんと言ってた？」

「キースの弟の話を聞きにフィラデルフィアに向かってるそうよ。なにか使えそうな情報があがったら、あとで電話すると言ってたわ」

「オーケイ、わかった。ほらな？　おれたちは最善を尽くしてる」

「ええ、そうね。すべてを網羅してる」ナタリーはドアに引き返しかけて足をとめた。「あたしが悪かったわ」

「とんでもないさ。おれだって、あの女が心底恐ろしいんだ」

ナタリーは顔を曇らせ、自分のオフィスに入っていった。わたしは会議室に向かった。なかは暗かったが、明かりのスイッチをいれるまえにブラインドをおろした。

六時二十分に、デイルとコリーが謝りながら帰ってきた。

「週末の渋滞ってやつは」とデイルが言う。「誓っていうが、あの運転手どもはすべて、だれかがおれをむっとさせるためにあそこに置いていったにちがいない」

「むっとなんてもんじゃない」コリーが言った。「もうちょっとで道路脇にいた歩行者を轢いちまうかと思ったくらいだ」

「やろうと思えばできたとも」デイルは誇らしげに胸を膨らませてみせた。「やりかたは心得てる」

「ああ、おまえのことは誇りに思ってるよ、かっ飛びレーサー」わたしは言ってやった。「みなさん会議室にどうぞ。夕食を注文してあるんだ」

ふたりが廊下の奥に消えるまで待ってから、正面入口まで引き返し、ドアをロックして警報装置のスイッチを入れた。ドラマが自分たちを襲ってくることはないと信じているのは本心だが、それでも用心にこしたことはないと思えた。もっともドラマがここまでやってきたとしたら、うちのセキュリティシステムなど、むっとさせる程度の役にしか立たないに決まっているが。

みんなのところに行くと、ナタリーが目を合わせてきたので、うなずいてみせた。デイルとコリーはすでに席に座り、ふたりがもどる直前に届いたタイ料理をむさぼり食っている。ナタリーは、乾式ホワイトボードに描いていた図に仕上げを施していた。通りからエドモントン・ホテルのなかに入る際の予定ルート地図で、厨房を通ってエレベーター・エリアに抜けるようになっている。そのほかの地図はテーブルに広げてあり、トムヤム・ガイとヌー・グア・パオの入った紙容器で押さえてあった。コルクボードには画鋲で、壁にはテープで、写真やメモが留めてある。「オーケイ、それで慌てている理由は?」コリーが炭酸飲料をわたしの手元に滑らせながら言った。

音とともにプルトップを開け、封印が解けて逃げだした炭酸の霧を見つめる。「きょうの午後、またファウラーにバックルーム・ボーイズのところへ連れていかれたんだ」

「いかしたコードネームを教わってきたか?」デイルが訊ねた。

「新しいものじゃなかった」

食べる音がやんだ。

「くそっ、なんてこった」コリーが言った。

このふたりのほうが、ナタリーやわたしよりもうまく状況に対応していた気がする。もしかしたら、恐怖を隠すのがうまかっただけかもしれない。わたしがボウルズとグレイシーの言葉を繰り返しているあいだ、デイルもコリーも口をはさむことはなかった。

説明が済んだところで、新情報をもとにこれからどうするか、この先どう進んでいくのがベストであるかの議論が開始された。またしても任務中止の話が持ちあがり、今回それを口に出したのはコリーだった。

「たぶんもう、まにあわない」わたしは言った。「ここにもどってすぐにムーアに連絡しようとしたんだが、メッセージを残すことしかできなかったし、いまも返事はきていない。すでにヒースロー空港に向かっているか、もう飛びあがったか、いずれにしろ移動中だろう」

「なら、着陸と同時にブーメラン帰航させることだ」デイルが言った。「予定どおり空港には出向いて、一行を機内から出さなければいい」

ナタリーが言った。「その行動はたしかに、もしドラマがレディ・アインズリー＝ハンターを狙っているとしたら理にかなってるわ」

「そうは思わないと？」コリーが訊ねる。

わたしは言った。「令嬢に対する最大の脅威はいまもキースだと考えている。ドラマについてわかっているのは、けさダラスにいて、三人の男を殺害したという点だけだ。それだけでドラマがおれたちの警護対象者を――もしくはおれたちを――狙っていると推断するのはあまりに心配性に過ぎる」

「おれたちがここで話しているのはほかでもない、テンの一員だぞ」とデイル。「それに、ドラマが怒っていてもおかしくはない理由があるじゃないか。ハヴァルの本はそこらじゅうに出まわってるんだ」

「ドラマは本など気にかけちゃいない」

「そんなことわかるわけがない」

「おれたちが過剰反応してると思うのか?」コリーが訊いてきた。

「心配すべきじゃないとは言ってない。そうじゃなく、ここは秩序立てて考え、わかっている事実にたちもどるべきだと思うんだ」

「そしてわかっているのは、キースがレディ・アインズリー＝ハンターに懸想してるということか」コリーが言った。

デイルが顔をしかめる。「そっちの面でなにか新しいことは?」

「ブリジットの報告待ちだ。だが、それについてはこれまでどおりに進めていく。変更はなしだ」

わたしは残った食べ物をテーブルから片づけ、コーヒールームに置いた冷蔵庫にしまいにいって、そこでそのまま新たにポット一杯のコーヒーを準備した。会議室にもどり、さらにもうしばらくドラマとキースに関するさまざまな仮説を追いかけたのち、七時をすこしまわったころから、すでに描きあげてあったプランの確認にはいり、最終的な詰めの部分に磨きをかけた。スタンバイ召集を明朝六時に定め、その時間にオフィスに全員集合したのち、ニュージャージーの空港に出向いてアインズリー＝ハンターの到着を待つ。四人で協力して会議室に貼りつけてあったあらゆる書類をはずし、デイルがそれを金庫に納めにいっているあいだに、わたしは乾式ホワイトボードをきれいにした。コリーとナタリーは保管室に入り、もどってきたときには四着の防弾チョッキを手にしていた。

「ケヴラーだ」そう言って、コリーはわたしに一着を手渡した。「恩恵を与えつづけてくれる贈り物さ」


真夜中過ぎに帰宅してからアパートメントの点検をはじめたわたしは、明かりを順に点けては、目のまえの散らかり具合がけさ自分が出ていくときと同じ状態かどうか思いだそうと努めながら各部屋をあらためていった。最近知ったのだが、ブリジットは驚くほどのものぐさ人間で、唯一わたしの寝室に置いている衣類だけはきちんと畳んでしまっていたものの、本でも書類でもCDでも常にそこらにほったらかしになっているのだ。レディ・アインズリー＝ハンターの訪米準備というほぼ無休状態の仕事と、ブリジットの生まれながらの乱雑さにはさまれて、拾いあげるべきものが山ほど存在していた。

とはいえ、すべてはあるべき場所にあるようだった。上着を脱ぎ、防弾チョッキも脱いで、両方を廊下のフックに吊ってから、寝室に入って武器をロッカーボックスにしまいこむ。キッチンの抽斗を掻きまわすと、眼鏡の修理用に置いてある、ごく小型のドライバーセットが見つかった。そのなかのいちばん大きなマイナスドライバーで武装したわたしは、部屋から部屋へと渡っては、照明スイッチや電気コンセントのカバーをことごとくはずしていき、盗聴器が仕掛けられていないか調べつくした。ピューの警護にあたっていたとき、ドラマは当時コーヒーメーカーをつないでいたキッチンの差込口にAC電源式送信機を隠して、わたしのアパートメントを盗聴したのだ。同じテクニックが二度も使われるとは考えがたいが、確認だけはしておきたかった。

鼠の落とし物とひからびた蜘蛛《くも》の抜け殻のほかは、なにも見あたらなかった。コンセントを調べ終え、キッチンテーブルに腰を落ち着けて電話をかけようとしたところで、ふと両手が目に入って動きが止まった。コンセントと格闘していたせいで爪が傷んで欠けており、壁の内側を探っていたときに右中指の関節をすりむいていた。近頃では携帯であれ陸線であれ、電話をモニターして傍受する方法は数えきれないほど存在し、そのほとんどは本体のある場所に装置を仕込む必要のないものとなっている。電話機を分解してみたところで、まず意味はないのだ——たとえ盗聴器を見つけて排除したとしても、それで電話をかけて安心かといえばかならずしもそうではない。盗聴器がなかったとしても、その回線がどこかパイプのはるか向こうで傍受されていないとはかぎらない。

自問自答をしているうちに、ようやく留守電に注意をひかれ、メッセージが一件あると告げている表示が目に入った。再生しようとしたそのとき、電話が鳴った。

「まだ起きてたか」応答するとムーアが言った。「やたらメッセージがあったが、あれはなんだ？」

「普通回線で話してるのか？」わたしは訊いた。

「そうだ。安全確保の必要があるなら、ちょっと待ってもらわないと」

「その必要はない」

「状況に進展があったものと受けとったんだが？」

「まあな。きみのガールフレンドはそこにいるのか？」

「電話の声が聞こえない程度の距離にいるが、うろうろしてるからな。なにがあった？　キースの件で情報があがってきたのか？」

「キースの件じゃない、ちがうんだ」そう言ってから、ドラマに関する状況を極力簡潔に説明した。もし本当にドラマが盗み聞きをしていれば、すくなくとも楽しんでいることだろう。

「どこからそんな情報を？」わたしが話し終えると、ムーアが訊いてきた。さほど心配している声ではなく、むしろ気を悪くしているようだった。

「ＣＩＡ《カンパニー》の連中だ」

「変だ」

「やつらを一言で言えばな」

「いや、わたしが言っているのは、こちらでつかんだ情報と合致しないということだ。出発まえにインターポールとMI6《シックス》の職員に確認したところ、ひとつ助言はもらったが、われらがドラマ嬢のことではなかったぞ。そこの話では新たにひとり、オクスフォードと名づけられた男に動きがあり、そいつが合衆国、それも東海岸のどこかに潜入している可能性が考えられるとのことだった。狩猟中かどうかはわからんが、ともかくうろついているらしい」

「つまり、テンのメンバーがふたりもうろうろしていると?」

「すくなくとも十人はいるってことを忘れたか。その全員がたいていは狩りに出てるんだぞ」

ふいにどっと疲労を感じた。「まいったな、ロバート」

「ニュースを伝えるのはそちらの面子《メンツ》と合流して地に足が着いてからにしようと思っていたんだが、きみのメッセージが緊迫した様子だったものだからな」

「電話したときは緊迫してた。いまはパニックで気絶寸前だよ。オクスフォードのほうはどういう状況なんだ?」

ムーアが電話口でしっ、という音をさせ、それから言った。「それはそちらに着くまで待つことにしよう」

「彼女が聞こえる場所に？」

「そうとも言えるし、それで正解だろうな」

「あんたはそちら側の情報を信頼してるんだな？」

「ちょっと待ってくれ」とムーアが言い、ほぼ一分ばかり回線のかすかな雑音以外にはなにも聞こえなかった。ふと、電話は機内からだということに思い至った。ムーアと警護対象者はすでに大西洋上にいるのだ。ふたたび電話口にもどったムーアは、中断などなかったように先をつづけた。「あの連中とは長年のつきあいだからな。きみの女友達の話はまったく出なかったぞ。そっちについては、きみとラストダンスを踊ったあと、活動休止状態がつづいているという噂だ。きみのほうの情報源の信頼性はどうなんだ？」

わたしはその質問を約二秒間かけて思案した。「写真を見せられた」とわたしは言った。

「そういうものは簡単に偽造できる」ムーアは苛立ちはじめていた。「われわれが到着するほんの二十時間まえにＣＩＡがそんなニュースを知らせてくるなど、タイミングがいいにもほどがあると思わないのか？」

「思うさ。しかし、情報の内容からいって、伝えておくべき重要性はあると思ったんだ。これまで詰めてきた任務にそれがどういう変化を与えるかはわからない。任務中止の根拠になるとあんたが判断しないかぎりは」

「そんな判断はしない。わたしが見るところでは、状況に変化はない。キースがいまも第一の脅威だ」

「おれもそう思う」

「こちらの情報源にもういちど連絡をとって、なにか進展があったか確認してみよう」

「だが、そんなことがあるはずはないと思ってるんだな」

「そう思ってる。本心からだ。予定どおりに行動してくれ、アティカス」

「令嬢には伝えるのか？」

「気でもちがったか？」

「みんなにそう訊かれっぱなしだ。それじゃ、またすぐに」

「おやすみ」とムーアは言った。

受話器を置き、立ち上がってスクリュードライバーをケースにもどし、ケースをシンク脇の抽斗にもどした。グラスに注いだ水道水を飲みながら、自分たちが大惨事の瀬戸際で綱渡りをしているのでなければいいがと考えていた。わたしに与えられた情報のうち、きょうまで会ったこともなかったふたりの男の情報よりは、ムーアの情報を信頼しようという気持ちに傾いていた。それに、ムーアこそがアインズリー＝ハンターのパーソナル《P》・セキュリティ《S》・エージェント《A》なのだ——わたしやわたしの仲間以上に、ムーアには警護対象者を護る責任がある。ムーアがこのまま任務を進めて安全だと感じるなら、それは心底からアインズリー＝ハンターのためを思ってくだした判断にほかならない。オクスフォードがだれであり、そいつがどんな脅威を振りかざしているにしろ、ムーアに公爵令嬢を飛行機に乗せて海を渡らせるのを思いとどまらせるには足らなかったわけだ。

ただ、ムーアが元陸軍特殊《S》空挺《A》部隊《S》軍曹であり、ＳＡＳは要人保護プログラムを有してはいるが、厳密にボディーガードとして鍛えているわけではないという事実を別にすれば、である。ＳＡＳはメンバーを兵士として、ムーア自身の言葉を借りれば〝完全無欠の兵士〟として鍛えあげる。闘うことと護ることは種類の異なる二頭の野獣に等しく、実践面で互換性のある要素はあるものの、その仕事は同一と呼ぶにはあまりに遠くかけ離れていた。それにムーアは、これまでの経験から知っているが、引き退がることをしない男だった。脅威を真剣に受けとめていないということではない——それはどんな状況に直面しようと最終的には事態を制御かつ制圧してみせるという、自身の能力に対する絶対的な確信にもとづいていた。

水を飲み干し、寝室に向かいかけたところで、留守電の点滅灯がまたたいていることにふたたび気づいて足を止め、こんどこそ再生した。ブリジットからだ。電話番号と、〝どんなに遅くなっても〟帰ったら電話してほしいという言葉が残してあった。

コーヒーメーカーについている時計は二時十八分を告げていたが、ブリジットの指示をまじめに受けとめて、わたしはその番号をダイヤルした。電話に応答があり、受付係はフィラデルフィアのエンバシー・スイート・ホテルがよろこんでお力になりますと言ってくれた。ブリジット・ローガンの部屋につないでほしいと頼むと、交換台がリクエストを通すまでのわずかな間《ま》があり、ふたたび呼出音が鳴りだした。三度目と四度目のベルのあいだで、ブリジットが受話器をとった。

「んふあ？」ブリジットが言った。

「やあ、おれだ」

「暗い」と言ったあと、もそもそつぶやいているのは待ってくれという意味に受けとれた。受話器がごんと置かれ、動きまわる音がして、静かになった。それから水が流れているような音。やがて、また受話器が持ちあげられた。

「二時半だってこと、わかってんの？」ブリジットが訊く。

「二時二十分だ。それに、どんなに遅くなっても電話するようにと言っていた」

「言ったっけ。うん、たしかにそう言ったね。なんでそんなこと言ったのか、思いだそうとしてるんだけど」

「おれの声が聞きたかったからだ」

「ちがうね、そうじゃなかった。ちょい待って」あくびが聞こえた。「オーケイ、思いだしたよ。ジョセフ・キースにはルイスっていう弟がいる。今晩その弟と話したんだ。兄貴のことを心配してた」

「どんなふうに？」

「ルイス・キースいわく、ジョセフは――まんま引用するね――大学時代からレディ・アントニア・アインズリー＝ハンターを恋い慕っていた」

「どこの大学に通ってたんだ？」

「フィラデルフィア・コミュニティ・カレッジ。キースはそこにある〈トゥギャザー・ナウ〉支部のメンバーだったんだ。弟のルイスが言うには、ジョセフは支部代表に一度ならず、二度ならず、四度も立候補したんだってさ。で、毎回落選した」

「そいつは、不満を抱いた活動メンバーと見なしていいことになるんだろうか？」

「いや、そんなことはない、ないんだけど、最後に選挙に負けたとき、会員資格を取り消されてる。それからまもなく退学処分になってるね」

「もっと詳しく頼む」

ブリジットはまたあくびをした。「それがまだわかってないんだ。日曜だったから、大学の事務所が閉まっててさ。あしたの朝いちばんに寄って、なにかわかるか調べてくるよ。けど、ほかにもあるんだ。どう考えたものかよくわかんないんだけど、なにかのヒントにはなるかもしれない」

「教えてくれ」

「ルイス・キースが言うには、ジョセフは前世を信じてるんだって。それから、一年ほどまえ――感謝祭だったそうだ――ジョセフはルイスに、自分とアインズリー＝ハンターは夫婦だったと言ったらしい」

「夫婦か」とわたし。

「そう。それがまた、なんとおよそ五千年か六千年前の、古代シュメールの時代らしい」

「シュメールか」とわたし。

「古代シュメールさ。そしてどうやら、弟のルイスはここからの最後の部分を伝えるのはちと気恥ずかしかったみたいだけど――」

「最初の部分を伝えるのは気恥ずかしくなかったんだろうか？」

ブリジットは無視した。「どうやらジョセフは彼女の夫であったばかりか、ふたりとも王族だったらしいよ。ルイスは、兄貴がこう言ったと話してる――またメモどおりに引用するよ――〝ふたりのセックスは驚くべきものだった〟」

わたしは冷蔵庫の前面を見つめていた。二ヵ月ほどまえ、エリカが〈マグネティック・ポエトリー〉を一セット贈ってくれ、うちに来た客はみな、えんえんと単語をひねくりまわしていくようになった。ブリジットも言葉を混ぜたり組み合わせたりと、一時間以上はそれで遊んでいられる。〝すばらしい　けど　米が　ない〟というフレーズがわたしの目を惹いた。

「やるな」とわたし。

「だろ。六千年も経っててまだ思いだせるなんて、そのセックスはよっぽどよかったにちがいないね」

「オーケイ、とまれ、いかれてるわけだ」

「いかれてる可能性あり、だよ。輪廻《りんね》を信じてることは、精神的欠陥とはいえないから」

「公平なとこだな」わたしは言った。「やつが退学になった理由を探りだしてくれ」

「あしたの朝いちでやるよ。それで、あんたのきょう一日はどんなぐあいだったの、愛しい坊や」

「話してもかまわない。が、すくなくとも一時間近くかかるぞ。それより、もう寝たいんじゃないか」

「ううん、いま、耳んとこに受話器を置いて寝転んでるんだ。話がつまんなかったら、そのまま眠りこけることにするから」

「ベッドに入ってるのか？」

「正解」とブリジット。「それにハダカだし。話を聞かせて」

わたしはきょう一日のことを話してきかせた。ブリジットは眠りこけなかった。話が終わると、ブリジットは言った。「いまから帰るよ」

「どうして？　ここでなにかするより、そっちでキースの情報を追ってもらうほうがずっと助かるぞ」

「あんたのことを心配してるからだよ」

「しなくていい。今夜できることはなにもないんだ。どっちにしろ、ムーアはドラマの話を嘘っぱちだと考えてるしな」

「あたしはあんたほど、ムーアに好印象を持っちゃいないからね」ブリジットがそう言って体を動かすのが聞こえた。寝返りをうって肘をついている姿が浮かぶ。「ドラマはすでに一度、あんたがひとりでアパートメントにいるところにやってきたんだよ。またそんなことが起きるのは勘弁してほしい。あたしがそこにいれば、すこしでも守りが固くなるだろ」

「ほかのみんなにも言ったことを言うぞ、ブリディ。ドラマに動きがあったとしても、ここに来ようとしているわけじゃない」

「それじゃ、ほかのみんながそれに対して返事すべきだったことを言わせてもらうけどね、アティカス、あんたにゃドラマがなにをして、なにをしないかなんて、わかりっこないじゃないか。これまでドラマについて教えてくれた話からすると、向こうは常にあんたひとりに狙いをつけてた。前回もあの女はあんたを標的にしてたんだ」

「ドラマがおれひとりに接触してきたのは、おれが任務をとりしきっていたからだ。本当にレディ・アインズリー＝ハンターを追ってるなら、ドラマはここには来ない。そんなことをすれば、こちらに手の内を明かしてしまうだけだからな。すなわち、ここに来る理由があとひとつだけあるとすれば個人的な理由だろうが、ピューの件にすべて決着がついたあともわれわれ四人を追って倒す手間はとらなかったところを見ると、どうもドラマには物事に個人的感情を持ちこむ趣味はないんじゃないかと、おれは信じはじめてるんだ。ハヴァルの本が出ても、その考えは変わっていない」

「ちょっと、やめてよね」ブリジットは穏やかに言った。「うんざりだ。つくづく嫌になるよ、あんたが屁理屈をこねはじめると」

「だが、滅多にするわけじゃないだろ」わたしは指摘した。

「それはそうだけどさ。とにかく気をつけてよ」

「そうするよ」わたしは言った。「きみもな。もう少し寝たほうがいい。あしたまた話そう」

「あたしは心配いらないよ」

「おたがいに作用しあうものなんだ。きみはおれに気をつけてと言ってしまうし、おれはきみを心配してしまう」

ブリジットの沈黙が急に不機嫌なものに感じられた。やがて、ブリジットは言った。「そんなもんかね?」

「なにか悪いことを言ったか?」

「こんな時間だもの、コディアック。疲れちまった。ドラマはきっとあんたを襲ってくるよ。あたしの口調があんまりしかるべき口調になってなかったとしたら勘弁して」ブリジットは無事な眠りを祈ってくれて、電話を切った。

ベッドに向かいながら、わたしは考えていた。これまでずっと電話がわが友人であったためしはなく、これからもけしてそうはならないだろう、と。

8

翌朝六時きっかりに集合したわれわれは、全員が仕事着とケヴラー製防弾チョッキを着用していた。まずなにをするより先に、わたしはムーアから得たオクスフォードの情報を伝えた。はじめはみな、悪いジョークかと思ったようだ。

「おれのユーモアのセンスは、壊れてはいても、そこまで病的じゃない」わたしは言った。「新たなテンのメンバーがわれわれのすぐ近くをうろついているというのは、ムーアが信頼できる筋から得た情報なんだ」

「冗談じゃないわ」ナタリーは言った。「テンがふたりですって？」

わたしはうなずいた。「こんどのやつはオクスフォードと呼ばれている。だが、明るいニュースもひとつあるぞ」

「令嬢が訪米をキャンセルしたんだな？」コリーが期待をこめて言った。「誓願をたてヴォルタ川上流の修道院に入ったとか？」

「そこまで明るくはないな」わたしは言った。「ムーア側の情報源はドラマのことはなにも言っていなくて、それどころか去年からずっと活動休止中だと示唆していたそうだ」

全員がそれについて考えこんだ。やがて、デイルが口をひらいた。「つまり、ドラマについてムーアが持っている情報とは要するに、ドラマについての情報を持っていない、ってことだ」

「グレイシーとボウルズがきのうおれに言ったことを、ムーアに肯定されるよりはましだろ」わたしは指摘をくわえた。

「となると、だれを信頼するかの問題になってくるよな」

「そうだ」

「するとまた、そもそもなぜCIAはドラマに動きがあることを、わざわざあなたに伝えたのか、という疑問にもどってくるわけね」とナタリー。

「そうだ」

三人揃って、なにかわたしにつけ足す言葉があるかのようにこちらを見ている。あるにはあったが、卓見と呼べるようなものでもない。

わたしは言った。「仕事にかかろう」

ナタリーとわたしが武器と無線の最終チェックを受け持ち、デイルとコリーはオフィスからブロックひとつ離れた車庫まで車をとりにいった。車両の安全確認のため、ふたりがもどるまでに三十分少々かかったが、七時十五分には全員揃ってニュージャージーに向かっていた。ナタリーとデイルがベンツに乗りこみ、コリーとわたしはレクサスに乗った。二台とも社用車として購入したものであり、どちらも上から下まで強化仕様で固めてあったが、より重装備なのはベンツのほうで、標準の強化フレームと防弾ガラスにくわえて、誇らしげに並んだ銃眼やランフラット・タイヤ、消火システムまでを備えていた。

レクサスはコリーが運転して、ベンツで先導するデイルのあとにつづいた。マンハッタンを出ていく車の波は入ってくるほうと同じく渋滞しており、混み具合では上まわっていた。外縁部の行政区から大挙して走ってくる配達トラックは、通行料を安くあげるためにマンハッタン島を横切ってホーランド・トンネルを使いたがる。四トントラック三台に囲まれてしまったら、車が強化してあろうがなかろうが関係なかった。

その間《かん》目を休ませることなく前方や背後に尾行車を探し、やがてわれわれの車両はニューアークを過ぎて二八〇号線に折れた。デイルは予定に遅れまいと機敏な運転で可能なかぎり効率よく渋滞を突破してきたが、まだそこから二時間近くの道のりが控えていた。空港に早く到着するのはとくになんの問題もない――だが遅れて到着するようなことは、絶対にあってはならなかった。たとえ、こちらが姿を見せて所定の位置に着くまでムーアはレディ・アインズリー＝ハンターを機内から出さないとわかっていても、一行を待たせておくようなことはしたくなかった。

ナタリーの声が車載の無線からクリアな音で聞こえてきた。「デイルが首尾良好だと言ってるわ。どうやら尾行もなさそうだって」

「すばらしい」とわたしは言った。

「なあ、コリー?」デイルが訊ねた。「アティカスは真っ白になるほど拳を握りしめてるか?」

「確かめてもいいが、そうすると道路から目をそらさなきゃならんし、そしたらこいつはビビッて騒ぐからな」とコリーが返事をした。

「運転してろ、馬鹿」とわたし。

無線のスピーカーから、ナタリーとデイルの笑い声が聞こえた。

「予定到着時刻《ETA》はおよそ百分後」デイルが報告する。「通信終了《アウト》」

コリーはにっこりしてステアリングを握りなおした。ウェストオレンジを過ぎると、ニュージャージー中心部の工業地帯から、よりのどかな田舎の風景へと徐々に移り変わっていく。われわれのルートは大空港から小規模なものまで、いくつもの空港を通過するよう選定してあった。要は尾行があった場合に、あれこれ想像させつづけておくためだ。パーシッパニーを過ぎ、二八七号線に乗りいれて、東側にブーンタウンの貯水湖を眺めながら北へ上がる。このあたりは車も少ないので、短い距離で時速百三十キロ近くまで加速してみた。ぼろをだす尾行車は見あたらなかった。

「昨夜は眠れたか？」しばらくしてコリーが訊ねた。

「そうだな、あまり長くは寝てないが。帰宅してからブリジットと二時間近くも電話して起きてたんだ。おまえは？」

「いろいろな状況を鑑《かんが》みれば、悪くもないかな。家の安全を確認するだけに一時間かかったんだ、わかるだろ？」

わたしは笑い、コリーはうなずいた。

「あんたもか？」

「おれもだ」とわたし。「エズメはなんて言ってた？」

「うん、子ども部屋をチェックしてたときに赤ん坊を起こしちまって、エズメはそれが気に入らなくてさ。いったいどういうつもりなのかと問いただされた。うちの安全を確認してるだけだと言っといたが」

「ドラマのことは話さなかったのか？」

コリーは顔をしかめ、首を横に振った。「そんなことしたら、女房は一晩中眠れなくなってしまう。睡眠はとってもらわないとな。ブリジットには話したのか？」

「ああ、事情がちがうからな。この件で動いてもらっている以上、事実関係は残らず知っておく必要があると考えたから」

すこし間《ま》を置いて、コリーは言った。「女房に隠しごとをするのは、好きじゃないんだ」

どう答えたものか考えていたとき、携帯電話が鳴った。ブリジットからだ。

「よう、あんた」とブリジットが言う。「あたしがどこにいるか、当てられるもんなら当ててごらん」

「フィラデルフィア・コミュニティ・カレッジだろ」

「あれ、すごいじゃん」前回の電話でしこりが残ったとブリジットが思っていたとしても、声はまったくそんな気配を感じさせなかった。「じつはいま、フィラデルフィア・コミュニティ・カレッジの学内保安事務所にいて、そこの一切をとりしきっているジョージ・アブリガ学内保安部長と話をし終わったとこなんだ。保安部長は一昨年《おととし》に在学していたミスター・ジョセフ・キースに関する詳細を、ずいぶん親切に教えてくれたよ」

「たとえば？」

「たとえば、ミスター・キースは退学処分になったとか」

「それは知ってた」

「ああ、でも理由は知らなかったろ」

「で、なんで退学に？」

「校内に武器を持ちこんだそうだよ」

「どういった武器を？」

「ナイフさ」

「ナイフってどんな？」わたしはコリーがこちらに投げかけている視線を無視し、頼むから道路に目をもどしてくれと思いながら訊き返した。「ポケットナイフか？　飛びだしナイフか？　鉈《なた》みたいなやつか？」

「没収財産のなかから見つかるようなナイフで、たったいま、そいつを眺めてるとこさ」ブリジットは言った。「大仰な映画に出てくるたぐいの、刃渡りが長くて、ぎざぎざしてるやつ。柄《つか》をまわすと外れるようになってて、なかに物を入れておけるみたい」

「キースはそのナイフでなにをしようとしたんだ？」

「〈トゥギャザー・ナウ〉の会議で、得意げにかざして見せたんだって。べつにだれかを脅したわけじゃないんだけど、それだけでも退学になるには充分だったんだろうね。ここのカレッジは相当に厳しい武器持込禁止のポリシーを掲げてるから」

「賢明だ。とくに起訴されたりはしなかったんだろ？」

「そのとおり。ミスター・キースは退学に異議申し立てもしなかったそうだから、自分でもナイフを振りまわしちゃいけないってことくらい、最初からわかってたんだろうね」

「ほかにもなにかわかったか？」

「いや、まだほんの二年まえのことだから、その出来事があった当時にその場にいて、本人のことも知っている学生が、いまも何人か在籍してるんじゃないかと思うんだ。ちょっとうろちょろしてみて、もう少し質問できるよう、〈トゥギャザー・ナウ〉の連中がたむろしてる場所を探してみるよ」

「ありがたい」とわたし。

「任務の途中？」

「いま移動中だ」

「ほかになにかわかったら電話するね」

ブリジットは電話を切り、わたしは上着のポケットに携帯電話を滑りこませた。コリーが訊ねる。「なんて？」

「キースは二年まえに大学構内でナイフを振りまわしたそうだ」とわたし。「それで退学になったらしい」

「暴力に傾倒する素因はある、と」

「かもしれない。友だちに見せて自慢したかっただけかもしれない」

コリーが顔をしかめた。「まるで一秒でもそっちを信じたような言い方だな」

パセイック郡に入ってからは、われわれ二台のほかに車もなく、わたしの緊張もかなりほぐれてきた。ベンツにつづいて幹線道路を外れ、飛行機の絵が描かれた標識を通り過ぎる。まばらな林のなかを抜けて坂道を登っていくと、ニュージャージー州の中心にある漠とした奥地へと、足を踏み入れられるかぎり近づいているような気がした。さらに二十分走ったところで、グリーンウッド・レイク空港が視界に入ってきた。

どこであれ主要エリアの空港にはレディ・アインズリー＝ハンターを到着させたくないと考えていたムーアは、ナタリーとコリーによる事前準備の内容に満足していた。ふたりはニューヨークとニュージャージー一帯の小規模飛行場を探しまわり、そのほぼすべてをなんらかの理由のもとに棄却した――たいていは、その飛行場で小型ジェットを扱えなかったことが理由だ。ふたりがグリーンウッド・レイク空港を選んだ決め手は、小型ジェットの着陸を取り扱えることと、人里離れたその立地だった。だが、ここへ来るのにわれわれが使ったのは迂回路だ――復路ははるかに直線的にもどることができる。コリーとナタリーは、われわれが飛行場のなかまで入って待機するための手配をすべて整えていた。

レディ・アインズリー＝ハンターはおよそ三時間まえに合衆国に入っており、最終目的地の安全確保をはかるため、ヒースローからニューヨークに直行するかわりに、ボストンのローガン空港に着陸していた。入国手続きを済ませたのち、ムーアと令嬢とチェスター——個人付秘書《PA》——は、最終行程を飛ぶチャーター便のリアジェットへの搭乗を待つことになった。こうした計画をムーアが要請してきた時点では、いささか過剰な警戒に思えたものだ。

いまは、そこまでの自信はなかった。

その空港は崩壊の一歩か二歩手前といった感じで、ささやかなターミナル・ビルに併設された本日閉店のコーヒー・ショップは、派手にペンキを塗って内部を撤去したらしいボーイングDC‐9を部分的に占拠して作られていた。駐機場には単発や双発のプロペラ機が片手ほど並び、主滑走路沿いの奥まった場所にもうひとつ、横長で天井の低い格納庫があった。建物をまわりこんで駐機場に出ると、前方でデイルが車を停止させた。わたしはナタリーがベンツを降りて、脇の格納庫に駆けこんでいくのを見守った。ナタリーは一分も経たないうちにまた出てきて、その後ろからふたりの男があらわれた。どちらも十代後半から二十代前半らしく、ともにジャンプスーツに身を包み、その背中の〈イーグル・チャーター〉の文字の上には色褪せた鷲が描かれている。

イヤピースからナタリーの声が聞こえた。「管制塔によれば、当該機は最終進入中、あと三分で到着の予定」

「了解」わたしは答えた。

ナタリーがふたたびベンツの後部座席に乗りこみ、ジャンプスーツのふたりがゲートを引きあけた。うちのひとりは通り抜けていくわれわれに手を振っていた。その表情から見たところ、どうやらこちらが何者であるかを知っているらしかった。

「連中になんて言ったんだ？」わたしはコリーに訊いた。

「連中って？」

「いまのふたりだよ。おまえとナタリーがこの件の手配をしたとき、連中にどう話したんだ？」

「べつに。おれたちは警護チームで、ＶＩＰを出迎えるって伝えただけだ」

「おまえの顔を知ってたぞ」

「おれじゃないって。ナタリーだろ」

「ナタリーは髪を染めるかなにかすべきだな」

「そんなんじゃ問題は解決しない。二十キロばかり体重を増やして、ぶかっとした服を着て、そこまでやってはじめて問題は解決だ」

「おまえがそう言ってたと、本人に伝えとくよ」

「そうしたら、おれはあんたに危害をくわえざるを得なくなるぞ」

われわれの車はもう駐機場まできていた。コリーはベンツの隣に、エンジンはかけたままで、離着陸場に鼻を向けるようにして車を停めた。リアビュー・ミラーには、仲間にくわわろうとゆっくり歩いてくるジャンプスーツのふたりが映っている。

「ふたりが荷物を運んでくれるんだ」コリーが説明した。

「知ってるよ」わたしはシートベルトをはずして車を降り、歩いていって、ベンツから出てきたナタリーと合流した。コリーと同じく、デイルも運転席で待機している。二台の車のエンジン音に飛行機の音がかぶさった。まだ遠いが、近づいてきている。

「用意はいい？」ナタリーが訊いた。

うなずきながら、じっさい用意はできていると考えていた。これまで起こったことや、起こり得ることのすべてを考慮にいれても、わたしは気分がよく、まずまずの自信があった。こうした少人数の仲間と仕事をする利点は、ひとつには個々人の能力や仕事に対する意気ごみについて、なんの疑いも抱かずに済むことだった。いかなる警護努力においても、周到な計画や入念な事前準備のすべてをことの成りゆきに委ねなければならない時点が、かならず訪れる。広がりゆく宇宙に生きているという単純な事実からくる偶然性に、身をまかすしかなくなる時点がやってくる。自分たちで制御できる部分はじつは非常に少なく、そうした部分にはすでに発揮できるかぎりの力を注ぎこんであった。ここから先は勝つか負けるかであり、厄介な事態も、いかなる難局も、それらが立ちはだかってくるたびに、ひとつひとつ迎え撃つしかないのだ。

ジェット機が滑走路の端に接地した。タイヤから煙の雲を吐き、エンジンを高くきしらせて、パイロットの操るスロットルレバーによって減速していく。ナタリーとわたしが見守るなか、リアジェットは残りのスピードを殺しながら通過していった。つかのま機体の停止がまにあわず、滑走路の終点で舞いあがって丘の頂上を縁どる木立に飛びこんでいくかに思えたが、心配は無用だった。飛行場の逆端で転回したジェット機は、誘導滑走でこちらに近づいてきた。

ナタリーがベンツの屋根をぱんと叩くと、デイルが車を前進させ、停止しようとしている機体を迎えるように移動した。機体が最終的に止まった位置にトランクを向けるようベンツがまわされ、次にコリーがレクサスを近づけると、同じく転回させて、退出時に備えて先導の位置につけた。車が所定の位置におさまると、ナタリーが後ろを振り返り、さっきのふたりに手招きをして、ジェット機の胴体部を指差した。ナタリーとわたしは彼らがバゲッジ・コンパートメントをあけ、飛行機からベンツに荷物を移すのを見守った。四往復でベンツは満杯になったが、まだ荷物は残っていた。

わたしは手のひらのボタンを押し、襟のマイクに向かって話した。「コリー、レクサスのトランクも要りそうだ」

「よしきた」とコリーが応答する。

残りの荷物をもう一台の車に載せるよう、ナタリーから青年ふたりに指示をだした。荷物を積み終えたふたりは、なにも言わずにトランクをあけたままでゲートのほうにもどりはじめる。わたしはまずレクサスのトランクを閉め、それからベンツを閉めて、次に助手席側にまわりこみ、もういちど周辺のチェックをおこなった。ゲートに向かっている途中のふたりを別にすると、わたしの視界に人影はない。

イヤピースからかすかな雑音がして、ムーアが無線網に入ってきた。「応答せよ、応答せよ、こちらフック、聞こえるか、どうぞ」

無線からナタリーの応答が聞こえる。「こちらスミー、完全に聞こえるわ、フック」

「了解。ウェンディとピーターは待機中」

ナタリーが振り向いてわたしとアイコンタクトをとったので、親指を掲げてみせた。ナタリーはうなずき、ふたたび無線からその声が流れる。「ティンクより許可、すべて異常なしよ」

機体のドアがひらき、タラップがのばされた。わたしはナタリーがタラップ最下部の位置につくのを待って、ベンツ助手席側の前部と後部のドアをあけた。

「退出を開始、退出を開始」ムーアから無線が流れる。

ナタリーがステップをのぼり、ドアのすぐ外で止まると同時に、フィオナ・チェスターがあらわれた。チェスターは二十代後半の小柄な女で、茶色の髪を短くカールさせ、七月の気候では相当着心地が悪いにちがいないウールの黒いロングスカートをはいていた。コンピュータ・バッグを肩にかけて、左手には小さめのダッフルバッグを持っている。チェスターはタラップの角度を確かめるあいだだけ躊躇したが、まもなくナタリーにつきそわれて降りはじめた。エプロンに降り立つと、ナタリーはベンツまでチェスターを案内していった。チェスターが後部座席に乗りこんで、窓際まで体を滑らせていき、ナタリーは踵を返して機体のそばにもどると、こんどはタラップ下部で立ち止まった。

アントニア・アインズリー＝ハンターがドアに姿をあらわした。ブルージーンズに緑色のシャツを着て、黄褐色のウィンドブレーカーをはおっている。令嬢は頭を低くして立ち止まることなく進み、すぐ後ろに張りつくようにしてムーアがあらわれた。公爵令嬢が最下段まで降りたところで、ナタリーが進みでた。

わたしはずっと周辺を見張っており、荷物の搬出を手伝ったふたりが格納庫の入口で見ているのは気づいていた。だが、ふたりをのぞけば、なんの動きも異常も見られなかった。

ナタリーは車に到着するとそこでふたりと別れ、わたしをよけるようにしてレクサスに向かった。わたしが一歩退がってドアから離れ、監視をつづけているあいだに、レディ・アインズリー＝ハンターがなかに乗りこみ、ムーアもあとにつづいた。ムーアがなかからドアを閉め、わたしは最後にもういちど目配りしたのち、助手席に滑りこんだ。こちらのドアを閉め終えないうちにコリーが発進し、デイルもギアを入れて、二台揃って滑走路を加速していく。連絡道路が終わる交差点にきたとき、時速はすでに六十五キロに達していた。

「いい感じだ」デイルが言った。「異常なし」

「ルートを選んでくれ」わたしは言った。

「ブ《B》ラボーだ」

わたしは車載無線のハンドセットを使って、その選択をレクサスのコリーに伝えた。コリーが無線で了解の応答を返し、それを確認したわたしは、背後の席でどっと力を抜いたムーアとまったく同じ気持ちだった。

「万事良好？」レディ・アインズリー＝ハンターがわたしに訊ねた。

「万事申し分ない」と答える。

「よかったわ、それじゃ」と言って、後ろから身を乗りだした彼女は、腕をのばしてややぎこちなくわたしを抱きしめた。「会えて嬉しいわ、ティンカーベル」

「こちらこそ嬉しいよ、ウェンディ」

「なにか変わったことは？」ムーアが訊ねた。わたしに見えるのはムーアの肩の一部分と、リアウィンドウから外を見つづけているその側頭部だけだった。

「瑣末事項のみだ。エドモントンに着いてウェンディの安全を確保してから、簡単に説明するよ」

ムーアはつかのま体をねじると、怪訝な顔で、バックミラーに映ったわたしと目を合わせてきたが、無論その場で訊き返すような真似はせず、すぐにまた窓から車の流れを見守る作業にもどった。レディ・アインズリー＝ハンターはチェスターに夜のスケジュールを訊ね、チェスターはコンピュータ・バッグをあけて書類の束をとりだした。ふたりが静かに会話をつづけるなか、われわれは二八七号線をひた走り、レクサスは常に前方を先導していた。ナタリーの声が無線から流れ、交通状態の変化や遅延の可能性について、定期更新情報を届けている。

そこから九十分かかってジョージ・ワシントン橋からマンハッタン市内に入ったわれわれは、いったんウェスト・サイド・ハイウェイを南下し、もう半時間を費やして市内を横断する五キロの渋滞をくぐり抜け、エドモントンに到着した。レクサスにつづいてホテルをまわりこむように入口のロータリーを通り越し、セントラル・パークとは逆側にある通用口につけた。完全に停止するまえにレクサスを降りたナタリーが、建物入口の安全を確保するまで待ったのち、わたしも車から降りたった。ムーア、ナタリー、わたしの三人で、迅速にレディ・アインズリー＝ハンターを降車させて予定どおりホテル厨房からなかに誘導し、デイル、コリー、チェスターは、チェックインと荷物の手続きのためフロントにまわった。ウエイターやシェフの数人が通り抜けるわれわれを凝視していたが、大半は以前にも同じ状況を見てきているらしく無視していた——エドモントンは日常的に訪米中の高官らに用いられるため、ホテルの従業員は警護業務の手順や特異性に通じているのだ。

「すごく偉い人になった気分よ」業務用エレベーターに乗って十八階に上がる途中、レディ・アインズリー＝ハンターは打ちあけた。「それに、とんでもなく恥ずかしいんだけど」

「タイムズ・スクエアのはずれにホリデイ・インがあるから、お好みならそっちに泊まってもいいぞ」とわたしは答えた。

エレベーターが停まると、ナタリーが外に出て廊下を確認し、すでにコリーが部屋をあけてくれていると報告した。四人で固まって一八二一号室まで移動する。そこは、暖炉をしつらえた中央の居間を含めて、全四部屋からなるスイートだった。ムーアはレディ・アインズリー＝ハンターを居間のソファに座らせ、コリーは荷物の搬入を監督するためロビーに引き返していった。ナタリーとわたしで各部屋をもういちど点検にまわり、何者か、またはなにかが危害をくわえる目的で潜んでいるとすれば、こちらの発見能力のおよばない場所に隠れているとしか思えないと判断をくだした。

ムーアと令嬢のもとにもどると、まもなく残りの三人が荷物を満載したカートとそれを押すベルボーイをともなってもどってきた。

チェスターがチップを支払い、ベルボーイが帰っていくと、ムーアはドアを閉め、デッドロックをまわして閂《かんぬき》を掛けた。さらに十分かけて荷物を移動し終えたころ、レディ・アインズリー＝ハンターから、ちょっと昼寝がしたい、フィオナもそうしたほうがいいと思う、と申し入れがあった。ふたりはそれぞれの部屋に引きとっていった。

顔を見合わせると、ムーアは軽くうなずいて見せたので、わたしは受話器をとってサンドイッチと炭酸飲料をルームサービスに注文しながら、残った全員が腰を落ち着けるのを見守った。装備バッグを出してきたムーアは、ブローニング用にスペアのマガジンを装填している。わたしが電話を切ると、ムーアはふたたびバッグに手をのばしてフォルダーをとりだし、目のまえのコーヒーテーブルに投げた。ナタリー、コリー、デイルとともにわたしが席につくのを待って、ムーアはフォルダーを綴じている紐をほどいた。なかに入っていたのはコピーの束で、報告書と写真をコピーしたものらしい。

ムーアは束のなかから一枚の写真を抜きとると、わたしに掲げてみせた。

「オクスフォードを紹介しよう」

それは前日の午後にグレイシーとボウルズから見せられたものと同じ、似非軍事部隊の写真だった。きのう赤インクで囲んであった男は、ここでは蛍光イエローで強調してあった。

「くそったれ野郎」とわたしは言った。

「本名は不明だ」とムーアは言った。「テンのひとりであると目されるようになって、いまで十四年になる」

わたしから写真を受けとったナタリーは、数秒間じっくり見つめてから、順送りに次へまわした。

ムーアは手をとめず、こんどは別のひとつづきの写真を並べだした。大半はカラーコピーで、どれも犯罪現場が写っている。「識別《ID》写真はすくなくとも四年まえのものだが、インターポールは去年の九月まで配布をしていなかった。撮られた場所はクロアチアだ。オクスフォードと呼ばれているのは、最初にこの男の仕事とみなされたのが八七年にケンブリッジ大学の学監《ドン》が暗殺された事件だったからで、殺されたのはケッパーという喘息持ちの老人だった。それがその男だ」

ムーアは写真のモノクロ・コピーを人差し指で叩いた。そこに写っているのは五十代後半かもう少し上といった年齢の男で、寝室で脇を下にして倒れている。首に輪がとおされ、その端がヘッドボードに結びつけてあった。写真の隅のほうにはテレビとビデオデッキが写っている。

「自慰的窒息を演出してある」ムーアがつづけた。「ビデオデッキにはテープが挿入されており、そこには人類と動物界のほかのメンバーとのあいだで交わされる非常にあぶない行為が写っていた。ケッパー教授が教鞭をとっていたクラスのなかに、キリスト教倫理が含まれていたことを考えると、はなはだしく屈辱的な死に様だったと言える」

「さっき、ケンブリッジの貴人《ドン》って言ったわよね？」ナタリーが訊ねた。

ムーアは無理して笑みをつくった。「オチは――つまらなくて申し訳ないが――その事件を殺人と見抜いた刑事のひとりが、犯人は〝オクスフォードの男〟にちがいないとコメントしたことなんだ」

笑いだす者はいなかった。

ムーアはほかにも何枚かの写真をまわした。どれも異常な暴力行為を写したものであり、犠牲者が一名だけのケースは稀で、例外なくなんらかのかたちでセックスに結びついていた。ロープや鎖で体を縛られ、切られたり刺されたり、まるでどれも一連のスナッフ・フィルム（殺人実写ポルノ）から抜きだしてきた写真のようだった。

「やつの犯罪の手口《M・O》を、ここに見ることができる」とムーアは言った。「オクスフォードはスペシャリストと考えられていて、だれかを殺すだけでは目的が果たされず、相手の人格まで抹殺してしまう必要があるときに雇われる。セクシャルな切り口に固執するのは、本人の病理学的性向でそのほうが興奮するからかもしれんし、セックスがほぼ常にセンセーショナルかつスキャンダラスな題材であるからかもしれない。おそらくその両方だろうな。大半のケースでは、既存の人間関係――恋愛関係やそれに近いもの――を利用するが、必要とあらば布地全体から糸をたぐり寄せることもいとわない。多くの場合、演出の内容まで公表されることはないのだが、事実関係があきらかになるころには、メディアがオクスフォードの仕事に仕上げを施し終えている。被害者の評判は地に落ちるというわけだ」

全員が一連の写真を見ているあいだ沈黙がつづいた。やがてムーアはそれらをふたたび掻き集め、レディ・アインズリー＝ハンターが入った部屋の閉じたドアに目を走らせた。ずっと謀議でもしているように声を低くしていたが、そのムーアの視線を見て、急に疚《やま》しい気持ちになった。もちろんそうするしかないのはわかっている。警護対象者に隠しごとをしているが、それが最善の策なのは全員が承知していた。現段階では無知でいるほうが、無意味に怯えるよりずっといい。

「やつがこっちに来てると、あんたの情報源が考えている根拠は？」デイルがムーアに訊いた。

「ある情報収集基地が二日まえ、ローマを経由するはずだったのに、なぜかロンドン経由になった電話を傍受した。会話の詳しい内容は知らないが、そのなかで職員が耳にしたことは、オクスフォードが合衆国に向かっているとわたしに伝える必要性を感じさせるに足るものだったということだ」

「ということは、やつが令嬢を狙っているかどうかは、なにもわからないわけだ」とコリー。

「そのとおり。だが、標的になっても不思議のない人物だ」ムーアがそれに答えた。「人身売買、とくに子どもの人身売買を飯の種にしている連中を怒らせてきた人だからな。そうした連中なら金は持っているし、彼女を抹殺するだけでなく、その信用を貶《おとし》めたいと思っていてもおかしくない」

しばらく押し黙って、全員が考えていた。閉じたフォルダーをムーアがまたバッグにしまっていたとき、ちょうどルームサービスが届けられた。デイルが代金のサインを済ませ、ナタリーが室内にカートを運んでくると、わたし以外はみんな食事にとりかかることにして、それぞれ小気味よい音とともに炭酸飲料をあけ、半分にカットしたサンドイッチに手をのばした。

ふたたび全員が席についたところで、わたしは口をひらいた。「おれはきのうＣＩＡにオクスフォードの写真を見せられたが、いまのような人物紹介は与えられなかった。なぜそんなことをしたと思う？」

「情報収集じゃないのか？」コリーが思いついたままを口にした。「あんたが過去にやつを見かけたことがあるかどうか知りたかったんだろう」

「でも、CIAならロバートが持っているのと同じ情報源にアクセスできて当然じゃないの」ナタリーが主張を掲げた。「つまりその人たちも、オクスフォードに動きがあり、レディ・アインズリー＝ハンターを狙って動いている可能性があると信ずるに足る根拠を持ってたはずじゃないかしら」

デイルが首を横に振った。「連中はこちらには教えていないなにかをつかんでるんだろう。オクスフォードもしくはドラマに関するなにかを。そのふたりのつながりに関することかもしれない」

「たとえば？」

「たとえば、ふたりが協力体制を組んでるとか」とコリー。

「オーケイ」デイルが言った。「だが訊かせてくれ、そんなことが考えられるか？おれたちは事実としてドラマが単独で仕事をしていると知っているし、ドラマのような職業であれば、それがごく普通のことだろう」

ムーアが言った。「もしオクスフォードが令嬢を狙っているなら、ひとりで狙っているはずだ。ドラマについては囁くほどの噂も立っていないんだ」

「とにかく、ありえない話だ」わたしは言った。「ドラマにパートナーはいない」

「パートナーであるとはかぎらないだろ」コリーが反論する。「この仕事にかぎり、一緒にやろうという相手かもしれない」

「令嬢の命を狙うだけで、そこまで多額の金を使うかしら」ナタリーが指摘した。

「想像だけど、仮にテンのメンバーをひとり雇うのに百万ドルかかるとして、ふたり雇えばすくなくともその二倍になるわ」

「人によっては、それでも買い得だと思うかもしれない」コリーが言った。

ナタリーは眉をひそめ、座ったまま体をねじって、空っぽの炭酸飲料の缶をデスク脇の屑籠に投げ入れた。「この件ではアティカスに賛成よ。ドラマとオクスフォードは一緒には仕事をしていない。手口と合致しないわ」

「だが、もし協力していたとするなら、ふたりがともにニューヨークに向かっている理由に説明がつく」デイルが言った。

「どちらか一方がニューヨークに向かっているかどうかさえ、わかっていないんだぞ」ムーアが言った。「わかっているのは、合衆国内でオクスフォードが動きを見せているということだけで、場所は不明だ。もしアティカスの聞かされた話を信じるとすれば、そこでも同じ問題が生じる。この連中をあつかっていると、常に生じるのは同じ問題なんだ、坊や諸君——小便を漏らしても言い訳がたつ程度には知らされるが、それ以上なにかするのに足るほどは知らされない」

「もうひとつわかっているのは、テンのメンバーが常に匿名性を守って仕事をしているということよ」とナタリー。「ふたり一緒に仕事をすれば、そうした努力は滅茶苦茶になってしまう。素性を隠すことは、倍どころか飛躍的な数字で難しくなるわ。ひとりなら、ドラマもオクスフォードもみずからの思うところに従い、状況にあわせて計画に変更をくわえることもできる。でもパートナーを組めば、あらゆる種類の新しい問題を心配しなきゃならなくなるの——意思疎通もそのひとつよ。ふたりが頻繁に連絡をとりあうようになれば、発見されたり信用を危うくする可能性がどんどん増していくわ。それはあまりにも危険すぎる。たとえ両者とも動いていて、どちらもニューヨークに向かい、同じ標的を追っていると仮定したとしても、それをふたりが協力してやっていると仮定するのはやっぱり無理よ」

コリーは唸るようにして、ナタリーの論点を認めた。

「いま考えていたんだが、オクスフォードからはワンストライクをとれるんじゃないかな」とデイルが言った。「レディ・アントニアを狙っているとすると、やつは暗殺を演出するために令嬢がひとりのところを襲わなければならないんだ。命とともに人格まで暗殺する必要があるんだったよな？　つまり、アントニア嬢をとことん貶めなければならないわけで、その貶め方もセックス絡みでくることがわかっている。そうしようと思えば、ひとりのところを襲撃しなければならないのはまちがいない」

「それにやつには準備が必要だ」コリーが言い添えた。「それも大量の準備が要る。小道具だけの話じゃなく、おそらく相手役も用意しなければならない」

「そうとはかぎらないわ」ナタリーが言った。「このなかのだれかを使えばいいのよ」

全員がナタリーを見た。

「可能性はあるでしょう」とナタリーはつづけた。「ボディーガード、英国貴族と密会。最高のコピーじゃないの。このなかのだれでもことは足りるわ」

「そいつは使えないぞ」わたしは言った。「オクスフォードはレディ・アインズリー＝ハンターを犯罪者に仕立てたがるのであって、被害者にはしないはずだ。おれたちと彼女がどういう関係にあるかを考えれば、だれもアントニア嬢のほうからおれたちを誘惑したとは思わないだろう。おれたちのひとりが飛びかかったような演出をオクスフォードがすれば、アントニア嬢は哀れな犠牲者でしかなくなる」

デイルが咳払いした。「しかし、おれたちのほうは非常に貶められる」

「あら、なんてすてきな考え」ナタリーが言った。「オクスフォードは彼女ではなく、われわれを狙っているってことね？　その理由は？」

「ドラマに雇われたんだろう」とわたしは言った。冗談だ。が、だれも笑わなかった。

ムーアが咳を払って、なにかキースについて新しい情報は入ったかと訊ねた。

「ローガンがフィラデルフィアから電話してきた」わたしは言った。「ジョセフ・キースは非常に興味深い男だとわかってきたぞ。キースは自分と公爵令嬢が、はるか古代シュメールの時代に夫と妻の関係だったと言いふらしていたそうだ。さらにフィラデルフィア・コミュニティ・カレッジからは、ナイフの所持を理由に退学に処されている」

「だれかを切るかなにかしたのか？」

「いいや。もともと、そういう試みはなかったらしい。じっさいに起こったことは概略しかわからないんだが」

「写真は配ってあるのか？」

ナタリーがブレザーの内ポケットに手をのばし、われわれの発行したビラを抜きとってムーアに差しだした。「訪問するすべての場所で配ってもらうよう、百五十部ずつ手配したわ。大半が現地の保安部門や関連各所に渡ることになってる」

ムーアはキースの顔写真に目を凝らしたのち、紙をひっくり返して裏を読んだ。オリジナルの写真をインクジェットのカラープリンターで印刷したのだが、出来栄えは非常によかった。ビラの裏面には、キースを発見した際にとってもらいたい行動規準《プロトコル》が書かれている。不必要に凝ったものではなく、指示は単刀直入だった——キースを見かけたら、警護チームに直接すみやかに報せること。われわれはキースを捕まえてほしいのではなく、あくまで警戒してほしいだけだ。その先はこちらで対処する。

ムーアの口の端が上がって、かすかな笑みをつくった。「なかなか可愛い、いい写真じゃないか」

「気に入ってもらえてよかったわ」とナタリー。「そのぶんも請求書につけておくから」

ムーアは装備バッグにビラを放りこんだ。「令嬢とミズ・チェスターには、機内で標準ブリーフィングをしておいた。ふたりとも同じものを以前にも聞いてるが、いくつかの要点は強調しておいても無駄にはならんからな。移動に際しては議論も躊躇もせずにわれわれの指示に従うことを、確実に理解してもらってある」

「機内から出てくるときのチェスターはみごとだったな」コリーが言った。「これまでにも経験があるのか？」

「今回のようなものははじめてだ。だが、チェスターは呑みこみが早い」

「レディ・アインズリー＝ハンターのもとで働きはじめて、どれくらいになる？」デイルが訊ねた。

ムーアが笑みを浮かべた。「彼女なら安心だよ。わたしが自分で入念に調べた。レディ・アントニアのPAを務めて、いまでほぼ一年になる。テンの一員の手先として働いているとすれば、ずいぶん悠長に機会をうかがっていることになるな」

デイルは両手を挙げて肩をすくめ、そこからわれわれは話題をその他の当面の案件に移すことにして、まずは令嬢の今夜の予定からとりかかった。レディ・アインズリー＝ハンターは八時半より、領事官邸を借りて国連の関係者数名とディナーをとることになっていた。そのあと、予定ではそのままホテルに連れてもどり、夜間の安全を確保するという段どりだ。翌日は晴れがましい一日となるはずで、大使任命の公式発表とそれにつづく記者会見の大騒ぎが待っていた。

全員の食事が済んだので、カートを廊下に押しだしてからもどってくると、すでにムーアは仮眠をとるため自室にひきとっていた。デイルとコリーは車両の確認に出かけていき、居間にナットとわたしのふたりだけが残された。

急にやたらと静かになった。起きている者より寝ている者のほうが多い空間ではそんなふうに沈黙が広がるもので、感染もしやすいためか、ふたりとも黙りこくっていた。ナタリーは電話帳やホテル案内とともに置いてあった無料サービスの《ニューヨーク》誌を読み、わたしは自分用のビラを出してきて、しばらくのあいだキースの顔を記憶に叩きこむ作業にとりくんだ。

キースはどこから見ても平凡だった。黒い髪に茶色の目をして、鼻がやや尖っているかもしれないが、顕著な特徴と言えるほどに尖っているわけでもない。写真の表情は穏やかなもので、これから笑おうとしていたのに、撮影者がコンマ一秒ほど早すぎて笑顔を撮り逃してしまったような感じだった。

ビラを置きながら、つい大きなため息を漏らしてしまった。ナタリーが雑誌の上端からこちらを見やる。

「リラックスしなさいよ」

「テンのメンバーがふたりと、いかれたはぐれ者をまえにして、きみはおれにリラックスしろと言うのか？　あいかわらず手厳しいな」

「まだはじまったばかりだわ」

わたしはかすかにうなずきながらも、はじまったことに緊張しているのではない、と思っていた。

どんな終わりが待っているのか、気に病んでいるのだ。

9

ホテル客室での居つきの任務にはローテーションを組んであたり、その夜、国連関係者との会食が済んだあとに順番がまわってきたわたしは、エドモントンで眠ることになった。スイートの主室に置かれた、ソファベッドで。前日が相当にハードだったし、ソファベッドでも充分に心地よかったこともあって、ぐっすりと深い睡眠をとることができたが、その割に早く目が覚めて、フィオナ・チェスターが小声で毒づくのを耳にした。

チェスターは主室に置かれたデスクで仕事をしており、目のまえにひらいたラップトップ・コンピュータと、左の肘のあたりに置かれたファックス機と、右側の電話とに注意を分散させていた。いつも早朝から仕事をはじめるのだろうと理解はしたものの、その時間に起きているのを見たときはさすがに驚いた。窓から染みこんでくる光は夜明けの気配をほのめかしはじめたばかりだというのに、チェスターの表情からすると、起きてからしばらくが経っているようだった。デスクランプのスイッチが入っており、その薄明かりでも、チェスターがすでにきょうの外出用に着替えを済ませているのがわかった。スカートもブラウスも化粧も、非の打ちどころがない。わたしが眼鏡をかけるあいだもチェスターは電話で話しつづけ、ずっと声を低く保とうとしているのはわたしにもわかっていたが、いまは苛立ちが先に立ってしまいそうになっていた。

「約束したんでしょう」チェスターが言う。「いいえ、そんなこと承諾できないわ……令嬢は――なんですって？」

体を起こし、ベッドからひょいと脚をおろすと、チェスターがわたしの動きに気づいた。チェスターは詫びるように短く微笑んでみせたあと、椅子を回転させて、裸同然のわたしの姿から目をそらした。下着のショーツ一枚で眠っていたわたしは、会話をつづけるチェスターのそばで昨夜と同じパンツに脚を通し、シャツを羽織って半分ほどボタンを留めた。会話の調子は変化して徐々に熱を帯びはじめ、わたしが起きてきたいまとなっては、チェスターも声を抑える必要性を感じてはいなかった。

「あの人たちは約束したんだって言ってるでしょう」チェスターは電話に向かって突っぱねるように言った。「だから……いいえ、こっちの話を聞いてちょうだい。脅してなんかいるもんですか。ただ、あなたにははっきりと忠告しておくけど、オーリンとその弟に、あんたたちが心配しなきゃならない女性はわたしじゃないから、って伝えておくことね」

チェスターはとびきりでかくて、とびきりおぞましい虫を潰すかのように、受話器を架台に叩きつけた。

「オーリンとその弟というのは？」わたしは訊ねた。

「ミュージシャンよ。ロックスター。低能どもだわ」

「おれが心配すべき内容だろうか？」

「そうは思わない」チェスターは立ち上がって濃紺のスカートを撫でつけ、レディ・アインズリー＝ハンターの部屋に向かった。わたしの横を通るときにチェスターが言った。「起こしてしまってほんとにごめんなさい」

「どうせもう一時間か二時間したら、起きなきゃならなかったんだ」

チェスターは薄い笑みを浮かべたかもしれないが、すでにレディ・アインズリー＝ハンターのドアを叩いていたので、わたしには見えなかった。すこし待っていたチェスターが寝室に滑りこんだあと、わたしはベッドをソファにしつらえなおし、クッションをもどしてから、周囲を見渡してルームサービスのメニューを探した。コーヒーをポット二杯と、紅茶用のお湯をポット二杯、それにオレンジジュースを少々注文しておく。それから宿泊用バッグを持ってバスルームに入り、一日をはじめる支度にかかった。

出てくると、チェスターはデスクにもどってラップトップを操作しており、その傍らにレディ・アインズリー＝ハンターが立って電話で話していた。個人付秘書とはちがって、公爵令嬢のほうはまだ起きてからさして時間が経っているようには見えなかった——髪は寝癖でぼさぼさだし、ホテルに備えつけのタオル地のバスローブを着ている。ローブの胸元には、金の糸でエドモントンの紋章が刺繍してあった。ソファの横にバッグを置いたわたしにちらりと視線を走らせたが、その表情はこれまでに見たどんな表情ともちがっていた。

怒っているのだ。

ドアにノックの音がして、応対に出たわたしはルームサービスのカートを転がしてなかに入れ、すべての鍵をふたたびかけなおしてから、自分用にコーヒーを注いだ。やがてレディ・アインズリー＝ハンターが電話を終えた。わたしとチェスターが同時に目を向けたが、わたしがそうしたのはなにがふたりを動揺させたかの説明を求めてであり、チェスターのほうはおそらく指示を求めてのことだろう。

令嬢は一分近くその両方を無視し、デスクの角を見つめたまま、なにか深く考えこんでいるようだった。

「今夜はどんな予定が入ってたかしら？」ついに口をひらくと、令嬢はチェスターに訊ねた。ただちょっと知りたいだけのような口調だった。

「サラ・ローレンスで講義をするんだろ」わたしが答えた。女性ふたりは、すこし驚いたようにわたしを見た。「ナタリーの母校なんだよ。だから覚えてたんだ」

「キャンセルして」レディ・アインズリー＝ハンターはチェスターに命じた。「それから例のパーティーの開催場所を突きとめて、まちがいなく招待されるよう手配してちょうだい」

チェスターはうなずいて受話器をとった。令嬢は部屋にもどろうとしている。

「ちょっと待った」わたしは言った。「どういうことだ？　どうして予定を変更する？」

立ちどまった彼女がこちらに向けた表情は、先刻の怒りの表情に劣らぬほどわたしを驚かせた。ひょっとして、そんなことを訊いてくるとは何様のつもりだ、と問いただされるのだろうかと一瞬思った。が、そのとき、わたしがこのために雇われていることを思いだしてくれたようだ。

「〈ロールシャッハ・テスト〉って知ってるかしら？」と令嬢は訊ねた。「バンドのほうよ、心理テストじゃなくて」

「聞いたことはある」わたしは言った。まだエリカが進学のために家を出てしまうまえ、アコースティック・ロックとエレクトロニック・ミュージックを融合させたそのバンドのアルバムの一枚を聴かせてくれたことがあった。エリカはその音楽をいかすと思っていたが、わたしには独善的でわけのわからない音楽としか思えなかった。

「新しいアルバムの発売記念パーティーに出ようと思うの」

「リベラルアートの女子大学での講義をキャンセルして、発売記念パーティーに出席するだって？」

「ロバートが好きなバンドのひとつよ。彼は楽しんでくれるわ」

わたしは眉をひそめ、論理的な次の質問を発しようとしたが、それはさえぎられた。

「悪いけどいいかしら、着替えたいの」

令嬢は部屋にもどってしまった。

デスクに座ったチェスターが、解読不可能な視線をわたしに投げてよこした。

パーティーは〈ロット61〉というクラブでひらかれ、ミートパッキング地区にあるそこは、二年ほどまえにわたしが用心棒を務めたボンデージ・クラブと紙一重の店だった。〈ロット61〉はわたしなら努めて避けて通るクラブだが、普通はそれでなんら問題はない。なぜならそこは、わたしのような人間を絶対になかに入れないたぐいのクラブでもあるからだ。わたしや同僚がどれほど有名であっても、ここの経営陣のレーダーにひっかかることはまずもってありえない。

だが、レディ・アインズリー＝ハンターとなると、話はまったくの別物だった。

パーティーは八時スタートだったが、報道陣が全員顔を揃えるまで待ちたいと令嬢が言ったため、われわれが到着したのは十一時近くになってからだった。なぜサラ・ローレンス探検をキャンセルしたのか不思議だったが、本人に訊くことはしなかった。思いあたるとすれば、あのとき令嬢はあまりにも頭に血がのぼりすぎ、そのせいでまともに考えることもできなかった、という理由しかなかった。だが、なんで怒っていたにしろ、その日の早い時点でその怒りは過ぎ去っていた——けさ電話の途中に見てしまったあの瞬間からあとは、そんな感情の気配すら見あたらなかった。

そのクラブの正面でデイルに降ろしてもらうと、ハイソな連中とハイソ見習いの連中からなる騒々しい一団がベルベットのロープの後ろに立って待っていた。デイルの乗ってきた車は普通のベンツで、リムジン仕様ではなかったので、すくなくとも先導を務めるムーアが降りてきた時点では、だれもさしたる注意を払おうとはしなかった。次にレディ・アインズリー＝ハンターがあらわれるとざわめきがはじまり、ふたりのあとからわたしが正面入口に向かうあいだもそれはつづいていた。用心棒《バウンサー》——警備要員というより、どう見ても男性モデルだったが——はクリップボードのチェックすらせずに内部《なか》に通してくれ、あと四人の連れがいることだけどうにか伝えたところで、ひらいたドアから噴出する音楽の波に呑みこまれた。

もみくちゃのなかをムーアの先導に従い、七〇年代の家具と巨大な暖炉で飾られたバー・エリアに抜ける。ダンスフロアでは客同士がくねくねと体を擦りつけあい、とてつもない騒音が耳を聾するなか、警備員の姿――私服と制服の両方――がメインルームに点在しているのが目に留まった。

レディ・アインズリー＝ハンターは回ってきたトレイから細身のシャンパンを受けとり、輝くような笑顔を浮かべて人混みを目で追っている。ムーアに目をやると、黙って肩をすくめた――こんな場所に来る羽目になった理由をムーアがわたしよりもわかっているとしたら、それを隠すのがずいぶんうまいということになる。とはいえ、たしかにムーアは、〈ロールシャッハ・テスト〉の面々に会える機会をまんざらでもないと思ってはいるようだった。

ひとり目の記者がわれわれを見つけるまで、一分とかからなかった。髪をドレッドにした若い黒人記者は、ロック音楽雑誌《スピン》に記事を書いているという。令嬢は古い友人のようにその記者と挨拶を交わし、たがいに自己紹介を済ませると、バーカウンターで身を寄せあい、頭をくっつけんばかりにして叫びながら会話をしはじめた。ふたりがしゃべっているあいだに、ナタリーが入ってくるのが見え、チェスター、コリー、デイルもすぐあとからやってきた。

「いったいどこにいるの？」と、ナタリーからの無線が届く。

わたしは手のひらにおさめたボタンを突いた。「バーのまえだ」

ナタリーとチェスターはバーに到達するまでに二度足止めを喰らった。足を止めさせたのは二度とも最新のスタイルに身を包んだ男たちで、しゃべっている言葉はまるで聞こえなかったが、ダンスに誘われているのはあきらかだ。コリーとデイルに関心を払う者はひとりもおらず、通り過ぎしなにそのファッション・センスに冷笑が向けられるだけだった。

令嬢と《スピン》の記者のおしゃべりはさらに数分つづき、話が終わると、記者の頰にキスが贈られた。暖炉よりのテーブルに引き返していく途中、記者はなんどか令嬢のほうを笑顔で振り返っていた。

「可愛い人だわ」令嬢が耳元で怒鳴ったが、それでもまだ聞きとりづらかった。「ジェイムズ・リックといって、去年〈トゥギャザー・ナウ〉の記事を書いてくれたの。その記事が出た翌週には、アメリカでの会員数が一挙に八パーセントもはねあがったのよ」

「まあまあいい感じだ」

「なに？」

「あの男はまあまあいい感じだ、と言ったんだよ」

令嬢はうなずくと、部屋の向こう側で色とりどりの水玉を描いたダミアン・ハーストの絵の下に立っているだれかに手を振った。相手も手を振り返して、こちらに歩いてくる。この混みようでは、そいつがたどりつくのは、みんなが引きあげてベッドに入ってしばらく経ってからじゃないかと思われた。

ナタリー、コリー、デイル、それにムーアの全員が揃うと、しばらくはレディ・アインズリー＝ハンターひとりに注意を傾けていても安全である気がしたので、わたしは怒鳴った。「もういちど訊くが――なんでおれたちはこんなところに？」

はじめてシャンパンに口をつけた彼女は、少し驚いたような顔でグラスを見ると、バーカウンターにそれを置いて、ムーアが立っている場所に身を乗りだした。

「ロバート、バンドに引き合わせてほしくない？」

ムーアはにっこりして、首を横に振った。「そういうのはいささかプロ意識に欠けるのでね、マイ・レディ」

「そんなことないわ」令嬢はにっこり笑ってみせた。「どちらにしろ、わたしはオーリンと話がしたいのよ、ロバート」

「ご令嬢がどうしてもと仰せなら」

「仰せですとも」令嬢が答え、それを機に、われわれはバンドの面々に会いに向かった。

〈ロールシャッハ・テスト〉はじつのところ三人きりのメンバーで、マクローリン兄弟――オーリンとジャッド――のふたりに、ドラマーがもうひとりいて、その男はディガーという名で通していた。それがラストネームなのかファーストネームなのかニックネームなのかは、最後までわからずじまいだった。オーリンとジャッドは同じ血をひいているのが歴然としているが、兄貴であるオーリンのほうが、身長体重ともにやや弟よりも勝っている。出身はみな、イングランドのシェフィールドだそうだ。三人の格好はさほど派手ではなく、その晩その店に入るのに不都合はなかったのだろうかと心配になるくらいだった。

メンバーがいたのは倉庫室の裏手に並んだVIPルームのひとつで、店内と同じ七〇年代の家具に座った三人は、ホルヘ・パルドのデザインしたランプに照らされていた。煙草とマリファナの両方の煙が、部屋全体に霞のように充満している。サイドボードの天板には、キャビア、スモークサーモン、果物、シャンパンのボトル数本が並べられ、そこにクアーズまで載っているのが驚きだった。グルーピーや裏方やほかの協力スタッフとおぼしき一団が、部屋の隅のあちこちに固まっていた。

ダンスフロアに仲間を残してきたムーアとわたしは、令嬢に付き添ってなかに入ったか入らないかのうちに、オーリンがくつろいでいたソファから跳ね起きて、レディ・アインズリー＝ハンターを抱きしめた。心からの歓迎に見え、令嬢も心をこめて抱擁を返している。ジャッドがにっこりした。無視を決めこんだディガーは、膝に載せた水パイプから一服吸いこんでいる。

「レディ・アントニア」オーリンが言った。「来てるなんて知らなかったよ」

「せっかくの機会を逃すはずがないわ。こちらはロバート・ムーア、わたしの警護を指揮しているの。あなたたちのファンよ」

オーリンはレディ・アインズリー＝ハンターより一、二歳上といったところだろうが、笑うと彼女よりも若く見えた。「ほんとに？」

「本当ですよ」ムーアが言った。

オーリンは片手を差しだし、ロバートの手を熱く握り締めた。「ファンに会えるのはいつだって大歓迎だ。新しいアルバムはもう持ってるかな？　よかったらここに何枚でもあるから、ちょっと待ってて」オーリンは振り返って、サイドボードで飲み物を注いでいた中年の女に声を張りあげた。「リビー、新盤がどっかその辺にあっただろ？　ここに持ってきてくれないか？」

「そんなことをしてもらっては」とムーアが言いかける。

「いいんだって。ほらこれだ。聴いてみてよ、これまでで最高の出来だから。まさにおれたちの本領発揮ってところなんだ」

オーリンの後ろのソファでディガーがうなずき、こらえていた煙を吐きだした。無論、咳きこんだりはしない。

「わたしの秘書がけさ、あなたがたのマネージャーと話したんだけど」レディ・アインズリー＝ハンターは言った。「うちのアルバムに〈ロールシャッハ・テスト〉は参加しないって言われたそうなの」

「ああ、その件はほんとに申し訳ないと思ってるんだ、レディ・アントニア」オーリンが言った。「要はただ、クリスマスにきみたちのアルバムを出したいとなると、来月かそこらには曲を書きあげなきゃならないのに、ちょうどツアーに入っちゃうんだよ。時間がとれないんだ。事情はわかってもらえると思う」

レディ・アインズリー＝ハンターは同情するようにうなずいた。「ええ、とんでもなく忙しい人ですもの。この新盤でもまたたく間にチャートのトップにまっすぐのぼりつめるんでしょうね、きっと」

「そう願ってるよ」

「でも、あなたは言ってくれたわ、オーリン。〈ロールシャッハ・テスト〉がリードトラックを提供しよう、って。わたしに約束してくれたでしょ、オリジナル曲を、それも本当の意味で――あなた自身の言葉を使えば――ちがいをもたらす曲を贈ろう、って」

オーリン・マクローリンは困り果てた顔をこしらえ、弟の座っている場所を振り返った。ジャッドは会話を見守っている。ディガーはいまにも船を漕ぎだしそうなようすだった。

「約束したよね、たしかに」オーリンは言った。「でも物事って変わるだろ。できなくなっちゃったんだ」

「やってもらうわ」

その言い方だった――それがふたりのあいだの空気を凍りつかせ、オーリンはひっぱたかれたかのように顔をあげた。

「この十一月に、〈トゥギャザー・ナウ〉は東南アジアとアフリカの子どもたちを救済する資金調達のためにアルバムをリリースする」レディ・アインズリー＝ハンターは言った。「資金調達の目標金額は五千万ドル。そしてわたしは断固として、目標達成はもとよりそれ以上を集めるつもりでいるの。その目標のために、ある一定の購買層、若い世代の市場にアピールするバンド陣を、練りに練って選出したのよ。〈ロールシャッハ・テスト〉はいままさに、そうした購買層にとてつもない人気を得ようとしている。わたしのボディーガードがいくらあなたたちの音楽を楽しんでいようと、わたしの求めている人口統計にあてはまらないことは、あなたもわたしも承知してるわ。あなたは約束してくれたのよ。言ったことは守ってもらわなきゃ」

「レディ・アントニア、おれたちはやりたくないって言ってるわけじゃなくて、ただ――」

「ここに来たのは、あなたの言い訳を聞くためじゃないのよ、オーリン。煙を吸ってハイになるためでもないしね。これからどういうことになるか説明してあげましょうか。あなたはわたしに曲を書いてくれ、その曲は最高にすばらしいもので、あなたはその曲を八月末までにレコーディングしてアルバム用に仕上げておくのよ」

オーリンは怒ると同時に傷ついてかぶりを振った。「きみが貴族だろうがなんだろうがどうだっていい。友だちにそんな口の利き方ってないだろ、なあ？　そんなふうに命令される筋合いはないぜ」

「これは友情の話じゃないわ」令嬢は激昂し、一段声が下がり、一歩まえに踏みだした。わたしは一瞬、出ていって制止すべきだろうかと迷った。令嬢をはさんで反対側に立っているムーアは、CDを手に持ったままじっとしている。「仕事の話よ」

「きみに無理強いは――」

「できるわ」令嬢はさらに一歩オーリンに歩み寄り、その近づき方には友情のかけらもなかった。「いいこと、あなたはわたしに曲を渡すの。でなければ、これからはあなたたちにおしゃぶりをしてくれるグルーピーひとりひとりに年齢証明を出させるようにしたほうがいいわよ、オーリン。なぜなら、もしそのうちのひとりでも未成年だったら、わたしは必ずその事実を突きとめて、〈トゥギャザー・ナウ〉の名前を耳にしたことのあるすべての人たちに、あなたがどれだけ子どもたちを愛しているか、確実に知らしめてあげるって約束するから」

その脅迫でオーリンが色を失った。いつのまにか立ち上がっていたジャッドも、兄と同じだけショックを受けたようだ。ディガーだけはいびきをかいていた。

「あしたの朝、そちらのマネージャーからの電話をうちのPAがお待ちしてるわ」レディ・アインズリー＝ハンターはヒールの踵で反転すると、あわてて追わねばならないほど足早にドアに向かった。

ムーアが一秒遅れて、申し訳ない、ありがとう、と口ごもるように言いながら追ってきた。わたしが目の端でとらえたその表情からすると、レディ・アインズリー＝ハンターはオーリンと同じくらい、ムーアにもいたたまれない思いをさせたようだ。

「子どものこととなると、いつもこれだ」ダンスフロアにもどる途中で、ムーアはぼそっとつぶやいていた。

10

三日後、急転直下で事態は悪化した。

はじまりはじつを言うとその前夜だったのだが、そのときわたしは不機嫌で空腹で頭痛を抱えて夜更かししていた。器《うつわ》にオートミールを一杯こしらえ、ピッチャーに残っていたオレンジジュースを飲み干したおかげで、眠りに落ちるころには苛々もすこしはおさまっていた。

だがそれでも、五時十五分に目覚ましが鳴ってみると、頭は重いし筋肉は痛むしで、自分でも動きが緩慢なのがわかった。髭を剃り終え、鏡に映った姿を一見すると、最悪の状況であることがはっきりした。目の下の膨らみは長旅用の荷物を詰めた鞄のようで、舌は白いものに覆われている。どうやらなにかやばいことになりかかっていた。

キッチンにもどり、ブリジットが缶詰類と一緒にキャビネットにしまっている各種ビタミン剤を片手に盛ってから、ジュースの一リットル用濃縮パックを新たに解凍し、そのほとんどを錠剤を呑みくだすのに消費した。小ましなスーツを選んで着替え、無線と銃をベルトにかけて、よろめきながらアパートメントの階段を降りる。外はまだ暗かったので、あやうく階下《した》の住人、ミッジにつまずきそうになった。朝のランニングに備えて、ドア枠につかまってストレッチをしていたらしい。

「まだベッドにいたほうがいい時間よ」また例の元気な声で、ミッジは言った。はたから見ていかにくだらない、または気の滅入る、または退屈な話であろうと、常に口調は変わらない。スウェットの上下から、パーマをかけたブロンドの髪にいたるまで、この女にまつわるすべてがやたら元気なのだ。

「仕事なんでね」わたしは言った。

「熱でもあるみたいに見えるわよ」

わたしはうなずき、サード・アヴェニューの角までブロックをくだりはじめた。後ろからミッジが、足先だけで跳ねるようにしてついてくる。

「先週はあまりブリジットを見かけなかったのよね。まだ友情はつづいてる？」

「出張で街を出てるんだ」わたしは言った。ミッジがうちのアパートメント・ビルに越してきた当時、わたしはエリカと同居していて、そのエリカをミッジはわたしの妹だと思いこんでいた。ところがエリカは、ふたりの関係は兄妹よりもはるかに親密なのだとほのめかし、それが冗談だとミッジが気づくまでに数ヵ月がかかった。その結果、ミッジはブリジットに言及する際も慎重を期して〝お友だち〟と呼ぶようにしているが、各階のあいだに防音材が入っていないことを考えると、どういう関係かはまちがいなく感づいているはずだと、内心わたしは思っていた。

ミッジはその角でタクシーを捕まえるのを手伝ってくれ、わたしが座席に乗りこむと、いい一日を、と言ってイースト川の方向に走っていった。わたしは運転手に、エドモントン・ホテルにやってくれと伝えた。まだ交通量は少なく、運転手は意欲満々でスピードをあげていった。ホテルに到着し、わたしを起こさなければならなかった運転手に支払いをして、ロビーからなかに入った。おまけの睡眠時間はわずか十分程度だったはずだが、気分は驚くほどましになっていた。

ムーアは覗き穴からしかるべき確認を済ませたのちにスイートに入れてくれ、わたしが通り過ぎる際に、ミッジと同じことを言った。

「なんだおい、出したばかりの糞みたいな面だぞ」

「ファック・ユー・ベリー・マッチ。コーヒーはあるか？」

「いまカートがきたところだ」

わたしとムーアがつづいて居間に入ると、チェスターがデスクで仕事をしていた。レディ・アインズリー＝ハンターの寝室からシャワーを流す音が聞こえたので、そのドアを指し示そうと頭を振ったが、それは失敗だった。なぜなら頭痛が——ずっときっかけを待っていたようで——それを機に堂々たるご入場とあいなったからだ。

「ナタリーはなかに？」

「もちろん」ムーアがわたしの手からカップをもぎとった。「紅茶を入れてやるよ、ご友人」

「コーヒーでいい」

「きみには紅茶のほうがいい」ムーアは新しく用意したカップに、カートに載った別のポットから湯を注ぎ、カットしたレモンの果汁を搾りいれた。

「あんたはじつに英国的だな」わたしはぼやきながら、カップを受けとって腰を降ろした。「おはよう、ピーター」

「おはよう、ティンカーベル」チェスターが言った。「たしかにひどい顔ね」

「見かけほど気分はひどくないんだ」

ムーアは玉子とハッシュブラウンとソーセージ、くわえてオートミール一杯を食べている最中だったようで、その光景を見たわたしの胃袋が、肝臓の後ろあたりに隠れ場所を探しはじめた。フォークを山盛りにしてばくばくかっこんでいるムーアから、わたしは目をそむけた。

「きょうのところは、おれを周辺警護からはずしたほうがいいな」わたしはムーアに言った。「ナタリーにやってもらってくれ」

「それ以上進めないとき、それを認めるのは賢人である」ムーアは言った。「できればきょうはとっとと家に帰って、すこし睡眠をとってこいと言いたいところなんだが」

「頭ははっきりしてるし、ちゃんと動ける。きょうだけナタリーと持ち場を替わって、あんたの後ろでサポートにあたるよ」

ムーアはわたしのことを、練兵場で目のまえに並んだ新兵を見るように見据えていたが、やがて唸るように言った。「その線でいくとしよう。だが、具合が悪くなってきたら知らせるんだぞ、いいな？」

「わかりました、軍曹」紅茶を飲み終えたわたしは、おかわりを注ぎに立ち上がった。「仕事にかかろうか？」

ムーアはうなずきながらナプキンで口元を拭い、皿を押しやった。「フィオナ、きみもこっちにきてくれないか？」

チェスターはタイプした紙を一枚持って、デスクからカウチに移ってきた。「公爵令嬢の本日のスケジュールよ、紳士のみなさん。まずはじめに、午前十時に《トーク・ニューヨーク！》に出演。でも番組のプロデューサーから、令嬢に訊ねる予定の質問をひととおり詰めておきたいから、九時までにはスタジオ入りしてほしいと頼まれてるの。番組終了までの一時間はご同席くださいとのことで、そのあと令嬢は午後一時までフリーになるから、その間《かん》にフォー・シーズンズ・ホテルで、副知事およびその側近連中と昼食をとる。二時半にはスカーズデイルで国際赤十字の慈善オークションに出席する約束があるわ。午後はそこから夕方までフリーで、六時半になったらニューヨーク大学《NYU》で、児童労働搾取撲滅対策としての草の根政治運動についてスピーチすることになってる。講演終了は八時の予定だけど、まず予想では、令嬢は質疑応答にできるかぎりの時間を割こうとするでしょうね。でも、それが終わったら、何人かの学生と地元のパブに——失礼、地元のバーに——飲みにいく約束になってるから」

チェスターが話しているあいだ、ムーアとわたしはそれぞれメモを見ながら、リストアップした各項目をチェックしていった。

「スカーズデイルの予定は初耳だぞ」わたしは言った。

「昨晩、夕食のあとで予定にくわわったの」うなずいてチェスターが答えた。「直接令嬢のほうに招待があったのよ、ちょうどわたしたちが帰ろうとしたときに」

「調査はもう済ませてある」とムーア。「信用できる相手だ」

「ふむ、困ったな」わたしは言った。「ミッドタウンの昼食会場からスカーズデイルまでは一時間か、おそらくもっとかかる。ひどい渋滞がなかったとしてもだ」

「でも、渋滞するかもしれない？」

「あまりゆっくりは食べられないだろうな」わたしは言った。「短く切りあげないと」

「何分か遅刻していくのはかまわないのよ」チェスターが言った。

「デイルに知らせるよ。あいつが納得するルートを見つけられたら、予定決行ということで」

「賛成だ」ムーアが言った。「NYUでの講演と飲み会があとにつづくが、あの周辺には詳しいか？」

「近くによさそうなバーがある。〈ストーンド・クロウ〉という小さな店で、入口が四番ストリートに面している。平日の夜はたいてい混んでるが、奥に入ると警護しやすいスペースがあるんだ。ビリヤード台が置いてあって、ブース席がいくつかと、ダーツ・ボードがある。そこなら問題ない。先々週に下見をしておいた」

「同席する客のあつかいはどうする？」

「そうだな、ボディーチェックくらいできるだろう」

「令嬢はできればやめてほしいと言うんじゃないかしら」チェスターが言った。「〈トゥギャザー・ナウ〉は、そうした人たちで成り立っているようなものだから。その人たちに疎外感を与える可能性のあることは、極力避けたいはずよ」

わたしはムーアを見て、肩をすくめた。「見張ってるだけでも効果はある」

「いいだろう」ムーアは同意した。「ほかには？」

「いまのところこれだけよ」

ムーアは手首のロレックスを確かめた。「わたしのは〇六二三時だ」

わたしも自分の時計を確認する。「同じだ」

「収録スタジオまではどれくらいかかる？」

「三十分くらいだろう。まっすぐウェスト・サイドに渡るだけだ」

「なら、〇八三〇時に退出だな」

三者とも異存はないようだったので、チェスターはきょうの行程を伝えにレディ・アインズリー＝ハンターの寝室に入り、わたしも腰をあげると、デスクの電話を使ってデイルの携帯にダイヤルした。すぐに応答があり、スカーズデイルの件を伝えると、デイルはすべてにおいて驚くほど協力的だった。

「いまから地図を調べてみる」とデイルは言った。「ほかには？」

「ローテーションの変更があるんだ。きょうの周辺警護はナタリーが担当し、おれはレディ・アインズリー＝ハンターにつくムーアのバックアップにまわる」

「コリーには会ったときに伝えておくよ。そこに何時にいけばいい？」

「八時十五分だ。所定の位置についたら無線を頼む」

「じゃ、あとでな」

電話を切って、カップに残っていた紅茶を飲み干し、カートから三杯目のおかわりを注いだ。「あんたは正しかったよ」とムーアに言う。「紅茶が効いてる」

「紅茶には気つけ薬の効果があるからな」ムーアはレディ・アインズリー＝ハンターの部屋のドアを見やり、まだ閉まっていることを確かめた。「それで、キースのほうでなにか情報は？」

蜂蜜の小袋を歯であけてから、わたしは言った。「ブリジットとファウラー捜査官がいまニュージャージーにいる。ジョセフ・キースが――もしくはそいつのＶＩＳＡカードを使っているだれかが――きのうの朝、一七号線の近くのショッピングモールでスーツを購入している」

「スーツ？」

「スリーピースの濃紺のスーツに、ドレスシャツが二枚、綿のハンカチセットが一箱、暗紅色《バーガンディー》の革のドレスシューズが一足。それにカフリンクスも」

ムーアの目がぐるりと天を向いた。「身だしなみのいいストーカーだな」

「だってほら、ふたりは夫婦だからな」とわたし。

「だれが夫婦ですって？」レディ・アインズリー＝ハンターが訊き返した。

令嬢はたったいま寝室から出てきたばかりで、後ろにナタリーとチェスターがいた。飾りのタートルネックをあしらった白のノースリーブを着て両腕を見せ、アボカドの果肉のような色をした薄手のシルクのパンツを穿いている。頬と唇と目にうっすらと化粧を施して、髪型にもちょっと時間をかけたようだ。両の耳たぶに小さな真珠のピアスをつけ、それと揃いのネックレスが首もとにのぞいている。足は裸足だった。

レディ・アインズリー＝ハンターは期待をこめるように、ムーアからわたしへと、それぞれに答える時間をたっぷり与えながら視線を移した。どちらも答えずにいると、令嬢はにっこり微笑んだ。

「いいわ」と令嬢は言った。「それじゃ、わたしのストーカーについてはどちらが話してくれるのかしら？」

「過去十二年にわたる経験のおかげで、自分の背後で人がなにを言っているか聞きつける達人になったのよ」レディ・アインズリー＝ハンターは言った。「それがわたしの生まれ育った世界なの。階級ありきの社会で生きていくには、なくてはならないスキルなのよ」

令嬢はベッドの端に座り、ぎょっとするほど似合わない白い靴下を脚にひっぱりあげようとしていた。いまは化粧テーブルのそばの椅子に腰かけたわたしとふたりきりで、他のみんなは居間で朝食の第二弾――令嬢とナタリーの分――が届くのを待っている。

「あなただってロバートだって、どうにもならないことでわたしを苛立たせたくはないでしょう。むっとしたり、腹立たしかったり、もしくは頭にきてもおかしくないと思うし、すこしはそうだったりするのよ」

「上手に隠してるよ」

「それも早くから身に着けなければならなかった習性のひとつだわ」令嬢はソックスをのばし終わり、それぞれの手で足をつかんで逆の太腿に引きあげると、マットレスの上で前後に軽く体を揺らした。「その男は危険なの？」

「かもしれない」

令嬢は唇をすぼめて息を吐いた。それから、肩をすくめた。「けっこうだわ」

「そいつはおれが警護対象者からこれまで聞かされたなかでも、いちばん控えめな反応だな」

「貴族社会について、あまりご存じないようね？」

「あんまり」

「わたしがともに育ち、ともに学校に通った、わたしと同年代の女性はね、みんなわたしのことをかわいそうだと思ってるの。つまり、彼女たちの同情に値する、ってことよ」

わたしの向けた表情を見て、令嬢は笑い声をあげた。苦い笑いだった。

「そうした女性の九割は拒食症か、そのほかの摂食障害に悩んでるわ」彼女は先をつづけた。「容姿と、地位と、いい夫を見つけること、それがすべてなのよ。社交シーズンに向けた準備に丸一年を費やして、なにを着ていこうか、だれを招待しようか、だれに言葉かけの栄誉を与えてやろうか、って考えつづけてるの」

「そこまで薄っぺらなのか？」

「ちっとも薄っぺらじゃないのよ、なかの人間にとっては。そういう文化だから」令嬢は組んだ足をほどき、ベッドの足元に置いた黒いブーツに向けておろした。「九歳のころ、父とタイに行ったことがあってね。当時外務省に勤めていた父が、実情調査のための視察旅行に出かけるときに、頼みに頼んで一緒に連れていってもらったの。その旅行でタイ人の少女と知りあったわ。わたしと同じくらいか、ひとつかふたつ年上だった。とっても優しい子で、わたしにすごく親切にしてくれてね。一緒にホテルのプールサイドで遊んでたの。その子は黒い水着を着ていて、フリルもプリーツもないから、わたしは大人っぽいなと思ったものだった。

ある午後、わたしたちが遊んでいると、ふたりの男がやってきたの。ひとりはタイ人で、もうひとりはよくわからないけど、白人だったわ。わたしはタイ人の男が友だちのお父さんだろうと思ってた。そして、友だちはふたりと一緒にどこかへ行き、わたしはそのままプールに残っていたの」

令嬢はいったん黙り、右のブーツをひっぱって履いてから、パンツの裾をかぶせて撫でつけた。「小さいうちって、ひとつのことに何時間でも夢中になっていられるものだったでしょう？　同じおもちゃでずっと遊んだり、同じ本を何度も何度も読んでいられたじゃない？」

わたしはうなずいた。

「育ったのがイングランドの北部で、ちょっとひと泳ぎって気候じゃなかったから」と言いながら、令嬢はもう片方のブーツに手をのばした。「楽しむために泳ぐってことがなかったの。湖に落ちたらはじめて泳ぐもんだと思ってたわ。わたしは何時間もプールから出たり入ったりを繰り返してた。それで、友だちがもどってきたときもまだそこにいたのよ。その子はわたしを見ると喜んで水に飛びこみ、一緒に遊ぼうとしたわ。

でも、水に入ったとたん、その子のまわりに血が煙みたいに浮かんできたの。そう、脚のあいだからずっと出血してたんだけど、水着が黒だったからわからなかったのね。でも水のなかだと、なんていうか……広がり出てしまって。それを見るなり、その子は泣きだしたわ」

令嬢はもう片方の、まだ手に持っているブーツを見つめた。

「プールの監視員がやってきて、その子を水から引き揚げた。お医者さんを呼んでくれるものと思ったら、そうじゃなく、その子に向かって怒鳴りはじめたの。そしたら、わたしが父親だと思った男、そいつもどってきたわ。ふたりの男はわたしの友だちをあいだにはさんで怒鳴りあいをはじめた。監視員はその子を揺さぶり、水着から垂れる水のせいで、血が両脚を伝って流れ落ちて。そのあいだもずっと、その子は泣きつづけてた。

やがてふたりが帰っていった、というより、正確には退去させられたわ。わたしが友だちの父親だと思っていた男——そいつがその子をひきずっていったの。あまり優しいお父さんじゃなさそうだって、そう思ったのを憶えてる。

自分の父親がきてくれたから、わたしは見たことを話した。友だちがどこに行ってしまったのか知りたかったのよ。わたしのほうはまだもう三、四日はホテルにいる予定で、プールにこようと思ってたから、一緒に遊ぶ相手がほしかったの。プールの監視員と話をしにいって、もどってきたときの父の顔は、なにか酸っぱいうえに尖っているものを呑みこんでしまい、それが胃のなかにあって吐き気がするといった感じだった」

レディ・アインズリー＝ハンターはもう一方のブーツもひきあげてから、立ち上がって両足をとんとんと踏みしめ、踵がおさまったことを確かめた。手の甲で髪を撫でつける。

「わたしは父にしつこくまとわりつき、なにがあったのか、あの子はどこに行ってしまったのかって、何度も何度も訊ねたわ。また一緒に遊べるのか、って。いまこの歳になれば、それが父にとってどれほど辛いことだったかよく理解できるけど、そのときはただ意地悪をしているのだと思ったから、ぜったいに折れるつもりはなかった。とうとう父は、わたしを座らせると、もう二度とその子に会うことはない、と言ったわ。わたしはどうしてなのかって訊き返した。それはあの子が病気という意味なのか、あの子は死んでしまったのか、って。なんといっても、血を流しているのを見たんですもの。

父は慎み深い人だったのよ、本当に。いざとなったら熱くなることもあったけれど、めったに感情をおもてにあらわすことはなかった。でも、わたしは父の目に涙を見たの。わたしを抱き寄せて、世のなかには邪悪なものが存在する、そしてそんな邪悪なもののなかでも、いちばん悪いのは、子どもに対してなされる悪だ、と言った。そして父は、わたしが目撃した悪がどういうものだったのかを説明してくれたのよ」

外でドアベルが鳴るのが聞こえた。レディ・アインズリー＝ハンターは音のした方向に首を傾け、耳を澄ませている。カタカタと音をたてて新しいカートが運びこまれ、先のカートがひきとられていった。令嬢はため息をつき、鏡で自分の姿をあらため、そこに映ったわたしを見つけた。彼女の顔に自嘲めいた笑みが浮かんでいた。

「いまやっていること以上に、重要な仕事は考えつかないのよ」鏡のなかのわたしに、彼女は言った。「傲慢だと思う人もあるかもしれないけれど、この世界で子どもたちを救う以上に大切なことなんてありえないって、わたしは心から信じてる。その使命にわたしは自分の一生を捧げたの。けっして放棄するつもりはないわ」

令嬢は鏡で姿を点検し終えると、わたしのほうに向きなおった。

「そのキースって男だけど、そいつはあなたを不安にさせ、ロバートを不安にさせてるわ。わたしが思うに、それはすなわち、わたしが警護にかけているお金はわずか一ペンスに至るまで価値があるということよ。ただ、わたしにはキースなんてどうでもいいの。そいつは正直に言って無関係。わたしが関わらなければいけないのはもっと重要なことで……」あとは声が小さくなって消え、自分がなにを話していて、なぜそれを話しているのか、わたしの顔に理解しているという徴《しるし》を探した。

「わかった」とわたしは言った。

令嬢はうなずき、椅子の背にかけてあったスーツの上着を手にとった。パンツと同じ薄手のシルクで作られ、同じ色合いのグリーンだった。

「さて、それじゃ朝食をいただくわ」と、令嬢は言った。

《トーク・ニューヨーク！》のプロデューサーはジョーダン・パルメットという男

で、収録スタジオに到着したわれわれを楽屋で出迎えた。パルメットはムーアとわたしが室内の確認を終えるまで、辛抱強く、みるからに面白がりつつ待ったのち、レディ・アインズリー＝ハンターと挨拶を交わして、果物とチーズの入ったバスケットをプレゼントしようとした。令嬢が受けとってしまうまえに、腹ぺこだったんですよ、とムーアが笑顔で言って横からとりあげた。渡すまえに中身を調べたいことを示す方法としては、失礼だが、より間接的な表現ではある。

メイク用のテーブルに令嬢が腰を落ち着けたところで、パルメットは質問内容の確認にとりかかった。そばにチェスターも同席している。令嬢は一番目のゲストになる予定で、きょう出演するそのほかのゲストは、この秋に放映開始のホームコメディーに出る独演コメディアンと、作家がひとりだった。

「でもね、だれも聞いたことのない作家なんです」パルメットが打ちあけた。「時間が押してくるようだったら、その人には降りてもらうつもりなんですよ」

「どういうものを書く人なの？」レディ・アインズリー＝ハンターが訊ねた。

「本でしょうね」と、パルメット。

わたしがドアのそばを守っているあいだ、ムーアは楽屋から出て、ステージ周辺をひとまわりしにいった。ステージの位置関係や観客の見え方について、ナタリーがムーアと連絡をとりあっているのが無線ごしに聞こえてくる。デイルは裏に控えて二台の車両と出口を見張り、コリーはロビーに待機して、屋内で列を作りはじめる観客の監視役を務めていた。収録スタジオの観客席は全二百二十八席で、全部埋まる予定だそうだが、本当にショーを見たい人間が座るのか、それとも道端からひっぱってきた人間が座るのかはなんとも言い難かった。

「もういちど、警備員《スクエア・バッジ》と話をしてくるわ」ナタリーが無線を流す。「例のビラの扱いを心得ているかどうか確認してくる」

全員が了解の応答をした。

「開場まであと五分」とコリーが言う。

ふたたび、了解の応答。

パルメットと令嬢の打ち合わせが終わり、どうやらいい感じに進んだのか、パルメットは笑いながら彼女のもとを離れた。そして楽屋から出ていくまえに、わたしと話をしようと立ち止まった。

「コディアックさんですね？」そう訊ねて、プロデューサーは手を差しだした。

「そうです」と答えたが、求められた握手をどう扱ったものか迷った。応じれば、ふたつあるうちの一方の手がふさがることになる。応じなければ、それは失礼にあたるだろう。この部屋のなかなら礼儀を優先しても安全だろうと、わたしは判断した。

「お会いできて嬉しいですよ」

「いやあ、こちらこそ」パルメットは令嬢にしたのと同じように、わたしにも笑顔を向けた。「どうでしょう、あなたと同僚の方々も、ぜひいつかうちのショーに出てもらいたいんですよ。なんなら来週あたり、いかがですか？　一時間まるごと使って、あなたがたの仕事について語ってもらうんです。職務の内容とか、スカイ・ヴァン・ブラントのこととか、そういった話をね。それにもうひとりあの作家、本を書いたジャーナリストにも来ていただくといいだろうな。どう思います？」

「今月はずっと忙しいので」

〝セレブあやし〟の笑顔は小揺るぎもしない。「だいじょうぶ。こうすればいい、名刺かなにか置いてってください。こちらから連絡をとりますので調整しましょう」

「そうします」わたしは嘘をついた。

パルメットはふたたび手を差しだしてきたが、一度目に応じたからには、二度目もそうしないわけにいかなかった。プロデューサーが廊下に出ていってから、ドアを閉めて振り返ると、ちょうどレディ・アインズリー＝ハンターがチェスターと髪のセットを担当している女性になにか言っていた――相手のふたりが揃って笑いだす。ヘア担当の女は白髪頭でがりがりに痩せ、長い煙草を耳にひっかけていた。

「ティンカーベル」無線からデイルの声がした。「ロスト・ボーイズのふたりがあんたに会いにきてるぞ」

「チェック・シックスだ、フック」「一分ほどで到着」
「待機せよ」わたしは言った。「チェック・シックスだ、フック」
「チェック・シックスを了解」ムーアが答えた。「一分ほどで到着」
チェスターと令嬢が、揃ってこちらを盗み見る。
「たいしたことじゃない」と、ふたりに伝えた。「ムーアがしばらくここを替わって
くれるんだ。おれに用事ができたから」
「チェック・シックスって？」チェスターが訊いた。
「『ちょっと持ち場を離れなければならない』という意味の符牒だよ」わたしは言っ
た。「だれかが聞いていても、こちらの行動を知られないようにするためだ」
ヘア担当が仕事を終えたので、ムーアの到着と入れ替わりに部屋から退出させた。
ムーアに持ち場を預け、裏口に向かって長い廊下を歩いていくと、途中ふたりの警備
員とすれちがった。どちらもビラを持っているかどうかだけ確認しようと、いったん
立ち止まってそれぞれにビラの提示を求めると、ふたりはわたしを睨みつけた。
「だれを探せばいいかはわかってるよ」ふたりのうちの若いほうが言った。「この道
に入ったばかりじゃないんだから」
「証明してもらえるかな」わたしは言った。
「おれたちが有名じゃないからって、仕事をわかってないってことにはならないだろ
う」もうひとりも文句を言った。その男の肩と上腕は、ウエイトを持ちあげるのに時

間を注ぎこみ過ぎて、腰から下の残りすべてと、あきらかに首から上のことを忘れてしまっている男の典型だった。

わたしはふたりに笑顔を向け、協力に感謝し、そのまま進んで裏口から外に出た。並んで駐まった車の脇に立つデイルとともに、ブリジットとファウラーがそこにいた。ブリジットはわたしを見ると顔をしかめた。

「具合が悪いんだね」とブリジットは言った。

「いまは虫の居どころもだ」わたしは言った。「デイル、なかに入って、廊下の警備員ふたりを別の組に替えさせてくれないか。態度に問題がある」

デイルは肩をまわし、一発かましてやる準備とばかりに関節をぽきぽき鳴らす真似をした。「極悪非道になってくるとしよう」とデイル。

わたしはブリジットとスコットに向きなおった。「キースはニューアークにはいないんだな?」

「ナイアックの〈ベスト・ウエスタン〉までは追いかけたんだ」ファウラーが言った。「ゆうべはそこに宿泊し、けさチェックアウトしていった。見失ってからおよそ一時間だな。よく撮れた顔写真で訊きこみをしたんだが、移動手段もつかめなかったし、次にどこにいったかもわからん。電話はどこにもかけなかったし、残していったものもない」

「なのに、きみらふたりはここに来たわけだ」わたしは言った。

ブリジットがわたしの額に右手の甲をあてたが、わたしは苛ついて頭を後ろに退げた。

「熱があるじゃないか」

「なんともない。どうしてきみらはここへ？」

「キースがここに来る可能性があるからさ」そう答えながら、ブリジットは血管のなかを這いまわっているウイルスを見ようとするかのように、わたしに目を凝らしている。「それに、ほかにどこを探したものかもわからないし」

「それに、おれたちふたりはこの番組のファンだしな」スコットが言った。「どこを手伝えばいい？」

「よかったら正面にまわってコリーと合流してくれるか。あと二組ほど目があっても邪魔にはなるまい」

背後のドアがひらき、デイルがにっこり笑ってあらわれた。「片がついたぞ」と報告をのべる。「パルメットに話を通したら、そっちのほうで二羽のカササギをスタジオの非常口担当に移動させてくれた」

わたしはうなずき、コリーに無線を入れて、ロスト・ボーイズがそちらで合流すると伝えた。全配置から了解の応答がもどり、スコットとブリジットはわたしにつづいて内部《なか》に入った。廊下に一名、新しい警備員がいて、こちらが近づくまえからビラをとりだし、わたしに見えるよう掲げてみせた。

「ありがとう」とわたしは言った。

警備員は唸るような声で応じた。

楽屋まで引き返してくると、スコットとブリジットはそのまま進んだが、そのまえにブリジットはつかのま足を止め、わたしの手を握りしめてキスをするのを忘れなかった。

「おれたちがまだ友だち同士かどうか、ミッジが知りたがってた」わたしは言った。

「まだ友だちだよ」

「おれが訊きたかったというより、ミッジのために訊いたんだが」

「あのはりきり姐ちゃんは、あんたのパンツんなかにもぐりこみたいのさ。あたしが今夜あんたの部屋に泊まりにいくようなら、撃ち殺しとくよ」

「おれを狙ってるってどうしてわかる？　ひょっとするときみが空くのを待ってるのかも」

「あの女んなかでストレートじゃないのは、パーマだけさ」とブリジットは言った。

〇九〇〇時、ナタリーより、いまから収録スタジオが開場されるとの無線連絡が入った。その知らせを令嬢に伝え、全員が待ちの態勢に入る。十五分後、ステージ主任が最終チェックにもどってきて、もし令嬢がバックステージのほうに移動されるようでしたらどうぞ、と告げていった。

ふたたび無線に声をかける。「ウェンディとピーターは、ステーション・ツーへ」

いつもの順に応答がもどり、われわれは廊下を歩いてステージに向かった。番組のセットは豪華絢爛などこかのアパートメントのペントハウスに見えるようデザインされ、背景紙《バックドロップ》には偽物のマンハッタンの地平が描かれている。バックステージでは観客のざわめきも音が抑えられて聞こえるが、それでも相当な人数がいそうな感じだった。ステージ係が最終準備で右往左往しているなか、われわれが片側によけて立っていると、もういちどパルメットがあらわれてすべての最終チェックを済ませ、やがてステージからわずかに内側に入った所定の位置に向かった。

「司会陣には紹介してもらえるのよね」レディ・アインズリー＝ハンターが言う。

「アメリカのテレビだぞ」とわたし。「きみはすでにみんなを知ってるって前提じゃないかな」

「ほんとにそういうもの？」

「おれにはさっぱりだ。あまりテレビは見ないから」

「この《トーク・ニューヨーク！》は見たことある？」

わたしはうなずいた。

「で？」

なにか言うことを探すのにしばらくかかった。「きみの声は膨大な数の視聴者に届くことになる」

「まあ。それって低俗番組ってこと？」

「紙細工のテーブルセンターや流行のダイエットのことを、きみがどう思ってるかによるが」

スタジオ内の照明が絞られ、ステージの照明が点灯する。観客が拍手をはじめ、ステージの向こう端から男女一名ずつの司会が登場した。どちらも上等な服に身を包み、厚塗りの化粧を施し、それぞれコーヒーがたっぷり入っていると思われるマグカップを手に持っていて、そのカップの正面には番組のロゴが刷ってあった。どちらの司会者もすこぶる白人、すこぶるフレンドリーで、観客に向かって開口一番、きょうの番組はとびきりすばらしいものになります、なぜなら〝超スペシャルゲスト〟として、本物のロイヤル・ファミリーの一員、レディ・アントニア・アインズリー＝ハンターをお招きし、一時間まるごと番組におつきあいいただくのですから、と宣言した。どよめくような拍手が起こり、わたしが目の隅でとらえた令嬢は、かすかに首を振りながら面白がっていた。男女の司会者はつづけてそれ以外のゲストも明かしていき、そこに作家の名前も挙がっていたので、察するところ降板は絶対と決まったわけでもないのだろう。

やがてステージ主任が放送一分前を宣言し、全員位置について、照明がふたたび変化した。頭上のスピーカーからテーマ曲が流れ、アナウンサーの音声が、いましがた司会者たちから聞かされたのとほぼ同じ内容を繰り返した。わたしの肩先で表示板が点灯し、オンエアを告げる。

観客の大歓声が沸きおこった。

チェスターとわたしはセットの端から見守っていた。ちょうど向かい側で所定の位置についたムーアが、観客に目を配っているのが見える。無線の交信はほぼ存在しない状態で、ナタリーかコリー、もしくはムーアがたまに観客の動きや行動を知らせてきたが、目だったものはなにもなかった。

最初のコマーシャル・ブレイクの直後、レディ・アインズリー＝ハンターがステージにあがると、またもや割れんばかりの拍手喝采が贈られた。拍手がはじまると同時に立ち止まった令嬢は、観客のほうを向き、ポーズをとってから慎み深くお辞儀をしてみせた。司会のふたりは見え見えの決まり文句と質問からはじめ、令嬢は気品と控えめなユーモアでそれに応じた。二分後、司会陣から仕事について話すきっかけを与えられた令嬢は、ニューヨークにいる理由を説明したのち、〈トゥギャザー・ナウ〉のことや、世界の子どもたちの絶望的な窮状について語り、次にビデオ映像がモニターに映しだされて、中央アメリカにおける労働搾取工場の現状が紹介された。観客は適宜同情を寄せる声を漏らして反応し、映像が終わると画面上に〈トゥギャザー・ナウ〉の電話番号、ホームページ、メールアドレスが表示された。そこで番組は次のコマーシャルをはさみ、ふたたびはじまったときにはコメディアンが登場してひとしきり紹介がおこなわれ、テーブルを囲む面々にくわわった。コメディアンはイギリス人一般に関するジョークをいくつか飛ばして笑いをとり、レディ・アインズリー＝ハンターは気持ちよくそれを受け流した。その次のコマーシャル・ブレイクのあとに作家も登場して、書いた本――料理の本だった――について話をし、そこからは、みんなでまがい物のキッチンに集まって低カロリーのクッキーを焼いたりと、総じてなごやかな時間を過ごした。

そしてエンディングに入り、男女の司会者から出演者全員に感謝の言葉が述べられ、あすのその時間もきょうと同じくすばらしいものになることが約束されたところで、ふたたびテーマ曲が流れてきた。観客は歓呼していたので、たぶん観たものを気に入ったのだろう。もしかすると、番組が終わって嬉しいだけかもしれなかったが。

ムーアがこちらにまわってきて、わたしとともに配置につき、レディ・アインズリー＝ハンターがステージのセットを降りてきた。照明の熱気で汗をかいている。わたしの先導で廊下を楽屋へともどり、チェスターもそのあとにつづいた。

「お水を一杯もらえるかしら」ドアまで来ると、レディ・アインズリー＝ハンターは言った。「人をサウナのなかに放りこんでおいて、あの人たちの出すものといったらコーヒーだけなんだから」

「帰るまえには一杯もらってくるよ」そう言って楽屋のドアをあけると、そこにキースがいた。濃紺の真新しいスーツのパンツを足首までおろし、ぴんと立った手のなかのペニスを一心不乱にしごいている。メイク用の鏡を囲んだライトが点いていて、キースを隈なく照らしだし、あらゆる詳細を容赦なく浮かびあがらせていたため、すでに一度はクライマックスに達しているのがはっきりわかった。ブルーのネクタイが左の肩の後ろにひるがえり、ラミネート加工したカードが首からぶらさがっている。それが楽屋パスであることに気づくと同時に、キースが花束とキャンディの箱と短い剣のようなものを持参して、その全部を目のまえのテーブルに並べていることにも気がついた。

「くそっ」左の手のひらのボタンを押しながら、空いた手でレディ・アインズリー＝ハンターをつかむ。すでに部屋に入りかけていたわたしは、彼女を引き寄せ、その背中を壁に押しつけて、自分の体で覆った。

チェスターは恐怖よりも驚きからの悲鳴を呑みこみ、その瞬間、ムーアがわれわれのまえを横切った。キースはすでに自分のものから手を離して、キャンディもしくは剣を両手でつかもうとしていたが、目的が果たされることはなかった。ムーアはショルダーアタックで鏡のまえのキースを壁に叩きつけ、片手で髪を、もう一方の手で右手首をつかんだ。キースは苦痛に吠え、そして次にその体をムーアが反転させて壁に頭から投げつけると静かになった。

わたしが見たのはそこまでだった。すでにわたしはレディ・アインズリー＝ハンターに向きなおり、抱えるように廊下を引き返しながら、無線に向かって、撤退だ、ティミーは車をまわせ、ティンカーベルとウェンディが退出する、と叫んでいたのだから。了解の応答が折り重なって届くなか、出口までくると、角からナタリーがベンツを目指して猛然と走っていた。デイルはすでにエンジンをかけ、ナタリーは左右を見渡しながら助手席側後部のドアを引きあけている。サインが欲しくて待っていた一団がわれわれを見て一斉に寄ってきたが、すぐ飛びのいたのは、番組収録後のいつもの撤退風景ではなさそうなのを感じとったにちがいない。わたしが最初に乗りこみ、令嬢を手でひっぱりこみ、次にナタリーが転がりこんで、往来に出ようとするとムーアの声が無線に流れた。

「敵対者は制圧。敵対者は制圧して確保した。ウェンディはどこに？」

「ティンクとスミーがウェンディを護衛する」と無線を返す。「ティミーがツリーハウスにわれわれを搬送中。そちらとピーターはロスト・ボーイズと合流して、敵対者の処置に協力をあおぐといい」

「了解。ジョンにきみらがツリーハウスにきたら鍵をあけるよう伝えておく」

「了解、交信終了」そう言ってから、わたしはデイルにつけくわえた。「迂回路をとってくれ」

「とっくにそうしてるよ」とデイルは答えた。

レディ・アインズリー＝ハンターは両手を口に押しあてたまま、座席に体を折って頭を下げており、ナタリーがその背中に手を置いて、心から心配そうな顔をしていた。まず頭に浮かんだのは、まただ、令嬢が吐くぞ、という予感だったが、そのときナタリーの頬が緩むのが見え、警護対象者の体越しにこちらを見やったので、いま聞こえているのは泣き声ではなく笑い声だということにわたしも気がついた。

「なかでなにが起こったの？」ナタリーが訊ねた。

レディ・アインズリー＝ハンターが説明しようとしたが、そうしようにもずっと笑いがとまらないので、わたしが話した。「キースが楽屋で抜いてやがった」

ナタリーの口が驚きに丸くなった。前の席で、デイルが鋭く咳を払った。

「スーツを着てネクタイを締めて、花束まで用意してきたのよ！」レディ・アインズリー＝ハンターはなんとかしゃべりだした。「笑いごとじゃないのはわかってる、わかってるけど……わたしは相手を見る暇もなくて、気がつくとアティカスがわたしを壁に押しつけ、そしたらロバートがドアから宙を飛んできて、ものすごい音がしたと思ったら、哀れなあの男はズボンを足首までおろしたまんま壁に張りついちゃって」

どうしても笑いをとめられず、また手で口を押さえている。

「武器があったんだ」わたしはナタリーに言った。

その言葉で、令嬢のくすくす笑いが止まった。「そうなの？」

「剣が」

「まあ。でも、ある意味当然かも」

「どういうことだ？」

「古代シュメールではみんな剣を持ってた。そうじゃない？」

「いいとこをついてる」わたしは言った。

令嬢は座席にもたれこみ、わたしはその機会に手をのばしてシートベルトを締めてやった。面白そうにわたしを見ていた彼女は、締め終えたところで訊いてきた。「これからどうするの？」

「きみをホテルに連れて帰る」

「でも、もう事は終わって片づいたじゃない、アティカス。ミスター・キースはロバートがっちりつかまえて逃がさないでしょうし、わたしはこうしてぴんぴんしてる。ホテルにもどる必要なんてまったくないわよ」

「それが標準作戦規定《SOP》なの」ナタリーが説明した。「あたしたちは安全が確保できる場所にあなたを連れもどして、ほかになにも起こらないことを確認しなきゃならないのよ。コリーに先にホテルに帰りついて、スイートになにか驚くようなことが待っていないことを確認する時間を与えてあるわ。キースがおとりってこともありえるのよ」

「おとり？」

ナタリーの視線が令嬢ごしにわたしをとらえた。「あなたに興味を持っているのが、キースだけとはかぎらないから」

レディ・アインズリー＝ハンターが、わたしに注意を向けた。「わたしに話していないことはなに？」

「キースだけが唯一の脅威というわけじゃない。ほかになにかが起こると信ずる根拠はどこにもないが、慎重を期するにこしたことはない」

令嬢はふたたび訊ねようとしたが、途中でやめてうなずくだけにとどめた。そして、また笑いだした。

「あんなにまでして」レディ・アインズリー＝ハンターは言った。「ただわたしにちっちゃな剣を見せるためだけに……」

デイルがミッドタウンを周回して待っていると、コリーから、スイートに到着してすべての安全を確保した旨の無線が入った。五分ないし五分強で到着するとナタリーが応答する。エドモントンに到着すると同時に前のドアから降車し、ナタリーとわたしで令嬢を護衛しながら早足でロビーを抜け、従業員用エレベーターに向かった。籠がきたところで、通信機のボタンを押す。

「いまからウェンディが上がる」

「ツリーハウスは居心地満点だ」とコリーが応答した。

エレベーターに乗りこみ、令嬢を奥に入れて、ナタリーがボタンを押す。わたしはドアが閉まるまで廊下から目を離さず、まもなく籠が上昇をはじめた。

「こうしてるうちに、昼食会に遅れてしまうんじゃないかしら?」レディ・アインズリー＝ハンターが訊ねる。

ナタリーがわたしを見やり、わたしが「キャンセルする必要はないだろうが——」と言いかけたとき、エレベーターが突然停止し、その勢いによろめいたレディ・アインズリー＝ハンターがわたしにぶつかってきた。

「畜生」ナタリーが武器を抜いた。

わたしもそれに倣い、令嬢のまえに背中がくるよう動いて、体で彼女を奥の隅に押しやった。無線のボタンを押し、警報を出そうと口をひらいた瞬間、耳で猛烈なノイズが絶叫し、眉間から頭蓋底部までがひび割れるほどの反響に貫かれた。

「妨害電波だ」そう伝えると、ナタリーはまた罵ろうとしたが、わたしがそれを聞くことはなかった。なぜならそのときには籠の通用ハッチがあいていて、籠内の照明が消える直前、ナタリーとわたしの狭間で手榴弾が床に落ちるのが見えたのだ。スタン式だ。さらにもう一個。一瞬の完全な闇のあと、爆発で真っ白になり、衝撃に閃光がつづいた。想像を絶する音に混乱が襲い、反響と痛みが耳を塞ぎ、アントニアの両手が背中に触れて、指がしがみつこうとしているのを感じながら、わたしは崩れ落ちた。彼女は叫んでいるはずだが、なにも聞こえなかった。

そして焼けるような痛みがはじまり、ペッパーガスが炎のように目を、肺を、肌を舐めていくなか、それがふたつ目の手榴弾だったとわかるだけの理性しかわたしにはもう残っていなかった。なにかが落下したのか、足元で籠が揺れ、レディ・アインズリー＝ハンターの指がわたしの上着をひっぱり、それまで両腕がわたしに巻きついていたのに、その感覚がなくなった。

ナタリーはそれでも腰からフラッシュライトを抜いていた。全員が携行している小型の〈シュア・ライト〉だ。つかのま光の条《すじ》が暴れて踊り、その光を動きがさえぎるのが見えた。籠がなんどもなんども揺れ、床にライトが落ちて、勝手に転がりだした光でわたしの目が眩み、次の瞬間に床に倒れたナタリーの顔にぶつかって、閉じたその目から涙が流れ、鼻と口は垂れた洟汁や血で光った。するとライトがまた逆方向に転がりだし、令嬢のではない脚が見え、体を押しあげたわたしが銃を構えた瞬間、右腕の肘から下がしびれ、武器を失った。

それでも懲りずに起きあがろうとし、攻撃すべき相手を探し、潰すべき目を、嚙みつくべき皮膚を探そうとしたが、ふたたび棍棒に打ち据えられて床に倒れ、口に血が溢れた。

ナタリーの〈シュア・ライト〉が隅に転がりこみ、煙とガスが籠内にたゆたっているのが見えたとき、また激痛がして髪がひっぱられ、無理やり振り向かされたわたしの目に、蠅のような複眼と醜く黒光りする昆虫の容貌が悪夢のようにとびこんできた。暗視ゴーグルとガスマスクの下から、ドラマがわたしの名を呼ぶのが聞こえた。

「警報を出せば彼女は死ぬわよ、アティカス」ドラマの声には息がかぶさり、聞きとれないほどに小さかった。「三十分後にあなたが自宅にいなければ、彼女は死ぬわ」

わたしの喉からしゃがれた声が漏れた。

「ええ、わたしも会いたかったわ」ドラマはそう言って、髪から手を離した。

そして、顔を蹴り飛ばした。

11

自宅のドアをくぐりぬけた時点でわたしの腕時計は一分の遅刻を告げ、ちょうどそのとき電話のベルの最後の一回がキッチンに鳴り響いていた。それでもとにかくテーブルの上にダイビングして受話器をとったが、押しあてた耳にはダイヤルトーンしか聞こえなかった。電話を切り、たったいま自分がアントニア・アインズリー＝ハンターを殺したという思いを否定しようとしたとたん、発作のように咳がとまらなくなり、やがて空えずきに変わって、しまいにはシンクで頭から冷たい水をかけている自分がいた。蛇口を閉めて体を起こすと、しずくがうなじから襟のなかに垂れ落ちていって、汗と混じりあうのを感じた。あらゆる部分が痛んでいるのに、自分の体からカウンターや床に垂れるしずくの感触しかわからなかった。

あの人を殺してしまった、と思った。この力の及ぶかぎり急いだはずなのに急ぎ足らず、わたしは彼女を殺してしまい、そして――。

電話が鳴っていた。こんどこそ鳴り止むまえに受話器をとった。

「三十分と言ったでしょう」ドラマの声だ。「わたしが贖罪《しょくざい》に肯定的な人間で助かったわね」

「彼女と話がしたい」わたしは言った。

「元気にしてるわ」

「ファック・ユー」とわたし。「話をさせろ」

「アティカス」ドラマは言った。「あなたを殺すこともできたのよ。ナタリーを殺すことだってできた。そこからなにかわかるはずだけど」

「彼女を電話に出せ」

「そう、わかったわ」ドラマは言った。「それなら連れてこなくちゃ」

受話器が置かれる鈍い音がして、沈黙が落ちた。うちの玄関ドアのひらく音が聞こえ、銃を抜いて廊下からの曲がり角に狙いを定めると、視界に入ってきたデイルが即座に両手を挙げた。わたしは銃を降ろし、たがいにどっと息をついた。電話の向こうで、ドラマがだれかにハローと言うよう命じているのが聞こえた。

アントニアの声はか細く、漂白しすぎて透けたシーツのようだった。「アティカス?」

「相手の言うとおりにするんだぞ」わたしは言った。「必ず助けるから、とにかく言うとおりにするんだ」

「そうす――」

次の瞬間、彼女は悲鳴をあげ、ふたたび受話器の落ちる鈍い音がして、気づくとわたしはドラマに、電話に出ろ、彼女に手を出すな、と怒鳴りはじめていた。返答はなく、怒鳴るのをやめてふたたび耳を澄ませたが、なにも聞こえなかった。デイルはまだキッチンの端に立って、両手で拳を握っている。

ふたたび受話器が拾いあげられた。ドラマが言う。「まるで小さな女の子みたいな叫び方だわ」

「彼女を傷つけでもしたら——」

「よく考えてみてね、アティカス。本当にいま、わたしを脅したりしていいのかしら？」

わたしはなにも言わなかった。

「ずっと電話のそばにいて。準備ができたらまたかけるわ。繰り返すわよ——誘拐の件がひとことでも漏れたら、彼女は死ぬ。それに、もしあなたが警報をだしたら、わたしにはわかるのよ、アティカス」

次の瞬間、ニュースを待っているデイルを見ながら、わたしはダイヤルトーンに耳を傾けていた。

エレベーターのドアがひらいたころには煙の靄《もや》が薄れはじめ、涙や散っていく煙とガスの隙間から、銃を手に廊下を走ってくるコリーが見えた。なにも言わなくてもコリーには一目瞭然だった。脇を下にして倒れたナタリーは動かず、わたしは立ち上がろうとしながら首を横に振ったが、どんなにだめだと伝えようとしても、コリーは即座に無線を使っていた。

「厳重警戒、厳重警戒」コリーは言った。「繰り返す、厳重警戒。ウェンディが――」

「ばかやろう、黙れ！」そう叫ぶと、砕けたガラスが肺のなかで二方向に駆け抜ける気がした。

コリーは啞然としたが、とにかく送信機から口を離した。わたしのイヤピースに、デイルとムーアがそれぞれ状況説明を求めているのが聞こえる。

「ナットを頼む」しゃべると喉から息が漏れた。「だいじょうぶか見てやってくれ」

コリーはもうなにも言わず、銃をホルスターに収めると、大きく息を吸ってからエレベーターのなかに踏みこんだ。

無線でいくつもの声がてんでにわめいていた。送信機のボタンを押しつけるようにして、「全班に告ぐ――こちらティンク、待機せよ」とわたしは言った。

一瞬の間《ま》があり、そのあいだにエレベーターのドアが閉まりかけた。コリーが脚でそれを阻み、緊急停止のボタンを叩く。ナタリーの喉の奥からくぐもった音がしていたが、その両脇にコリーが手をいれて外に連れだすと、すぐに咳きこみはじめた。

「ティミー待機中」とデイル。

「フック待機中」とムーア。「状況を報告せよ」

壁で支えるようにしてまっすぐ立ち、懸命に呼吸を整える。体じゅうでペッパーガスに悲鳴をあげていないのは顎だけで、それはドラマにくらわされたキックで痺れているからにすぎなかった。腕時計が十一時三十八分を指しているということは、どう考えても十二時五分までに自宅に着いて電話のそばにいなければならない。わたしは新鮮な空気で肺を満たそうと努め、できるかぎり落ち着いた声を出そうと努めて、ふたたび無線を使った。「全班に告ぐ、警戒は誤報だった。ティミーは都合がつきしだいツリーハウスへ、フックは十分後に電話を入れてくれ。どうぞ」

「ティミー了解。目的地に向かう」

「フック？」わたしは言った。

「フック了解」

「ティンク交信終了」送信機を切ると、そのとたん抑えていた咳にふたたび襲われて、わたしは体を折った。発作がおさまってみると、すでにコリーがナタリーを廊下からスイートのなかに連れて入っていた。エレベーターの緊急停止を解除して、わたしもあとにつづこうとしたが、武器がまだ籠内だったと気づき、ぎりぎりでドアをさえぎった。銃をとったわたしは、コリーを追った。

コリーたちはレディ・アインズリー＝ハンターの寝室に入り、ナタリーはすでにシャワーのなかで、コリーは彼女の装備を選りわけようとしていた。コリーに手伝ってもらって無線をはずし、服を脱ぎながら残りの装備もとりさったわたしは、手に眼鏡を握ってナタリーのいる水流の下にくわわった。コリーはなにも訊いてこなかった。ナタリーはタイルの壁にもたれかかって頭を垂らし、その足元で薄まった血が渦を巻いていた。こちらを見上げたとき、その血の出どころが見えた。ドラマはナタリーの鼻を潰していた。

冷たい水を顔に三十秒浴びたのち、ナタリーとわたしはふたたび場所を交代した。わたしの腕時計はオリスの百メートル防水であり、再度それで時間を見ると、残り二十分だった。水のあたっている場所だけ焼けるような痛みは止まっているが、それ以外の場所はまだ、猛烈ではないがしつこく痛みがつづいている。これ以上はどうしようもない——ペッパーガスの痛みを和らげるのは三つの要素——新鮮な空気、冷たい水、時間——を与えることのみであり、なかでも確実な治癒力を持つのは時間だけだ。

出ると同時にコリーがタオルを渡してくれた。デイルもいつのまにか入口に立っている。

喉の奥にまだ絡んでいる痰のせいで声がくぐもった。「ドラマが令嬢をさらった」

ふたりの顔には、すでに知っていたことが認められたにすぎないと書いてあった。

「警察には漏らすな。警戒態勢もなにもなしだ。話が漏れたら、ドラマは彼女を殺す」わたしはタオルを落とし、服に手をのばした。「おれは二十分以内に自宅にもどって次の指示を受けとることになってる」

「車をまわしてくる」デイルがそう言って出ていった。

「ムーアになんと言えばいい？」コリーが訊いた。

「できるかぎり急いで、ムーアとチェスターをおれの家に連れてきてくれ。ただし、ふたりには急ぐことはないと言うんだ。警察が嗅ぎつけたら、やばいことになる」

「ドラマは本気で言ってると？」

シャワーから、リタリーの小さな声がした。「疑いようもないわ」

わたしは靴紐を締め終え、銃と無線をつかんだ。「もうひとつ問題がある」

「ファウラーならブリジットと行動をともにしてるし、さっきの交信がはじまった時点でふたりともムーアのそばにいたぞ」とコリーは言った。「この部屋やあんたの自宅からファウラーを遠ざけておくのは、ブリジットの向かう先がそこだとすると至難のわざだ」

「なら無理しなくていい。ただ、おれたちが移動した理由を感づかれないようにしてくれ」腕時計を見ると、残りきっかり二十分だった。「もう行く。おまえとナットもできるかぎり早くきてくれ」

「ドラマはなんと言ってる？」デイルが訊いた。

「電話のそばにいさせたいらしい。またかけるそうだ。もし警報を出したりすれば、アントニアの命はないと、また言っていた」わたしは慎重に受話器をもどした。

「スコットにはなんと伝える？」

「なんにもだ」

デイルが歩み寄ってきた。「なにかあったことくらいわかるぞ、アティカス。そしたらあいつは報告しなきゃならなくなる。法的にも倫理的にもこいつを報告する義務を負ってるんだ」

「だったら嘘をつくまでだ」

「アティカス――」

「うるさいぞ、デイル、ドラマがアントニアを誘拐して、いまも生かしている唯一の理由は、ドラマに別の目的があるってことだろうが！」

デイルはわたしの肩から手を離し、眉をひそめた。「おれに怒鳴るなよ」

その表情にこちらも渋面で応じ、横をすり抜けた。クロゼットにしまってある拳銃ロッカーから、スミス&ウェッソンと、ヘッケラー&コッホ《H&K》用の予備の弾倉ふたつと、両方の銃に必要なだけの弾薬をとりだす。デイルは置き去りにされた場所にとどまり、窓の外を見据えていた。わたしがキッチンテーブルの上にあったものを全部払い落とす様子を眺めるあいだだけ、デイルは顔をこちらに向けた。

「地図が要る」わたしは言った。

「ハグストロームのなら車に置いてる」

「とってきてくれ」

デイルが出ていき、ドアの閉まる音が聞こえると、わたしは電話に手をのばした。ブリジットの携帯にかけ、二回鳴ったところで本人が出ると、向こうがなにも言わないうちからしゃべりだした。

「おれの名前を口にだすな。事態が急変してやばいことになり、ファウラーは介入させることができないんだ。わかったか？」

「うん」

「いまどこにいる？」

「ミッドタウン・ノースを出るとこ」

「やつも一緒か？」

「うん」

「なにか、別行動をとるための言い訳を考えてくれ」

「そうしてもいいけど、何分かはかかるよ。いったん事務所にもどらないと」

あまりにせっぱつまっていて、ブリジットの機転のきいた演技すら疎ましかった。

「ムーアはどこに向かうか言ってたか?」

「うん」

「畜生」つまり、われわれがエドモントンからアパートメントに移動したことをスコットも知っているわけで、どのみちスコットはここに来るということだった。

「わかった、心配するな。安全になったらまたかける」

「ま、安全はあたしのミドルネームだからさ」

「きみのミドルネームはアイリーンだ」

ブリジットが電話を切り、わたしも切って、スペアの拳銃をしばらく見据え、それから予備弾倉の装塡にとりかかった。とくにいますぐ使う予定はない——いますぐ携行しようというつもりさえなかった。だが、それで手を動かしていられるし、ほかのメンバーが到着するまでの時間を潰すことができる。もういちど電話が鳴りだすまでの時間を。ドラマが言ったのは、とりあえずこちらは待機戦術につきあうしかないということだけで、おそらく長く待たされるだろうとは予想がついた。次に接触するときまでにこちらを消耗させるのが狙いなのだ。最良の策は時間を有効に使うこと、すなわち、なんであれ次に起こる事態に備えておくことにほかならない。仲間が到着したらそこを話し合おう。なにか戦略をひねりだそう。なんらかの手立てを。

しかし、どう考えても、現実にはできることなどなにひとつないとわかっていた。ペッパーガスの痛みがようやく和らぎ、いまは体の内側がぴりぴりしていた。朝方の体調不良もおさまったようで、それが栓をあけ放ったようにとめどなく供給されるアドレナリンによるものなのか、じっさいに健康を回復したためなのかはわからないが、それもどうでもかまわなかった。顔はドラマに蹴られた場所が疼《うず》き、頬に触れると皮膚の下から腫れあがっていた。

いくつもの地図を手にデイルがもどり、数分後にインターコムのブザーが鳴った。ナタリーの声が、いまコリーとムーアとチェスターと一緒に階下《した》にいる、と告げる。四人を建物のなかにいれ、デイルに廊下を守るよう指示してから、玄関を出て階段の上で待った。一分後、四人の上がってくる音が聞こえ、先導するナタリーの姿が見えたので、デイルにもういいと手を振った。濡れた髪がナタリーの頭に水を吸った新聞紙のように貼りつき、鼻梁の腫れははやくも紫と赤に変色しはじめている。左の鼻腔から細く垂れてきた血を拭いながら、ナタリーはドアをくぐった。

全員がなかに入ったところで、デイルがドアを閉めて鍵をかけた。コリーはチェスターをカウチに座らせてから自分もその隣に腰を降ろし、ナタリーはステレオのそばに置かれた隅の椅子に座った。ムーアはそのまま立っている。デイルがくわわるのを待って、電話はきたのかとムーアが訊ねた。

「かかってきた」わたしは言った。「令嬢はまだ生きてる。声を聞いたが、録音したものではなかった」

「どんな様子だったの？」チェスターはひとりひとりを順に睨みながら、右手の指先でカウチの生地をひっぱり、小さな穴を広げようとしていた。

「怯えてた」わたしはムーアを見た。「話は聞いたんだな？」

ムーアはうなずいた。

「おれたちはできるかぎりのことをした」

ムーアがまたうなずき、わたしの言ったことを受け入れたのがわかったが、それを承知していることでこの男の得る慰めは、それを口にすることでわたしの得る慰めとたいして変わらないということも、わたしにはわかっていた。「要求はあったのか？」

「まずは待機戦術に出てる」わたしは言った。「受けた指示は、電話のそばにいろ、連絡を待て。もし話が外に漏れたら……」

「それは聞いた」ムーアが言った。「なにが目的かは言わなかったんだな？」

「ああ」

「それじゃまったく理屈が通らんじゃないか、ちがうか？」

「いまのところは」

ムーアは親指で眉を掻きながら、細かい文字でも読むように目を細めた。わたしはそうやってムーアが思考をたどり、最終的にわたしと同じゴールに行きつくのを待っていた。

「どのくらい待つと思う？」

「早かったとしても、真夜中にはなるだろうな」わたしは答えた。「初歩心理学の教科書に載ってる――こちらを精神的に不安定にさせようという作戦だ。向こうにはこちらを待たせておく余裕があり、待たせることでより強い立場に立てる確信もあってのことだろう。だが、それが可能なのは短期間のことだ――そうでなければ、こちらのだれかが故意に漏らそうと思わなくとも話が広まってしまうというリスクが生じる。おれの予感では、次の電話が来るのは今夜の深夜近くになってからだと思う。だが、準備はすぐにでもはじめておくべきだ」

「賛成だ。ナタリー？」

ナタリーはすでに椅子を押して立ち上がっていた。「デイルとあたしでオフィスに行って装備をとってくるわ。とくに持ってきてほしい物はある？」

「なにが必要なのかわからないんだ」

「それじゃ、全部ね？」

「そういうことになるな」

「一時間でもどるわ」

ふたりが出て行ってから、チェスターが訊いた。「これからどうするの？」

「ここからは待つのみだ」わたしは言った。「ドラマから連絡がくるまでは、なにもできない」

「連絡がきたら？」チェスターはカウチの穴からぽろぽろ詰め物をひっぱりだしているが、自分のしていることに気づいている様子はなかった。

「ドラマがレディ・アントニアと引き換えに要求を出してくるか、もしくはそのまま待ちつづけろと言われるかだ」

チェスターの指の動きが止まり、ふたたび口調が鋭くなった。「待ちつづけられるわけがないでしょう！　彼女がいないことにだれかが気づくのは時間の問題よ！　それならこんなことしてる場合じゃなく、すぐにでもあちこち電話をかけて、欠席する言い訳を伝えないと――」

「こちらで整理がついたらすぐにでも電話をかけてもらうさ、まっかな嘘をついてな」ムーアが割ってはいった。「例の特捜官をなんとかするまで待たなきゃならないんだ」

チェスターは憤然として背筋をのばした。「令嬢が誘拐されたなんて言うつもりはないですからね、ミスター・ムーア」

「そこは重要だよな」とコリーが言った。

「あたりまえだ」ムーアは気分を害したようだ。「こう言うんだ、令嬢は病気で倒れました、と。食中毒くらいでいいだろう。たいそうな作り話をしてもらおうとは思ってない」

「おれが言ったのはそのことじゃないんだ」コリーが説明した。「ドラマの窓もこちらの窓と同様に制限されているってことさ。向こうだってあまり長くこの状態をもてあそんでるわけにはいかない。どれだけおれたちが事実に蓋をしておこうとしても、なにがしかは漏れてしまうからな。あれだけメディアの注目を集めている令嬢のことだから、おれたちが隠していられるのはせいぜい二十四時間かそこらだろう」

「もうすこし長いでしょうね」チェスターが言った。「信用させるのは得意よ」

「ありがたい」わたしは言った。「令嬢の命もそこにかかってくる」

チェスターが氷のような笑みをわたしに向けた。「すくなくとも、令嬢はわたしにはいい、頼れるってことよ」

午後二時まえにふたたびインターコムが鳴り、スコット・ファウラーがなかに入れてくれと言ったので、代わりにこちらから降りていくと返事をした。理由を訊かれるまえに通話ボタンから手を離し、ムーアに数分のあいだ部屋を空けると知らせるついでに、もしドラマから電話があったら、こちらからかけなおすと伝えてくれるよう頼んでおいた。

チェスターはあまり愉快だとも思わなかったようで、あいかわらずわたしのカウチをゆっくりと破壊しつづけている。

建物の壁にもたれたファウラーが、外に出てきたわたしにまず言ったのは「その顔はいったいどうしたんだ？」という言葉だった。

「キースの振りまわした腕が当たったんだ」とわたしは答えた。

「たしかムーアが仕留めたと思ったが」

「おいおい、おれだって手伝ったさ」

スコットは片眉をわずかに持ちあげて、わたしの顎にふたたび一瞥を投げた。「なんでおれを階上《うえ》にあげようとしないんだ？」

「それは言えない」

「なんでレディ・アインズリー＝ハンターはエドモントンにいないんだ？」

「それは言えない」

「なんでブリジットに電話したとき、別人からの電話に見せかけようとした？」

これにはしばし、返答に窮した。

「彼女の携帯にはかかってきた番号が表示されるんだ」スコットは人差し指で額を叩いてみせた。「なにひとつ、ＦＢＩの不眠不休の目を逃れられるものはない」

「ピンカートン探偵社ばりだと思ってるらしいな」

「おれは、現在なにかが進行中で、自分がおまえにのけ者にされていると思っている。それと、おまえがそうするにはいくつか理由が考えられるが、どれも明るい見通しのものではなく、そのうちのひとつはバックルーム・ボーイズと関係があるかもしれないと思っている」スコットは両手をポケットに突っこみ、眉をひそめてわたしを見た。「もういちど訊くから、答えをくれ」

「いいや、返事はするが、さっき耳にしたのと同じものになるだろうな」

「なにが起こってるんだ、アティカス？」

わたしはスコットの目を見て言った。「まずい立場に立たされてるんだ、スコット。おまえが仕事をしなきゃならんのはわかっているが、おれだってそうだ。じつはいま、警護対象者に関しておれが抱えている状況で、おれの裁量が求められている」

「先を聞こう」

「いま、令嬢は階上《うえ》にいる。がっちり守られている。そして、令嬢には連れがいる」

「連れとは？」

わたしはなにも言わず、勝手に考えをはじきだしてくれるのを期待した。スコットは期待に応えてくれた。

「男、それとも女か？」

「言えない」

「おれには言ってもいいだろう」

わたしは首を横に振った。「言えないんだ、スコット。すでにしゃべりすぎてる。令嬢は不安なんだよ、もしおまえがなにかを持ち帰って、それが連邦のオフィスに漏れ、メディアが――」

「おれたちはそんなくだらんことはしないぞ、アティカス。おまえだって知ってるはずだ」

「おれはおまえを知ってるとも、スコット」わたしは言った。「だが、彼女は知らない。英国のタブロイド紙とずっとやりあってきたんだ、わかるだろ？　すっかり用心深くなり、すっぱ抜かれるのを怖がってる。おれの仕事は本人を守るだけでなく、その評判を守ることでもあるんだ。けさのキースの件で動揺が激しかったらしく、ホテルに連れもどしたところ、この手配をしてほしいと頼まれた。うら若き恋する令嬢に、このおれがなにを言える？」

スコットはもう一秒ほどこちらの表情を探っていたが、やがてわたしの部屋の窓から内部《なか》が見えるかのようにビルの側壁を見上げた。「それで、エドモントンでなくおまえの自宅を使っているのは、そのほうが気づかれずに出入りできるからってわけか？」

「エドモントンの従業員が買収される恐れもあるからな。写真に撮られるのが怖いんだ」

スコットはうなずいてその説明を受け入れたが、信じているのかどうかはわからなかった。「それで、この状態はいつまでつづく予定だ？」

「わからん。令嬢はチェスターにきょうとあしたの予定をキャンセルさせたよ。食中毒ってことで」

「しばらくはそれでもなんとかなるだろうな」

「しばらくはな。一晩以上にならないことを願ってるんだが」

スコットがゆっくり笑みを浮かべた。「どうしてだ、盗み聞きは好きじゃないのか？」

「おれをどういうたぐいの男だと思ってるんだ？」

「盗み聞きが好きなたぐいの男だ、と」

わたしが笑うとスコットも笑い、そこでわたしは言った。「もう階上《うえ》にもどらなくちゃならない。令嬢が動けるようになり次第また電話するよ。な？」

「そうしてくれ。それから令嬢には、おれに関するかぎり秘密は守られると伝えておいてくれ」

12

スコットが帰ってから三十九分後にブリジットが到着し、ちょうど装備の荷物を降ろしていたナタリーとコリーとデイルにタイミングよく手を貸してもらえることになった。デイルは強化仕様のベンツに乗っていったのだが、帰りは自前のヴァンでもどり、ナタリーのアウディもその後ろについてきた。ブリジットのポルシェをくわえると、移動の必要が生じたときには三台の車が使えるということだ。ムーアとチェスターとわたしは渡された順に装備を振り分け、武器は居間に、電子機器は仕事部屋に、無線装備はキッチンに置いた。

全員がアパートメントのなかにもどったところで、コリーはさっそく電子機器の接続にとりかかり、まず全員の無線機を受けとってバッテリーを新しいものと交換した。ナタリー、デイル、ブリジットの三人は、こんどは全車両に追跡装置《トレーサー》を取りつけに階下《した》へ降りていった。ポルシェとアウディとわたしのバイクが、追跡機を積むことになる。デイルのヴァンを除外するのは、デイルが受信機のひとつを持つことになるためで、もう一方の受信機はアパートメントに吊るしておくというわけだ。追跡作業の性質上――スパイ衛星などにアクセスできるのでないかぎり――ふたつの装置を使うことが必要で、そうしなければ位置の三角測定ができない。確実にどこかの時点で移動が必要になると想定される以上、追跡機を積んでおくことは極めて重要だった。

とはいえ、寝室にコリーがいて、わたしの下着の抽斗を掻きまわしていたときにはぎょっとした。

「楽しんでるか？」

「あんたがボクサー派とは知らなかったよ。いや、ボクサーじゃないな、例の突然変異体、ボクサーブリーフってやつだ」そう言って一枚掲げてみせると、コリーは大真面目で訊いてきた。「穿き心地はいいのか？」

「お気に入りの一枚だ」

「よし。ゴムの内側に追跡機を縫いつけるぞ」

「そうすると穿き心地が下がるんだが」

「あんたが迷子になったときに見つけてやりたいんだよ」コリーは尻ポケットから、縫い針のはいったプラスティックの小箱と糸巻きをとりだした。「済んだら知らせるから、着て見せてくれよ」

「ああ、いいとも」

コリーはうなずいて、針に糸を通しはじめた。「ところで、あのシルクの一枚はいいな」

「もらいものだ」

「そうだろうな」

あのシルクのボクサーショーツに前回コメントをくわえた人間はドラマであり、たぶんそのせいもあってか、わたしはその話をそこで打ち切った。

デイルとブリジットとわたしは武器の準備にかかった。すべての銃を掃除して、ひとつひとつ装塡を済ませたのち、安全装置がかかっていることと、すべてが適正に作動することを確認していくのだ。

「戦争にでも行くつもりなのかい?」

「あんたはドラマを知らんからな」デイルが言った。「これでも足りないくらいだ」

「神のご加護を」ブリジットはそうつぶやくと、立ち上がってキッチンに向かった。

しばらくして、ベネリに装塡していたブリジットが急に手を止めると、わたしの腕をつかんだ。そのときわたしはモスバーグのチューブ・マガジンに装塡していたところで、危うくそいつを落としそうになった。じっさいにとり落としたのは十二番径の弾薬の箱で、中身が床に散らばり、できそこないのカウチの下へと転がっていった。

「ハニー、頼むからショットガンに弾をこめているときに、そういうことはしないでくれないか」とわたしは言った。

　ブリジットはわたしを無視し、きょうの午前中にもしたように手の甲をわたしの額にあてた。そして顔をしかめると、舌を出してみろと言った。言われたようにしたが、しかめっ面はそのままだったので、わたしは舌を元の位置にひっこめた。

「気分はどうなの？」問いただすようにブリジットが言う。

「顔を蹴られて、肺にしこたまペッパーガスを吸いこんだのとは別にってことか？」

「そう」

「ずっとましになった」そう答えてから、なぜそんなことを訊くのかに気がついた。

　ブリジットはベネリを壁にたてかけて、椅子から降り、だれかに危害をくわえそうな勢いで足音高く廊下を突っ切っていった。あとを追っていってみると、とっちらかったキッチンで、ひらいた冷蔵庫のまえにブリジットが立ち、チェスターとコリーがそれを見守っている。

「きのう食べたものを教えて」ブリジットが問いただした。

「オートミールを作った」とわたし。

「おれも知っておくべき話なのか？」コリーが訊いた。

「なにを飲んだ？」ブリジットが訊く。「コーヒーを淹れた？　お茶は？　ビールは飲んだ？　ジュースは？」

突然、胃に朝とおなじ感覚がもどってきた。「オレンジジュースだ。ゆうべピッチャーに残っていた分を飲み干し、朝にまた解凍して作った」

なにもコメントせずに、ブリジットはピッチャーをとりだすと、残っていたジュースをシンクに捨てた。さらに口のあいた半ガロンの牛乳もとりだし、同じく捨てる。

「牛乳は飲んでないぞ」と言ってみたが、遅かった。

「ああ、でも、飲まないだろうなんて、あの女にわかるわけないだろ?」ブリジットは壁からもぎとる気かといった勢いで蛇口をひねり、牛乳もジュースも一滴残らずなくなってしまうまで水を流した。

「もういいだろう」

「もうよくなんかないよ、そうだろ?」ブリジットはひらりと振り返ってわたしを見据え、その刹那、顔に傷心があらわに浮かんでいた。「冗談じゃないよ、アティカス、その糞女はここに忍びこんで、あんたの食べ物に毒を盛りやがったんだよ」

ざっと訊いてまわったが、だれもこのアパートメントに入ってから食べたり飲んだりしたものはおらず、理由は単純で、そんなことはだれの頭にも露ほども浮かばなかったというだけだった。ブリジットはやたら騒々しい音を立てて冷蔵庫を空っぽにしてしまうと、買い物をしてくる、と宣言した。ずっとキッチンにこもってコリーの仕事を見ていたチェスターが、一緒に行こうと申しでた。

「とんでもない」とムーアが言った。「きみはこのアパートメントから一歩も出てはいかん」

また叫びはじめるんじゃないかと思ったが、逆にチェスターは静かになり、それが苛立ちをいっそう明白に伝えていた。「わたしが危険に晒されてるわけじゃないし、こうしていてもなんの役にもたってないのよ。ただずっとぶらぶらして、邪魔になるばっかりだわ」

「きみはレディ・アントニアの友人であり、そのために標的になりうるんだ、フィ。きみにはじっとしていてもらう」

「あなたはわたしの雇用者じゃないのよ、ミスター・ムーア」

「令嬢がわたしを雇った内容は、きみのことにもおよぶんだ。ここを動くんじゃない」

「どれだけの時間？」

「どれだけだろうとかかるだけの時間だ」

さらに数秒間、ふたりはたがいを見据えていたが、やがてチェスターが背を向け、キッチンから荒々しい足どりで出ていった。

「べつに行かせてやっても――」とコリーが言いかける。

「ふたりとも失うわけにはいかんのだ！」ムーアがぴしゃりとさえぎった。

「ねえ、あたしひとりで行ってくるから」ブリジットが話にけりをつける。「二十分でもどってくる」

ブリジットが出たあとを施錠し、寝室に頭を突きだしてみると、デイルとナタリーが走査機の準備をしていた。「だいたい終わったか？」

「だいたいな」デイルが答える。

「終わり次第、チェスターの件で話があるんだ」

ナタリーが手に持っているモニターには、われわれが盗聴されている可能性を示す兆候がないか、各周波を巡回して探知している様子が液晶デジタル数値で表示されていた。画面から顔をあげたナタリーがこちらを見ると、その表情から、チェスターに関してわたしが言おうとしている内容も、それでわたしがどんな結論に達したかもわかっていることがうかがえた。つまりはナタリーも同じ結論に達したということであり、すなわち、これほど不機嫌そうに見えるのは、顔の痣《あざ》のせいばかりではないということだった。

「終わったらね」ナタリーが言った。

「ゆっくりやってくれ」わたしはそう言い残し、さらなる銃に弾をこめるべく居間に引き返した。

「あなたがなにを考えてるかはわかるわよ、アティカス」ナタリーは言った。「チェスターには標的となりうる根拠がある、イエス、警護の必要がある、イエス、すなわち事態に収拾がつくまでチェスターを隔離しておかねばならない。でも、あたしはその役目はお断りよ」

「きみしかいないんだ」わたしは言った。「移動をはじめたら、デイルにはいずれかの車両を運転してもらうことになるし、コリーには機器の扱いをまかせなきゃならない」

ナタリーが指差した先には、椅子にもたれて胸に両手を組み合わせているムーアがいた。「チェスターはムーアの警護対象者代理人よ。ムーアが担当すべきだわ」

「そいつは絶対にありえない」ムーアが言った。「チェスターは、厳密に言うと、わたしの第二の警護対象者ということになるんだ。第一の警護対象者を奪回するチャンスがあるなら、わたしはそちらで行動する。きみかアティカスがやるしかないだろうな。ドラマがすでにプレイヤーのひとりとしてアティカスを指差しているわけだから、きみしかいない」

ナタリーは踵を返してムーアと向かいあい、両手で痣だらけの顔を指し示した。

「これは指差されたようなものだと思うんだけど、どう？」

「そうだな、中指を突きつけられた、ってとこか」

「ばか！」

ムーアは穏やかにうなずいた。わたしを振り返ったナタリーの目が燃えている。

「その仕事にはきみがベストなんだ」わたしは言った。「車両や電子機器のことがなかったとしても、貧乏くじを引くのはやっぱりきみなんだよ、ナット」

「ふざけてるわ」

カウチから、そっとデイルが言った。「コリーもおれも、きみやアティカスほど直近警護が得意じゃないんだ」

その言葉がナタリーを押しとどめた。手で髪をかきあげようとして、短く切ってしまったことを思いだしたように顔をしかめる。そして言った。「でも、それをあの人に説明する役は引き受けないわよ」

全員の視線を受けて、ムーアは言った。「わたしがやろう。だが、ディナーのあとだ。ここではすでに一件の食中毒が発生してるから、これ以上運に頼るのはよしたほうがいいな」

食事のおかげでいくらか張り詰めた空気もほぐれ、そのあとムーアはチェスターをそばに呼んで、現況に最終的な決着がつくまではナタリーと一緒にアパートメントにいてもらいたいと、静かに言い含めるように説明した。ふたりは長いあいだ話し合っていた。

わたしは仕事部屋にベッドをしつらえ、コリーにそこを使うように言った。だれひとり、家に帰って寝ようかという話を持ちだすことすらなかった――電話は暗いうちにかかってくると全員が予想していたし、その場からはずれてしまうようなことにはなりたくないと思っていたのだ。それにくわえて、人数が多いほうが安心でもある。「エズメに電話したんだ」ベッドの仕度を手伝いながら、コリーは言った。「エディーをつれて、ブロンクスのおれのお袋の家にいくそうだ」

「デイルもイーサンに電話したほうがいいだろうな」

「オフィスからかけてたよ。イーサンはデイルが帰宅するまでどこにもいくつもりはないと言ってたそうだ。喧嘩になったらしい」

「知らなかったな」

「ヴァンから荷物を降ろしているときに、ナタリーから聞いたのさ」コリーは枕を叩いて膨らませてから、ベッドに放り投げた。「これで完璧だ」

「寝心地がいいといいんだがな」

「そういえば、ブリーフの穿き心地はどうだ？　ゴムはゆるくないか？」

「驚くほどフィットしてるよ、本当だ。少し寝てくれ」

「あんたもな」

コリーをひとりにして、後ろ手にドアを閉めた。買い物からもどっていたブリジットがムーアと一緒にキッチンテーブルを囲み、ほかはみんな仮眠をとりにいったと教えてくれた。われわれはキッチンで、電話の横にはりついて過ごし、おたがいあまり相手の神経にさわらぬように努めたが、それはなかなかたいへんだった。三人とも、リラックスなど考えられないような緊張感と、待つ以外になにもできない状況に根をおろした退屈との板ばさみになっているのだから。わたしはコーヒーを用意し、ブリジットはお茶を淹れ、ムーアはしばらくどちらを飲みたいか決めかねているようだった。

「はっきりしろってんだよ、ったく」ブリジットが嚙みつくように言った。

ムーアはそれぞれ一杯ずつ飲んだ。

十時を数分まわったころ、ブリジットは数時間まえに空にしたアルトイズの小さな缶をいじるのをやめ、唐突にムーアに言った。「あの女、アティカスと人質との交換を言ってくる気だよ」

ブローニングの分解掃除の四度目をやっていたムーアは、いったん手をとめて考えこみ、まもなくまた銃の組み立てにもどった。「ああ、ありうるな。わたしもずっと、ドラマの計画はそれじゃないかと考えていた」

わたしは窓を背にして窓枠に座っていた。背中が閉じたブラインドにあたって、ガラスにかさかさ音をたてる。「おれはそうは思わない」とわたしは言った。

「だったらわざとぼんくらを決めこんでるってことだね」ブリジットが言った。

「ドラマとおれとの個人的な確執だと思いこんでるようだな。そんなものが存在する証拠なんてどこにもないぞ」

「あの女はここに忍びこんで、あんたに毒を盛ったんだよ。これまでにもあんたと渡り合ってきてるんだよ」

「デイルともだ」わたしは指摘した。「きみとムーアとレディ・アインズリー＝ハンターとチェスターを除くおれたち全員と――」

「じゃなくて、前回ドラマと会ったとき、そのショーを牛耳ってたのはあんただったろ」ブリジットはそう言ったが、わたしに言ったというよりも声に出して考えているようで、思考の連なりを誘いだそうとしている感じだった。「ドラマはあんたに会い、あんたと話し、どんな細いつながりであれ、そのつながりを持とうとした相手はあんただった。それがナタリーになると、きょうのエレベーター内の件と同じで、たまたまそこに居合わせたにすぎない。キースをおとりに使ったのは、令嬢じゃなく、あんたをおびきよせるためだったんだ」

「いまの最後の部分を説明してくれるか？」

ブリジットが訝るようにわたしを見た。「また?」

「一回目だ。その話はいまはじめて聞いた」

「話したと思うけど」

「いや、ばたばたしてて聞き逃したのかもしれん」

「けさの騒ぎのとき、キースは番組の楽屋パスを持ってたんだ」

「正規のか?」

「ううん、でもじつに出来のいい偽造だった。スコットもあたしもキースが自分で作ったと思ったんだけど、考えれば考えるほど、ドラマがこの仕事のためにキースを選んだんじゃないかって思えてきてさ。そうすると、ミッドタウン・ノース署に連行したキースが警察に話した内容とも辻褄が合うんだ」ブリジットはまた小さな缶をもてあそびはじめ、右の人差し指で蓋を上げたり下げたりしながら、爪で金属を弾いていた。「キースの話だと、三週間ほどまえに一通の手紙を受けとり、〈トゥギャザー・ナウ〉の信頼しうる正規会員として、きょうの番組の楽屋で令嬢に面会する役目に特別に選出されたと、そこに書いてあったそうなんだ。楽屋パスはその手紙に同封してあったものだと言って譲らなかった。嘘八百並べやがって、ってみんな思ってたんだけど」

「きみの話を実行しようとすれば、ドラマは東海岸全域にわたって同団体の会員リストにアクセスしなきゃならなかったことになるぞ」

ブリジットは首を振った。「情報はオンラインにあがってる。あたしがこの目で見たんだ。みんなも知ってるように、そういう方面では到底ドラマの足元にもおよばないこのあたしがだよ。ドラマならなんの造作もなく見つけられたはずさ。支部を選んで、名前の列をたどり、なにか出てこないか見てみる。ジョセフ・キースがレディ・アインズリー＝ハンターに懸想していて、おまけに頭のバネもちょっと弾けてることを、ドラマは探りあてた。そこで、キースのねじを巻いてやってから手を離したんだ」

「しかし、キースが楽屋でなにをするかまで、ドラマにコントロールすることはできないぞ。一緒に乗りこんだのでないかぎり」

ブリジットはむっとしたように、またパチンと缶を閉じた。「ドラマはキースがなにをするか知っておく必要はなかったし、なにかしてもらう必要もなかった。ただ適切な時間に適切な場所にいてくれる賑やかしでよかったんだよ。たとえキースが楽屋に笑顔と花束だけを携えてあらわれたとしても――」

「じっさい、やつはその両方を持ってきた」とわたしは言った。ブリジットは無視した。

「――それでもあんたたちは銃を構えて取り押さえたはずだ。ドラマはそれを見こんでたのさ。キースがそこにいるだけで必然的に撤退となり、あんたたちがアインズリー＝ハンターをエドモントンに連れてもどるのがわかってたんだ。それも、あんたがいつごろ姿を見せるかまで知ってたんだよ、番組が終わるまではなにも起こりっこないんだから。ずいぶんと手のこんだ計画だけど、アティカスから話を聞いているかぎりでは、あの女がそれくらいで手間どるとは思えない」

「たしかにな」わたしは同意した。「どの段階においても、おれたちは相手の手のうちにいるとも知らずに、ドラマの望むとおりの行動をとっていたわけだ。じつに綿密で、エレガントでさえある」

ブリジットは鼻を鳴らした。「あたしはそこまで言わないけどね」

わたしは肩をすくめ、話を打ち切った。

午後十一時、ブリジットはわたしの寝室に入ってナタリーを起こし、わたしは仕事部屋にいって、コリーのあばらを軽く小突いた。手が触れると同時にコリーは弾けるように起き上がったが、そっちが少し遅かったか、こっちが少し早かったかで、わたしの手首は折られずにすんだ。淹れたてのコーヒーがあることと、仲間がほしくなったらデイルを起こせばいいことを伝えておいた。

自室にもどると、ブリジットはジーンズだけ脱いでわたしのベッドに入っていた。

わたしは靴とシャツを脱ぎ、眼鏡をベッド脇のナイトスタンドに載せて、カバーの上からブリジットの隣に寝そべった。ブリジットが明かりを消し、しばらくどちらもなにも言わず、キッチンで静かに交わされる会話と窓の向こうに聞こえる通りの物音に耳を澄ませていた。やがてブリジットはうつ伏せに寝返り、わたしの胸に顎を載せると顔を見上げた。わたしの目の悪いことときたら、たった二十センチの距離でもブリジットの顔がぼやけてしまう。

「こいつはレディ・アインズリー＝ハンターにはなんの関わりもないよ」ブリジットはそっとつぶやいた。「彼女は餌でしかない。あんたが狙いなんだ」

わたしはブリジットの頭に手を置いて、髪に指をくぐらせた。

「ノーコメントかい？」

「ドラマがおれを殺す気なら、エレベーターのなかでも可能だった。一年まえだって殺せただろうし、機会は腐るほどあったんだ。どうしていままで待ったりする？」

ブリジットは少し体勢をずらし、顎は胸に載せたままで、縮めた両脚をわたしの脚に押しあてた。人差し指でわたしの耳のフープピアスをいじりはじめる。「殺す気はないのかもしれない。負かしてやりたいのかも。まえに負かされたから」

そうではない、自分はドラマを負かしたわけではないし、なによりそんなことにはまったく興味がなかったのだと、反論することを考えた。わたしがピューを護っていたとき、帽子にドラマという羽根を飾りたくて追っていたのは、エリオット・トレントとセンティネル・ガード社だ。連中はドラマを捕らえようと考え、トレントはその目的を達成したいがために危険な手段をも辞さないほどだった。しかし、わたしに関するかぎり、常に警護対象者の命を守ることだけがすべてだったし、いまもそうだが、あのときの自分にも、それこそがすべてであるべきだと思われたのだ。

「ドラマがおれたちに恥をかかせたがっていると？」

「あたしが思うに、ドラマはあんたに特別に恥をかかせ、それを通してKTMHに総体的に恥をかかせる気なんじゃないかな。レディ・アインズリー＝ハンターはあんたたちを有名にしてくれた警護対象者だろ。そこへくわえてベストセラー本が出版されて、メディアの注目を浴びまくって……もしここで、ドラマがレディ・アインズリー＝ハンターをあんたの目のまえでかっさらったとなれば、あんたのキャリアはおしまいになる」

ブリジットがピアスをいじっていると、さっきアルトイズの缶にしていた動作と、それが苛立たしかったことが思いだされた。わたしは頭を動かしてその手をよけた。

「そんな料簡の狭いことを」

「ドラマは人を殺して生計を立ててる人間なのに、なんで料簡の狭いことがそんなに納得できないんだよ？　頼むから〝彼女はプロフェッショナルだ〟なんて言いださないでよ、そんな返事はくそくらえだから。ドラマはプロフェッショナルの殺し屋なんだよ、アティカス。そして、それはあの女のなかでなにかが壊れてるってことなんだ。あの女の頭はどこかがおかしくて、それがなんであれ、そのせいであんなことができるんだよ」ブリジットはわたしの頭の側面に目を凝らしていた。「もうひとつピアスをするといいのに」

「おれはもうすぐ三十一だぞ、ブリジット。なにが不必要といって、もうひとつのピアスほど不必要なものはない」

「年齢主義者」

「仮にきみの言ってることが正しいとしても、ドラマがそういうことをするんなら、まずそれを対価の得られるかたちにしなければならない。仕事と呼べるものでないとだめだろうな。ドラマにはその言い訳が必要なんだ」

「ドラマが？　それともあんたが？」

「なんだって？」

「なんであんたがあの女の行動を正当化しようとするのかなと思ってさ」ブリジットは言った。

「そんなことはしてない。行動を理解しようとしてるだけだ」

ブリジットは顔をしかめると、仰向けになってわたしから離れ、隣同士に寝そべるかたちになった。街灯の明かりがブリジットの鼻腔のフープピアスに反射し、晴れた夜空に見える星のようなエメラルドの輝きを与えている。キッチンのほうで椅子が床をこする音がして、まもなくやや重い足音が廊下の奥に歩いていった。デイルだ。

「オーケイ」ブリジットがそう小さくつぶやくと、少し怒ったような声に聞こえた。

「で、それってなんなんだい？」

「なにってなにが？」

「あんたがドラマに心酔する理由。あの女の話になると、あんたはむしろ好感を持ってるようなしゃべり方をするだろ。やたら馬鹿みたいに褒めてみたりさ」

肘をついて向きなおったが、ブリジットはわたしを見ていなかった。正直でありたいと思い、答えるまえにしばらく考えてから口をひらいた。「ドラマの技量は卓越している。おれはその能力を尊敬してるんだ。だからといって、ドラマの行為を容認しているわけじゃない」

「あんな女にあんたの尊敬を受けるような価値なんてまったくないよ、アティカス」

「きょうドラマがおれたちにしたことは、いざやろうと思ってもそうそう並大抵の人間にできることじゃない。キースを利用した手口なんて、きみが正しいと仮定すればだが——たぶん正しいだろうな——じっさい秀逸としか言いようがない」

「いいや。いかれてたね」

わたしは言い方を変えてみた。「おれはホホジロザメの行動を、どれほど巧くやってのけるかを尊敬する。そんなようなものだ」

そう言ったのはまちがいだった。なぜなら、ブリジットはいきなり起きあがって、わたしを上から睨みつけたからだ。「それはやつらの本性ってだけだろ、アティカス、鮫はそれ以外なにも知らないじゃないか！　あたしらがいま話してんのは、金のために人を殺す女のことだよ！　なんでそんな女をまえに嫌悪せずにいられるのか――」

「ＩＲＡ支持派《プロ・ＩＲＡ》の口から出る言葉とは思えないな」

「あたしはＩＲＡ支持派だったことなんか一度もない。ずっと占領反対派《アンチ・オキュペーション》なだけだよ。イギリスに北アイルランドから出てってほしいと願ってるだけさ」

「賛同はしていないにしろ、きみだってテロリストの暴力を正当化してるじゃないか」

「占領された国家を自由にしようとすることと、金を受けとって人の頭に弾丸をぶちこむこととは、天と地ほどもかけ離れてるだろ」

「そうだな、目抜き通りに爆弾を投げて二十人もの罪のない歩行者を殺して、それは自由のための爆破なんだろ？　テロはテロだぞ、ブリジット。すくなくともドラマは自分のやってることに対して正直だ。彼女は化け物ではないし、そこまで彼女を貶めようとするのはまちがいだ」

「ドラマのやってることは、化け物と同じじゃないか」ブリジットは反論した。「当然、本人も化け物ってことさ。それに殺人は殺人だろ、金をもらっていようがいまいが」

「おれはドラマのしていることを容認するとは言ってない。たんに、それを遂行する際の能力を尊敬しているだけだ」

「へえ、あたしはそのふたつをあんたみたいに簡単に分けて考えることはできないね。反吐《へど》がでる。邪悪だよ。どうしようもなく腐ってる」

「おれにはきみが偽善者になってるように思えるな。理由にもとづいた殺しは許せるんだろ。だったら金を受けとってだれかを殺すのだって、ひとつの理由じゃないか。善良なものではないが、理由にはちがいない」

「あたしが偽善者だって？　あんたは殺し屋でもかばうボディーガードかもしんないけど、このあたしが偽善者だって？」ブリジットはベッドを降りてジーンズをひっぱりあげはじめた。「ざけんじゃないよ」

「ブリジット——」

「やめて、冗談じゃない、くそったれが」ジーンズのボタンを留め終え、怒りにまかせてベルトをひっぱり、きつく締めあげている。「あんたにそんなことは言わせないし、取り消してもらうよ。ドラマの行為を非難されるだけでかばおうとするくせに」

「かばうつもりなんかないさ」わたしは穏やかに言った。

「嘘だね」

なにも言い返さずにいると、ブリジットはTシャツの裾をジーンズのなかにおさめ、ドアをあけて出ていった。ドアを叩きつけたりはしなかった。キッチンでデイルがなにかあったのかと訊ねるのが聞こえたが、ブリジットの返事は聞こえてこない。わたしは天井を見据えていた。気が張りつめ、怒りがあとからあとからこみあげてきた。

わたしの見ているものがブリジットに見えないのはかまわなかった。見える人間は滅多にいないだろうし、見えると認める人間も少ないだろう。ムーアは絶対に認めないし、ナタリーも、コリーやデイルでさえも、ドラマに対する尊敬の気持ちを認めるとなれば二の足を踏んで当然だった。だが、問題はそこではない。

問題は、ブリジットがあれほどまでに尊敬と容認を同一視しようとしたがったことだ。あまりに短絡的に自分だけが道義的に王道を歩いていると決めこみ、わたしのとった道を下賤だとなじったことだ。

そこが頭にきたのであり、やがてその怒りがおさまったあと、わたしの傍らに残されたのは、フィラデルフィアにいたブリジットに電話をかけた、あの六日まえの夜と同じ感覚だった。のろのろと、だが高まりつつある破局の予感——できることはすべてやってみたし、ずいぶんまえから努力をはじめていたつもりだが、それでもわたしにはふたりのあいだに広がろうとしている新たな溝が見えていた。過去にあったものと同じほど、深く、暗く、不安に満ちた溝が。

朝の五時十五分にナタリーがわたしを起こした。

電話が鳴ったのは六時三分だった。

13

「サード・アヴェニューの〈スターバックス〉、あなたのアパートメントから二ブロックのところよ」ドラマは言った。「いちばん南の洗面所、シートカバーのディスペンサー、指示はそのなか。現在〇六〇四時。〇六〇九時まで与えるわ」

電話が切れた。

「急げ」そう言って、わたしは指示を復唱しはじめた。しゃべりながらTシャツを脱ぎ、それを手に持っているあいだにコリーが充電済みの無線をベルトに固定しはじめ、耳と手のひらにコードを這わせていく。ナタリーはデートのまえに服を着せてくれるように防弾チョッキを掲げ持ち、ムーアはわたしの右のパンツの裾を巻き上げると、スミス&ウェッソンをおさめたアンクル・ホルスターを装着してスナップを留めた。

「足で来いって?」ブリジットが訊いた。

「とりあえずは、そうだ。まだこのあとも指示があるらしい」

「こっちは車で行くよ。車両三台。トレーサーはつけてる?」

「けつに突っこんである」わたしは請けあった。

「ようやく認めたわね」そう言って、ナタリーは防弾チョッキの装着を手伝った。ナタリーが左側でベルクロを留めるあいだ、右側でコリーがしっかりと締めつけている。ふたりの作業が終わってシャツを着なおすと、ブリジットが上着をくれた。それを着るとすぐ、わたしのH&Kがデイルから手渡された。薬室に一発送ってから腰のホルスターにおさめたところで、腕時計をたしかめる。

「あと三分だ。連絡は入れるから」

ブリジットが通路をさえぎった。顔に疲労と緊張が見える。

「ゆうべはごめん」ブリジットは言った。「ストレスのせいだったんだ」

「おたがいにな」

ブリジットが頭を跳ねんばかりに動かして、もっとなにか言おうとしていたが、時間がなくてその言葉をあきらめた。コリーがわたしを小突く。

「行けよ」と急かされた。「ずっとそばについてるから」

「そうしてくれ」そう言ってドアから飛びだしたわたしは、可能なかぎりのスピードで階段を駆け降りた。

きょうこれからの空模様に対して着こみ過ぎだということを、即座にはっきり思い知らされた。湿度が上昇しつつあり、サード・アヴェニューに向かって東に走りだしたとたん、流れる汗を肌に感じた。八月初旬の空は煙草の灰の色をした上層の雲が厚く広がり、歩行者のなかには傘を持っている者もちらほら見える。ジーンズ、Tシャツ、ジャケットのほかに、わたしは腰にH＆K‐P7、くるぶしにスミス＆ウェッソン442を携行し、飛び出しナイフ、無線機、財布、携帯電話を所持していた。どれもしっかり体に固定してあるのはわかっているが、それでも足を踏みだすたびにがちゃがちゃいっている気がしてならなかった。

サード・アヴェニューの角でふたたび時計を確かめ、あと九十秒しかないのを見て、信号無視で車をかわしながら渡ろうとしたとたん、タクシーに轢き殺されかけ、危うくその場で大疾走に終止符を打たれるところだった。ドラマが見ているかどうかを知るすべはなく、本人であれ、代理を介してであれ、それ以外の監視手段を使ってであれ、見ている可能性があるなら、指示されたスケジュールに従うほかはなかった。タクシーによる轢死の危険を冒すくらい、きょうこれから先になにが待っているかを考えればとるにたりないことだろう。

〈スターバックス〉は店舗正面の改装中で、緑と黒に塗った足場が建物の前面から南側の角までぐるりと巡らせてあった。足場材のいたるところに貼られているチラシは、高級ジーンズもしくは夜通しパーティー三昧の拒食症的ライフスタイルのどちらかを宣伝しているものと、ガーデンとメドウランズの両州両会場で近日開催予定のわたしが聞いたことのないバンド——これもまた歳をとってきた徴《しるし》だろうか——のコンサートを宣伝しているものとの二種類に分かれている。コーヒー店の入口は二ヵ所あり、近いほうから入ったわたしはレストルームを探すあいだだけ足をとめ、その間《かん》に四組の客がばらばらのテーブルに座っているのを目に留めた。これまでじっさいにこの店に入ったことはなかった——コーヒーは大好きだが、〈スターバックス〉は好きではない。なんとなく畏縮してしまうのだ。

建物北東側の壁が凹部《アルコーブ》になっていて、そこにレストルームが二ヵ所あり、どちらもユニセックスと表示してあった。各ドア上部の表示を見るとレジ係から鍵をもらうように書いてあったが、ともかく南側にあたるドアのノブをひっぱってみた。鍵がかかっている。わたしは身を翻し、レジまで走ってもどった。白人の若いレジ係は、《プレイボーイ》の最新号を堂々とひらいている事実を、ややあからさまに周囲にひけらかしている。

「レストルームの鍵を」とわたしは言った。

「こちらでなにか飲まれます？」

「しょんべんがしたいのに、利尿剤を飲んでどうするんだ？　鍵をくれないのか？」

〝利尿剤〟などと言うべきではなかった。レジ係が混乱している。

「いちばんコーヒーらしいやつのラージサイズをひとつと鍵を頼む。まず鍵だ」

レジ係はうなずき、見ひらきページのモデル――ナチュラルブロンドではなかった――をチェックしてから鍵をとりだした。それを受けとってレストルームにとって返し、先にコーヒーの代金を、と叫ぶレジ係は無視した。

レストルームは空っぽだったが照明は点いており、なかは驚くほど広くて、ほぼ三メートル四方はあった。シートカバーのディスペンサーは便器の後ろの壁にとりつけられ、取り口から手を入れてなかを探ると、指先がなにか硬くて冷たいものの端にぶつかった。それを捕らえてひっぱりだすのにまた二秒かかり、見るとわたしはグローリー煙草の箱を握っていた。

箱のなかに、白い紙片が畳んで入れてあった。読むまえに時計に目をやると、残りあと五秒だった。

そのメモはどこかのレーザープリンターで打ちだされたようで、こう書かれていた――。


彼女をとりもどすことは可能です。

わたしの指示に、逸脱することなく従いなさい。

時間は厳守のこと。

このまま徒歩で三十四番ストリートまで北上し、そこから西へ。セヴンス・アヴェニューで北へ折れ、ウェスト三十五番へ。そのブロックの南側、セヴンスとエイスのあいだに、一九九九年モデルのリンカーン・コンチネンタルが見つかります。濃紺、NYライセンスH8X・ND4、キーレス・エントリー・コード44367 4。次の指示は運転席の下に。

現在〇六一〇時。

車には〇六三六時に到着すること。

期待に応えてね。


わたしはメモを畳んでポケットに突っこみ、屑籠に煙草の箱を捨てた。レジ係に鍵を返し、待ち受けていたカップ入りのコーヒーを無視して、外の往来にもどる。ブリジットのポルシェがすぐ外に、アイドリングのまま二重駐車していた。ブロックの少し向こうにデイルのヴァンも見える。ナタリーのアウディは見あたらなかったが、どこにいるにせよ、運転席にはムーアが座っているはずだ。

わたしは北に折れて、通りを早足で歩きだした。ドラマが指示しているのは、要はマンハッタン島を横断しろということで、それを徒歩で行けと命じているのだ。三十分あればなんとか目的地にはたどりつけるが、ウィンドウ・ショッピングしている暇はない。急がなければならなかった。

無線からコリーの声がした。「行き先は？」

「街の逆側へ移動させる気だ」と無線に答える。「ルートが指定され、徒歩で行くことも指定された。目的地はウェスト三十五番ストリート沿いのセヴンスとエイスのあいだで、次の指示を仕掛けた車がそこにある。西側に渡るのは三十四番ストリートを使う」

沈黙のあと、ブリジットの声が流れた。「そこならミッドタウン《M》・サウス《T》署《S》だよ。ＭＴＳに送りこむ気なんだ。なんだってマンハッタンでいちばん人の多いエリアに移そうってんだろう？」

「きみらをあぶりだして、援護の位置を特定しようとしてるんだ。おれのペースに合わせたら、西向きに渋滞を作ってしまう。おれより先に行けば、警察の正面をうろうろすることになり、注意を惹くのは避けられない」

「そしてそれは警察に警報を出したものと見なされるわけだ」ムーアが言った。「引き退がってきみひとりにまかせるか、何名かが車を降りて援護にあたるかだな」

わたしはすでに三十三番ストリートまでたどりつき、信号を守って歩行者の一団とともに横断しており、そのうちの何人かは、わたしがひとりごとを言っているのか、自分たちに話しかけているのか見極めようとしていた。「ロバート、車から降りるのは非常に危険な行為だと思うぞ、すくなくとも車内にいれば、ある程度は身を守ることができる。外をうろうろしはじめたら、ドラマは好きなように選んでそいつを排除していくだろう」

「われわれを排除しにかかると？」

「可能性はある」

「気に入らないね」ブリジットは言った。「あんたをひとりにして狙う気なんだ」

「いま三十四番に折れた」とわたし。「これから通りの北側に渡る」

「見つけたぞ」とデイル。

「あたしは迂回する」ブリジットは言った。「あんたより先に着くようにするよ。あんたが着くまで、ＭＴＳには近づかない」

「了解」そう答えて黙りこんだ。三十四番ストリートは歩行者の行き来で混みあいはじめ、レキシントン・アヴェニューを渡ろうとする集団がわたしを巻きこんでいく。信号でまた周囲を目視すると、ムーアの運転するナタリーのアウディがひとつ先で信号待ちをしており、デイルはその後方につこうとしていた。人々は大挙して通りに繰りだし、生活費を稼ぐ必要に迫られて早起きした人間の目的意識をきいきい響かせながら、男も女も一日を労働に費やそうと移動していく。

ヘラルド・スクエアまで来たとき、ムーアはわたしを視界にとどめようと速度を落としかけたが、それは失敗で、往来は狂乱の騒ぎに陥った。三十四番は東西間をつなぐ主要道路であるだけでなく、ここヘラルド・スクエアではアヴェニュー・オブ・ジ・アメリカズとさらにブロードウェイという、ふたつの南北軸に交わっているのだから最悪だった。普段からとにかく渋滞のひどい場所だが、わたしがメイシーズのまえに来た時点で、もしドラマが見ていたらまちがいなくアウディを目に留め、すなわちムーアの素性を見破っているのは疑いようがない状況になっていた。耳元にムーアの罵声が山ほど届けられ、やがてあきらめた彼は、デイルに追尾をまかせた。

セヴンス・アヴェニューにたどり着くころには、歩くのが脚にこたえ、汗が流れはじめていた。雲はひとつの塊となり、高い空を継ぎ目なく覆っている。三十五番ストリートに入ったところで、時計が午前六時三十六分を指していた。

その通りにはやたら警官がうようよしていた。出勤してきた者もいれば帰途につく者もおり、あるいはなんらかの局面に対応中の者もいるのだろう。道の両端を駐車中の車が埋めつくし、分署の建物はブロック北側のほぼ中央に、ステロイド漬けのホモ野郎《バンカー》（大きな箱の意味もある）のようにうずくまっていた。

パトカーは建物正面に斜めに並べられ、さらに通りを双方向に少し離れたところにも、縁石沿いに列をなして駐まっていた。分署入口のすぐ手前、通りの反対側にドラマの特定したリンカーンがあった。

「目的の車に到着した」わたしは無線に伝えた。

「了解」コリーが答え、即座にムーアとブリジットも同じ応答を繰り返した。

その車はいかにもといった風情をたたえ、リア・バンパーには点々と錆が浮いているし、運転席側前部のボディーには凹みまで備えていた。近づいていって窓からなかをのぞくと、ファーストフードの袋が散乱し、ビールの空き缶がフロアマットの上にいくつも踏み潰されて転がっていた。ライセンス・プレートは指示と合致し、登録ステッカーはまだ有効だ。わざわざダッシュボードの上に分署の駐車許可証が用意してあり、ラミネート加工した８×10インチのライムグリーンのその用紙にはＮＹＰＤの紋章が記され、〝制限付き駐車プレート〟の文字の下に〝ミッドタウン・サウス署〟と書かれていた。許可証の有効期限は年末までになっている。

車を開錠しながら、ひょっとするとわたしを爆破する気かもしれない、そのために選んだのだとしたらまたとない場所設定だ、と考えていた。だが、ロックのはずれる音以上にさしてドラマティックな反応もなく、車は暗証コードを受け入れて、無事にドアがひらいた。乗るまえにもういちど、通りの両側と前後左右を見渡したが、とくに目を引かれるようなものはなく、どうやらわたしのほうもひと目を引くに値はしないらしい。分署のまえで六、七人の制服警官が紙コップに入った飲み物を手に話しこんでいたが、だれひとりとしてこちらに注意を払う者はいなかった。

運転座席の下にはアメリカ自動車協会《トリプルA》のマンハッタン地図があり、ひろがらないようペーパークリップで留めてあった。ひらいてみると、はさんであった乗車カードと一枚の紙片が落ちてきた。


カードに一区間分の料金が残っています。

セヴンス・アヴェニュー角の地下鉄駅。

九番線南行きでフェリー・ターミナルへ――二輛目に乗ること。

現在〇六三八時。

与えられる時間は十八分。

そうそう……。

グラブ・コンパートメントをあけてみて。


前回同様、メモはタイプされていた。

メモを見つめ、グラブ・コンパートメントを見つめ、つかのま胃のなかで蝶の群れが暴れて羽ばたいた。

グラブ・コンパートメントに入っていたのはモトローラ社の黄色い安物のトランシーバーで、郊外生活をする家庭を対象に、庭仕事やプードルの散歩でだれかが家をあけてもたがいに連絡をとりあえる便利な手段として売られている種類のものだ。おもて面に貼りつけられたピンクのポストイットに指示があり、黒インクの大文字ブロック体で〝スイッチを入れて《ターン・ミー・オン》〟と書いてある。上部のアンテナ横に黒いつまみがあり、それをひねると、カチッという音のあとに短くきしるような雑音が入った。そして沈黙。

右手にそれを持って車を降り、セヴンス・アヴェニューに引き返す。「フェリー・ターミナルに行けと言ってる」わたしは無線に伝えた。「地下鉄を使って行けと」

「地下にもぐったら見失っちまうじゃないか」コリーが言った。「無線は役に立たないし、携帯もそうだ。追跡装置すら作動しない」

「おれの知ってることしかしゃべってないぞ」

「こっちは分散する。デイルとムーアとおれは迂回して陸路で渡る。ブリジット、フェリーに直行できるか？」

デイルがコリーの声に割ってはいった。「ちょっと待て。ドラマはフェリーに乗れと言ってきたのか？」

「ちがう」

「なら、向こうの目的はこちらを分散させることかもしれんぞ。おれたちを先にスタテン島から出しておいて、あんたを引き返させる気かもしれない」

「あり得るな」わたしは地下の駅につづく階段の降り口まできていた。階下《した》から金属レールを削る車輪の音が大きさを増しながら響いてくる。地下鉄が入ってくる音だ。

「みんな、おれはもう行く。悪いがそっちでなんとかしてくれ。可能になったらすぐ無線を送る」

「まちがいなく送ってよ」とブリジット。

階段を降りはじめたときはムーアが無線に入って、デイルにターミナルへの最良ルートを訊ねていたが、まもなく雑音に変わった。われわれの無線機、つまりベルトに装着されて手のひらと耳にコードでつながっているこの無線は業務用で、超極短波《UHF》を用い、中継局からの発信をニューヨーク五区全域で受信することができる。電波は強いが、マンハッタンの道路を下に突き破るのは不可能だ。そして、わたしの手のなかにあるモトローラはまた別物だった。こちらは超短波《VHF》を用い、電波はあまり強くないが、基本的に直線の視野方向における二点間システムで作動する。つまり、もしドラマがわたしに話しかけてくるつもりなら、比較的障害物のない状態でこちらを視界にとらえていなければならないということだ。

乗車カードにはちょうど料金分の額が残っており、わたしは改札の回転バーを抜けて閉まりかけた地下鉄のドアに飛びこんだ。手すりもなにもつかめないうちに動きだしたので、危うく正統派パンク野郎にぶつかりそうになった。そいつはブラックレザーの上下にスパイクのついた首輪、セックス・ピストルズの破れTシャツとめかしこみ、仕上げにパープルのモヒカンで決めていた。肩を持ちあげて体をかばいながら、睨むような目をこちらに向けたが、わたしの顔を見ると訝るような表情に変わった。

「知り合いだったっけか？」

「人類みな兄弟だからな」そう答えたのち、わたしはその車輛の後部にいって角に挟まるように立った。空席はひとつもなく、さらに次の駅でダウンタウンの職場に向かう通勤着の客がどっと乗りこんできた。ひとつでもたくさんの顔を見てやろうとしたが、その甲斐はなかった。車内にドラマがいたとしても、わたしには見えなかった。トランシーバーを耳にあてると雑音がし、かすかに信号音が聞こえた。ひとりかふたり、なにをやってるんだという顔で見る乗客がいたが、大半はまったくの無関心だった。

そのとき、ドラマの声が、はるか彼方からわたしの名を呼んだ。なんどもなんども、歌でも歌うかのように、まるでどこかの公園でブランコに乗ってわたしを囃したてている八歳の少女のように。

「――アティカスアティカスアティカス聞こえますか数秒しかありませんフェリーに乗ってジョン・F・ケネディへ出航は〇七〇〇時第二前甲板のはしごの横遅れずに遅れずにアティカスアティカス――」

そして雑音に変わり、また静かになった。

わたしはモトローラの電源を切った。電波は弱かった。車輛のなかからにしては弱すぎる。わたしは指定された車輛に乗っているから、そこから唯一考えられる線となると、ドラマはプラットホームに立っていたのではないだろうか。おそらく十四番ストリートの駅で、こちらが通過するときに送信したのだ。すなわち、向こうはフェリーに乗るつもりはないということであり、わたしがスタテン島に着くころにはどこにいても不思議はないというわけだった。ムーアやデイルやコリーやブリジットが、ドラマの発見にまにあう可能性はない。

ふと、すでに疲労を感じているのに、はじまってからまだ一時間と経っていないことに気づいて愕然とした。

せっかくこの時点までうまく恐怖を隠してきたのに、いまここで度を失ったりしたくないという思いに襲われた。

ドラマがわたしから援護を剝ぎとり、頼みの綱を奪いとろうとしているのだということに、わたしはもうなんの疑いも抱いていなかった。フェリーに乗れというメッセージが決定打であり、わたしを孤立させようとしている疑いようのない証拠だった。骨折り損よりもっと悪いが、こんなことをする意味があるとすれば、その理由はひとつだけだ。わたしを孤立させるためにこれだけの輪くぐりをさせ、その間《かん》アントニアを生かしつづけている理由はひとつしかなかった。

ドラマはトレードしたいのだ。アントニアの命とわたしの命を。

見つけたごみ箱にモトローラを捨て、猛ダッシュで駅の階段を地上へと駆け上がり、上がりきるころにはだれか応答してくれる者はいないか無線を試していた。ニューヨーク港を渡ろうとする車が三重の列を作り、フェリー・ターミナルの角を囲むようにして順番を待っていた。わたしは立ちどまって列を見渡し、見覚えのある車両を探した。

「だれか応答を」わたしは言った。「地上にあがった。いまからフェリーに乗る。だれか承認してくれ」

「あたしはそばにいるよ。もう乗船してる。一列目のまんなかあたりだ。そっちはどこ？」ブリジットの声だ。

その声を耳にして、安堵のあまりすぐには言葉も出てこなかった。

「アティカス？」

「乗船はこれからだ。船首側のセカンドデッキで指示を待つことになってる」

「探しにいこうか？」

わたしは迷った。たとえターミナルに先回りすることが可能だったとしても、乗船するようなリスクをドラマが冒すとは思えない。容易に退出できない場所にわざわざ入りこんでくるようなリスクを冒すはずがなかった。しかし、だからといって、この場を監視できないということにはならない。だれか、もしくはなにかが監視していないとはかぎらないのだ。

「いや」わたしはブリジットに言った。「距離を保ってくれ」

ブリジットは躊躇したのち、応答を返した。「了解」

フェリーの汽笛が鳴って、ちらほらと残っていた客が乗船を急ぎ、わたしもあとにつづいた。ブリジットと交信しながら通路を進み、片隅に押しやられた巨大な錨の横を通り過ぎて階段までくると、セカンドデッキのフロアに上がった。ベンチ席は先客でほぼ埋まり、船尾側の展望デッキを見やると、出港する船からマンハッタンを眺めようという早起きの旅行者が集まっている。

「ほかのみんなから応答がないのはなぜだ？」

「三分ほどまえから通じないんだ。シグナルロスなのか、バッテリーが切れたか」

「携帯電話は持ってるか？」

「あるよ」

「ナタリーに電話して、連絡があったかどうか訊いてくれ」

「わかった」

わたしは船首に向きなおり、両びらき扉をあけて展望デッキにでた。船はすでにターミナルを離れており、まったく動きだした気配を感じなかったのには驚いた。まえに移動して、船縁から下の海を見おろすと、波が小刻みにフェリーを叩いていた。海面から吹き上げてくる風は驚くほど冷たく、雲ははるか上空に昇っていた。空は海の色を灰色がかった緑に見せているが、スタテン島への視界は良好だった。右舷側に自由の女神が、落ち着いた厳しい面持ちで荘厳に聳え立ち、その姿は水先案内人というより、わたしには水門の守護者であるように思われた。

振り向くと、日除けの下、主船室につづく壁に、ドラマの指示したはしごが見えた。そばに案内標識があり、その上は立ち入り禁止であることが表示されている。日除けには、頭上で交差する支柱の上にはさむようにして古いライフジャケットが押しこんであったが、保安色のオレンジはすっかり褪せて、見た目で判断するかぎり、命を預ける気には到底なれない代物だった。消えかけた塗料で、緊急時のみ使用することと記されている。

わたしははしごに歩み寄り、ふたたび対峙する肚《はら》を決めて、その正面に立った。風の音とカモメの鳴き声を聞きながら待つ。船尾にいた旅行者の集団がまえに移動してきて、わたしの右側からあらわれ、写真を撮っては片言の英語と流暢なドイツ語でしゃべっていた。

無線から雑音が響き、コリーの声が聞こえた。「応答せよ、応答せよ、だれか聞こ

える か？」

「いままでどこにいたんだ？」

「どこかの中継局でなにかトラブルがあって、マンハッタン島を出たところで交信不能になった。現在の感度は？」

「完全《ファイブ》に聞こえる《・バイ・ファイブ》」わたしは言った。「ムーアはどこだ？」

「ここにいるぞ」とロバートが言った。

「いまフェリーに乗ってる」わたしは言った。

「聞いたよ」とコリー。「ブリジットがナタリーに現況報告を入れたんだ。こちらからも状況を知らせに電話連絡をしてた。次はどこかわかったか？」

「スタテン島ということしかわからない。まだ聞いてない」

「こちらはやっとブルックリンに入るところだ。橋の渋滞で死にそうだった。ヴェラザノを渡れるかどうかやってみる。情報を頼むぞ。交信終了」

「交信終了」わたしは言った。左舷側を見やると、ブルックリンとスタテン島を結んで延々とのびているヴェラザノ・ナロウズ橋が見えた。あそこにコリーらがたどり着くまでに最低でも一十分はかかるはずで、そのころには船はセント・ジョージ・フェリー・ターミナルに着岸している。その次になにが起こるかによって、全員が集結することになるか、遠く離れ離れになるかが決まってくる。

旅行者たちは寒すぎると思ったのかキャビンにもどり、入れ替わりにブリジットが、バイカージャケットのジッパーを引きあげながら外のデッキにあらわれた。サングラスをはめ、手すりに歩み寄って身を乗りだした彼女は、百八十五センチある身長の上半分を下段デッキの上空に揺らめかせて海から吹き上げる風に髪を踊らせた。ポーズなのはわかっている。まもなく手すりを押しやったブリジットは、ポケットに手を突っこんだ。アルトイズだろうと思ったが、出てきたのはチェリー味のライフ・セイヴァーズで、それをいくつも口に放りこみはじめた。

なにかがビーッと鳴っている。無線機からではなく、すぐそばでポケベルが鳴っているのであり、でも見るかぎりすぐそばにポケベルを持った人間はいない、と気づくまで数秒かかった。イヤピースをはめていては音の出所を特定することができず、ひっぱってはずしてから耳を澄ませ、そして上を見あげた。

一着のライフジャケットが、ポケベルでわたしを呼びだしていた。手をのばしてみたがなにも触れることができず、はしごの助けを借りて二段目でまた手をのばした。それは上階のデッキにつづく開口部のすぐ脇、いちばん奥のライフジャケットの上に載せてあった。引き抜いて降ろし、手に持って見ると黒い新品のポケットベルで、側面に液晶の英数字表示部があった。

転げるようにはしごから降りたわたしは、呼出音を切り、側面のボタンを操作してメッセージをスクロールした。

BLACKVWPASSAT……NJNADGAR……KEEPWATCHING THISSPACE……

（黒のVWパサート……ニュージャージーNADGAR……監視継続中）

ふたたび目を上げると、肩先にブリジットがいて、船首の先にはセント・ジョージ・フェリー・ターミナルが大きく浮かびあがっていた。

「全部読んだか？」わたしは訊いた。

「ああ。ターミナルを出るとき、あたしが後ろにいるのを確認してよ」

「離れてろ。ドラマは見てるんだ。もし計画の邪魔になると思ったら、きみになにか仕掛けてくる」

ブリジットは安心させるようににっこり笑い、下の車両スペースへ先導しろと身振りで示した。階段を降りながら無線でコリーとムーアに連絡をとり、まもなく情報を入手するから待機せよと伝える。そのフォルクスワーゲンを探すあいだも、ブリジットは退がっていろというのも聞かずにそばを離れず、ようやく車が見つかったのはターミナルに着岸する直前だった。停めてあった場所を見たとたん、四方の壁にブリジットの罵声が反響した。

「糞女、糞女、糞女、糞女、糞女!」ブリジットが怒鳴り、パサートをしたたかに蹴り飛ばした。

その車は三番目の列の最後尾にあった。ブリジットのポルシェは数台前方に停まっており、これだけ隙間無く詰まっていると、ターミナルを出る際にブリジットがこちらの後ろにつくことは不可能だ。こうなったらブリジットはできるかぎり早く外に出てから引き返し、こちらがいなくなるまえに見つけられるよう祈るほかはなかった。

フェリーが穏やかな衝撃とともにスタテン島に着岸し、ブリジットは一度かぶりを振ってポルシェへと走っていった。パサートのドアに手をかけてみると、もちろん鍵はあいていた。キーを探して、イグニションやグラブ・コンパートメントをあらためるのに数秒かかったが、まもなく助手席のサンバイザーとルーフの隙間に挟んであるのが見つかった。

エンジンをかけると同時に、ポケベルが鳴りだした。

DIRECTIONSUNDERFLOORMAT

(指示はフロアマットの下)

体を折り曲げてフロアマットをめくると畳んだ紙があった。なかはこれまでと同じフォントでタイプされている。読もうと思うと、またポケベルが鳴った。

SHEKEEPSHERDISTANCEORSHEGETSHURT

（離れていないと彼女は怪我をする）

車両の列が下船をはじめていた。膝にポケベルを落として車のギアを入れ、まえに詰めてから左手の交信ボタンを叩く。

「ブリジット、悪いが退がっててくれ」

「冗談じゃない」

「またメッセージがきた。いまドラマがきみを脅してる」

「好きに言わせとさな」

「おい待て」コリーが言った。「ドラマがいまなにしたって？」

「ドラマからいま、ブリジットを退がらせるよう警告がきた」わたしは言った。「ポケベルにメッセージが入ってくるんだ」

「だったらブリジットをさっさと退がらせろ」ムーアが語気を荒らげて言った。「ドラマを苛立たせたら、ウェンディが命を落とすことになりかねない」

「そいつはウェンディがまだ生きてたらの話だろ」ブリジットがかっとなって言い返す。「いまの時点じゃウェンディはあたしの最優先事項じゃないんだよ」

また交信ボタンを押し下げ、ムーアに返事をする暇を与えないうちに割って入った。「やめろ、もういい！ いまこの瞬間から交信を停止する。おれから次に流すまで、無線上ではだれもなにも話すな、わかったか？」

耳に届いたのは沈黙だった。交差点の信号が青に変わったが、ブリジットのポルシェは動かない。

「了解」コリーが言った。

「了解」ムーアが言った。

ポルシェの後ろに並んだ車が一斉にクラクションを鳴らしはじめる。

「了解すりゃいいんだろ」ブリジットが言い、急にクラッチをつないだのか、ポルシェは白煙とタイヤのきしりとともに交差点をつんざくように飛びだしていった。そのまま左に思いきり急カーブを切ったが、911は路面に吸いついて持ちこたえ、すぐ脇のガソリンスタンド〈BPステーション〉の駐車スペースに急ブレーキをかけながらおさまった。

パサートのほうはオートマチック車で、わたしは少しずつ隙間を詰めて前進していたが、信号が赤に変わると車の列の動きが停まった。そのあいだにもういちど指示を読みなおす。ざっと読んだだけでは次の行き先がどこであるか皆目わからなかった。それまでの指示と違って今回のものは信じがたいほど曖昧であり、同時に威圧的な感じがした。

紙には従うべきステップが二十九項目に分けて記されており、東西南北ではなく、距離と相対的な方向によって指示が記されている。二十九番目の指示は〝車を降りて、ポケベルに返事を〟と、それだけだった。ドラマは紙面のいちばん下に、〝時間を無駄にしないように〟とタイプしていた。

信号が青に変わり、前方の車が動きだした。わたしは左に曲がりながら、ふたたび送信機を作動させた。

「いま動きだした。ターミナルを出て、ベイ・ストリートに折れようとしている。ドラマがどこに向かわせようとしているのか、まるで見当がつかない。場所を特定しようにも方位の指示がなく、右に折れろ左に折れろというものばかりなんだ」

「くそっ」とコリーがつぶやいた。

「それで決まりだね」ブリジットは言った。「行き先がはっきりするまであたしはくっついていく。だれか異論のある者は？」

「いいや」とコリー。

ムーアからはなんの応答もなかった。

「車が見えないところまで離れてろ」わたしは言った。「わかり次第ストリートの名前を逐一知らせるから、距離を置いて追ってくれ。コリー？」

「聞いてるよ」

「地図を持ってるか？」

「ハグストロームの六十三ページをあけてるぞ、ベイビー」

「よし、そこにおれの位置を書きこんでいってくれ。行き先がどこなのか、あたりをつけられるかもしれん」

「了解だ。だが、残念ながらこっちはかなり遅れてる。もしなにかあっても、まにあうように距離を詰めるのは無理かもしれない」

「どのくらい離れてる？」

「デイルの運転をもってしても、ヴェラザノに差し掛かるまでにおそらくあと十五分はかかる。朝の渋滞ラッシュなんだ」

「心配要らないよ」ブリジットが言った。「あんたの後ろはあたしが守る」

フェリーを出てから指示どおりに運転してヴィクトリー・ブルヴァードに入り、色のない空のせいでいっそう薄汚れて見える寂れた家並みを通り過ごしながら、すでに五キロほど走っていた。パサートのエアコンは壊れているのか、わたしが使い方を理解していないのか、車内の空気は重くよどんでいた。シルバー・レイク・パークまできたところで窓をあけ、新鮮な空気への渇望とひきかえに密閉された車内の安全をあきらめた。

シルバー・レイク・パークの真向かいに現代建築のグロテスクな記念碑が聳え立ち、そのアパートメント・ビルの一群は、異国の地に建設された米国陸軍の掩蓋陣地を一手に担っていたのと同じ建設会社が建てたもののように思われた。指示ではそこからさらに二・一キロ進んで曲がれとあり、やがて右手にシルバー・マウント墓地を眺める小さな丘の頂上に差し掛かったとき、一瞬、リアビュー・ミラーにポルシェの姿が映った。

「まだ近すぎるぞ。もっと離れててくれ」

「じゅうぶん離れてるよ」ブリジットが言う。

「最低でも半キロはあけろ。できればもっとだ」

ブリジットの唸るような声が、苦々しく耳に響く。

次の左折地点が近づき、オドメーターで距離的にも正しいことを確認すると、わたしは左折表示を出した。「左折してクローヴ・ロードに入る。現在ほぼ南方向ないしわずかに南東に向かって進んでいる」

ブリジットから無線で承認が返される。コリーの返事ももどってきたが、混信が多くて復唱を要求しなければならなかった。

「おれたちのほうに向かってきてる感じだな、って言ったんだ」

「この状態がつづくのを祈ろう」わたしは言った。

クローヴ・ロードの交通量はヴィクトリー・ブルヴァードより多く、一キロ近く走ってから次の信号に停まって方向を確認した。現在はステップ十一であり、次の左折地点までもう百五十メートルほどのところに近づいていた。信号を越えた先を見ると、スタテン・アイランド高速道路の周囲には立体交差が建設されており、わたしの選択肢はどうやらふたつあるようだった——信号を抜けたらすぐに左折するか、そのまま高速を乗り越えてそこで左折するか。オドメーターはたいして助けにならなかった。

信号が変わり、気弱に行くことにしたわたしは、そのまま左折してナロウズ・ロードに乗り、その判断を無線で仲間に伝えた。全員から承認の応答があった。

ステップ十二の指示は、一・三八キロ前進してから右折となっている。後ろから、黒いカマロがクラクションに突っ伏す勢いで存在を知らしめてきた。自分が小さなお婆ちゃんのような運転をしているのは承知しているが、それ以上速度を速めるのは気が進まないので、わたしは無視した。オドメーターがかちりと音をたててあと十メートルの位置にきたことを示しても、まだ右折するような道は見えてこない。追い越しをかけようとまわりこんできたカマロは、まえがトラックで塞がれてるのを見てさらにクラクションを鳴らしている。オドメーターが次の一回転を終えようとしたところで、ついに右折できる道が見えた。リッチモンド・ロードに折れる交通量の多い交差点だ。

「右折してリッチモンドに入る」と無線に伝えた。もしあの時点でミスを犯し、ナロウズに折れたところで道をまちがえていたとしたら、こんな情報はどれもなんの役にも立たないことになってしまう。

了解の応答が返されたが、こんどもコリーとムーアの音声は雑音にまぎれてしまった。

ステップ十三は、そのまま三・八キロ走ったのちに左に折れる、だった。リッチモンドに折れた時点でカマロも追い越していき、わたしはオドメーターから極力目を離さないように運転した。この道がまちがっていたら大変なことになり、ナロウズまで引き返してもういちどやり直さなければならないのだ。それも、簡単に引き返せるような道ではない――リッチモンドもナロウズも交通量が多く、刻々と時間が経過するにつれ、さらに大勢の人間が家を出て職場に向かおうとしていた。パサートにはラジオチューナーとＣＤプレーヤーの一体デッキが備えてあり、付属のデジタル時計があと四分で午前八時になると告げていた。

三・八キロのうち三キロを超えたところで、リッチモンドが奇妙にねじれて左にそれはじめ、別の道路と合流したが、目を凝らしても道の名前が変わったかどうかを知らせる標識はどこにも見つけられなかった。右手の方向には手入れの行き届いた大規模なゴルフ場が見えるが、その名称を教えてくれるものもなかった。

「リッチモンドからそれたと思う」と無線に伝える。「いま右手にゴルフ場があるんだが、コースの名前がわからない」

雑音の嵐のあと、コリーの声がぶつ切りの不完全な単語として入ってきた。〝リッチモンド〟と〝クラブ〟だけは聞こえたが、それ以外は意味不明だった。

「コリー、通信が途切れそうだぞ。いま最高でも時々聞こえる程度《ファイブ・バイ・ツー》だ。聞こえるか？」

また雑音がして、こんどは一言も聞きとれなかった。

ドラマがやっているはずはない、とわたしは思った。よほどそばにいないかぎり、こんなふうに電波を妨害することはできないはずだ。

「ブリジット？」

「いるよ」

「コリーとムーアはデッドゾーンに入ったに違いない」

「橋の上じゃないかな、信号を吸収しちまうことがある。まだあたしがいるから心配いらないよ」

「もうすぐ次の右折地点にくる。ステップ十四、ここだ……」わたしはブレーキを踏んで路肩に停止し、ドラマが向かわせようとしている場所を見つめた。念のために指示書とオドメーターをもういちど見て確認する。

「アティカス？」

またしてもわたしは、いま起こっているあらゆる事態にもかかわらず、その技量に感嘆せずにはいられなかった。ドラマは完璧な場所を選んでいた。部外者の目を遠ざけておくに足る程度に隔離され、こちらの存在が疑いを呼ばない程度に公共性のある場所。大きくひらけた場所があり、道路脇にのびている石壁の向こうに木々の梢《こずえ》がのぞいているのが見え、それはすなわち周辺に遮蔽物があることを意味していた。

「アティカス、応答しなってば」ブリジットの声が棘を帯びる。

ふたたびギアをドライブに入れて前進し、指示書に示されているとおりに右へ曲がった。

「墓地だ」とわたしは言った。

14

ステップ十五から二十九まではあっというまで、手入れされた敷地内を曲がりくねってのびる細い道路に沿って、次から次へ百メートル刻みで左折と右折が繰り返されていった。入口にしつらえられた重厚な鍛鉄の門扉を抜けると、その先に広々とした砂利の半円がつづき、少し細くなったいくつもの道が、壊れたタイヤから突きだすスポークのように放射状に延びていた。左手には事務所の建物とくすんだ陰鬱な白に塗られたチャペルが見える。墓地は不規則に広がっており、整備された丘や谷の一帯に、芝や高低とりどりの何百という木々とともに区画がちりばめられており、ある一画などは浅い池に小さな橋が架かって、噴水が扇形の水を宙に噴きあげていた。まるで絵画だ。大半の道は無名だったが、いくつか名前のついた道もあった――モルダヴィア、センテニアル、レストレイション。

麗しいことこのうえない。

ステップ二十八にしたがって、丘の斜面で木立の蔭に建っている大理石造りの霊廟のそばに車を停めた。入口からすくなくとも八百メートルは離れており、いま見てきた建物や池は、敷地一帯に広がる豊かな緑や記念碑の背後にすべて隠れていた。わたしはエンジンを切り、サイドブレーキを引いた。いつのまにか出てきた風が、周囲の木の葉を振るわせている。あいた窓から聞こえる音はそれだけだった。ほかにだれかがいる気配はなく、墓に参る人の姿も管理人の姿もどこにも見えなかった。

わたしが車を降りると、ポケベルが鳴りはじめた。

BENCHBEHINDMAUSOLEUM……HAVEASEAT……HURRY……

（霊廟裏のベンチ……座って……早く……）

「いま車を降りた」わたしは無線に伝えた。「グリフィスと記された霊廟の裏手にまわる」

「待った！」ブリジットが制止する。「まだ着いてないんだ、車にもどって！　あたしを待つんだ！　いま行くから！」

「向こうはおれが着いたのを知ってる」わたしは言った。「どうすることもできない」

「もうすぐ入口なんだ、すぐ追いつくよ、あと一分もかからないから、とにかく待ってろって、畜生！」

「無理だ」わたしは言った。

霊廟を背にして置かれた小さな石造りのベンチが、斜面に沿って並んだ墓石の列を見下ろしていた。そこに腰を降ろしかけたとたん、またポケベルが鳴った。

2NDONTHERIGHT

（右側二番目）

御影石に刻まれた文字列が意味を成すまで半秒かかり、突然はじけた恐怖の、あまりの激しさと濃密さに呼吸を奪われかけ、危うくその場に倒れこみそうになった。耳のなかでブリジットがやめろ、待て、と怒鳴り、もうゲートを過ぎた、車を停める、降りる、と言っている。

墓石に刻まれた苗字はローガンだった。

わたしは送信機のボタンを押した。「ここから出ろ」

「馬鹿野郎、いまそっちに――」そしてブリジットが悲鳴をあげ、これまでその口から発せられることなど一度としてなかったはずの、恐怖と驚愕がないまぜになったその声があまりに大きくあまりに意外で、とっさにわたしは頭をねじって悲鳴から逃れようとしていた。ブリジットは無線をつないだままで、この耳にガラスの割れる音と遠くで紙袋が破裂するような音が聞こえ、わたしは立ち上がり、身を翻して走ろうと、ブリジットのもとに駆けつけようとしていたが、手のなかのポケベルもまた悲鳴をあげていた。

「——撃たれてガラスをやられた。どこから飛んできたかわからない」

「車から出るな、頭を下げてろ！」

「ほかにどうしようもないよ」

わたしはポケベルを黙らせ、メッセージを読んだ。震える手でボタンを押して液晶表示をスクロールしていく。

NEXT1INHERHEAD……MAKEHERGOAWAY……60SECONDS

（次の一発は彼女の頭に……追い払え……六十秒）

「ブリジット」

「あの女が見つからないんだ、アティカス」

「きみはここを出るしかない」

一瞬の間《ま》のあと、ブリジットが静かに訊ねた。「なんて言ってる？」

45SECONDS

（四十五秒）


「頭を狙う気だ。あと四十五秒しかない」

「そう」なにかさほど興味のないことを言われたときのような返事だった。

「出ていくしかない」わたしは繰り返した。

「コリーもデイルもムーアも、みんなまだ来ないし、無線にも応答しないし、あたしが行っちゃったらあんたは……」

「殺されるぞ」

「アティカス」

「行くんだ、時間がない」

過ぎていく一秒一秒が、ブリジットの命に狙いを定めていく。

わたしはもういちど言った。怒鳴った。「行くんだ！」

そしてブリジットが言った。「わかった」

木立の合間を抜けて、再発進するポルシェの唸りが聞こえた。目を閉じて、銃声が聞こえないか耳を澄ませる。

またポケベルが鳴った。

LOSETHERADIO+PHONE……REACHUNDERBENCH……
（無線と電話をはずして……ベンチの下を探れ）

ポケベルをベンチに載せ、ベルトから無線を引き抜いてスイッチをオフにした。接続をはずし、袖の内側とシャツの下からコードを抜きとる。まとめてベンチに置き、その上に電源を切った携帯電話を重ねた。四つん這いになってベンチの下をのぞきこむと、透明なビニール袋が御影石にダクトテープで留めてあった。袋の中は三本セットになった鍵束と、プリントアウトして帯状に小さく切った、さらなる紙片だった。

斜面をのぼりなさい。フォード・エスコート。エンジンをかけて。ポケベルは置いていくこと。

その車は前年モデルの中古であり、色は黒で、ちょうど斜面の縁で視界から隠れる位置に停まっていた。一本の鍵でドアがひらき、同じ鍵でエンジンもかかった。電源が入るとカセットプレーヤーからカチリと音がし、ドラマの声が車内を満たした。
「ギアをドライブに入れて。三十キロまでアクセルを踏んで。道なりに進み、ふたつ目を右へ。どうぞはじめて」

このエスコートもオートマチック車だった。ドラマが沈黙すると同時に動きだし、ふたつ目の角を右折すると、曲がったとたんにふたたびドラマが話しだした。

「タイミングは絶対的なものだと思っていてね。遅れは許されないの。あなたのことは監視してるわ。五十キロまで加速を」

まだ墓地の敷地内であり、細いままの道がアップダウンを繰り返しているので、時速五十キロとなるとわたしには十キロ以上出し過ぎの感があった。長い下り坂の終わりにカーブがあり、わたしはブレーキに足を移した。

「速度を緩めないで」ドラマが警告した。

アクセルに足をもどすには努力を要した。エスコートの車体はカーブに来ると沈みこみ、タイヤが軽くきしんだ。

「ひとつ目を左折し、あとはまっすぐ。ゲートまでは八十キロに加速を」

墓地の外縁部と通用口が視界に入ってきた。ゲートはひらいている。近づくにつれ速度を落としていくと、ドラマの声が左折して車の流れに乗るよう指示を出した。最初の信号でまた右折を命じられ、そのあとさらに三ブロック進んだところで、次は左折だった。

「高速道路に乗って、いまからブルックリンに向かうわ」ドラマは言った。「混んでいるはずだから、時間がかかってもかまわない。まだ丸一日あるのよ、そうでしょう？　橋を渡る際にファー・ロッカウェイのすばらしい海岸風景を見逃さないようにね」

ドラマの音声は穏やかで自信に満ち、非常に会話的だった。アクセントはやはり中部大西洋岸のものだったが、〝ブルックリン〟や〝ロッカウェイ〟と言うときに、ほとんど気づかない程度だが、Rを巻いて発音していた。

「音楽でもかけましょうか？」

ドラマの声が消えていき、ビートルズの歌う《マジカル・ミステリー・ツアー》が車内を満たした。

「古い曲が好きなのよ」とドラマ。

「黙っててくれ」とわたしは言い、その言葉が口から出たあとに、相手の返事を期待していたことに気がついた。

返事はなかった。

ヴェラザノ橋に差し掛かると同時に音楽がフェードアウトした。

「ブルックリンに入ったら渋滞はひどくなるから、わからなくなったり遅れをとったときには、自由にテープを停止したり巻きもどしたりしてもらってかまわないわ。目的地に着いてもらいたいし、ちゃんと着くだろうとも思ってる。これであなたはひとりになったわけだから、少しゆっくりといろんなことを整理する時間ができたわね。

とても信用なんてする気になれないのはわかってるけど、わたしの指示に従い、わたしに言われたとおりにしていれば、彼女は無事にとりもどせるわ。そうしなければどうなるかは、言わずにおきましょう。

わたしがいまどこにいるのか気になっているのよね。その答えはもうすぐ明かされるわ。彼女のことも気になっているはず。そちらの答えも同じくもうすぐよ。そして当然のことながら、どうやったら仲間と連絡をとれるかあれこれ考えているんでしょう。たとえば、思いきって公衆電話のそばに車を停めて大急ぎで電話してみたらどうだろうか、なんて。わたしが、できない、と言うときは、信じたほうがいいわ。現在もあなたを監視してるのよ、アティカス。もし、こちらが選んだ目的地以外の場所で停まることがあったら……」

スピーカーから銃声といかにもとってつけたような悲鳴が、どちらも効果音としか考えられないクリアな音で聞こえてきた。

「これでおたがいに理解できたと思うわ。最後にもう一点だけ言っておくわね。なにが起こっていると思っているにしろ、あなたの読みはまちがっている。

これで考えることがひとつできたでしょう。

ヴェラザノを降りて九十二番ストリートに入ってちょうだい。信号で左折し……」

目的地への到達には午前十時三分までかかった。ドラマは正しかった――道は渋滞し、迷わないようテープを四回も止めなければならないほどだった。ブルックリン市街を走っている途中でＮＹＰＤの車を二度ほど見かけ、そのたびに注意を喚起してみたものかどうか一瞬迷ったが、二度とも思いなおした。ドラマがどのように見張っているのかがわからないのだ――車内に追跡機があるのかもしれないし、マイクや、ひょっとしたらカメラでライブ映像を送っているのかもしれない――とにかく見られていることには確信があった。独特の奇妙なかたちではあるが、われわれのあいだには信用の取引が成立していた――ドラマはわたしなら馬鹿げた行動には出ないはずだと信用しており、わたしはドラマなら言ったことを守ると信用しているのだ。

だが、ずいぶん不公平な取引に思えてならなかった。

指示にしたがってベイ・リッジを抜け、そこから北上してグリーンウッド墓地を過ぎ、パークスロープの洒落た居住区に入った。ドラマは幹線道路を避けさせようとし、なんどか右折や左折を繰り返させることで、来た道をもどらせたり、完全円を描かせることさえした。気分のいいものではなかった――すでに仲間から分離することに成功しているのだから、尾行の有無を確かめる必要などさらさらないはずなのだが。

ようやく指示がよりストレートなものに変わり、プロスペクト・ハイツを抜けてまっすぐ東へフラットブッシュ・アヴェニューを横切り、そこから南向きにふたたびプロスペクト・パークを通過して、そこではじめてドラマが自分をどこへ連れて行こうとしているかに気がついた。以前ブルックリンのこの界隈を訪れたときはナタリーが運転を担当し、その道のりの最後にわれわれはレイモンド・モウジャーという男の死体を発見した。モウジャーはナタリーの父親のもとで雇われ、ピューを守る警護班の一員だったが、のちにわたしが本人に雇われて役を交替することになった。名声ばかり追いかける、警護者としては最悪の男だった。ドラマはそいつを騙してわれわれの警護態勢にアクセスするために利用し、用が済んだら、その息の根を止めることでほつれをとめた。

あれから一年以上が経ったいま、わたしはふたたびモウジャーのアパートメントの外に車を停めようとしていた。建物は前回見たときから整形手術を受けたようで、化膿した傷口の色をしたレンガの外壁と木の縁どりは塗りなおしてあった。一階と二階の部屋の窓の外にはフラワーボックスがずらりと並び、どれもきちんと世話をしてもらって大切にされているようだ。ここの住人は自分たちの住まいに誇りを持ちはじめたのだろう。

カセットは終了すると自動的に裏面にひっくり返った。スピーカーからは磁気テープをこする音以外なにも聞こえてこなかった。わたしはエンジンを切ると、三本の鍵を手に持って車を降りた。エスコートの鍵のほかにまだ二本の鍵が残っている。そのうちの一本で建物の正面入口がひらき、最後の一本は、かつてモウジャーの住んでいた三階の部屋のドアに合致した。静かに鍵をまわし、ボルトの抜けるカチリという音を聞く。なかの廊下はがらんとして静かだった。

ノブをゆっくりまわし、ラッチが受けにもどってしまわない程度にわずかにドアを押しあけた。それから鍵束をポケットにしまい、くるぶしからリボルバーを抜き、腰からH&Kを抜いて、吸えるだけの酸素で肺を満たした。肩をドアにあてがって押しやり、体を屈めながら敷居をまたいで、弾丸をぶちこんでしかるべきものはないかと探しながらなかに入る。

なにもなかった。

数秒間耳を澄ましていたが、ばかばかしいほど苦労している自分の呼吸の音以外はなにも聞こえなかった。体をまっすぐ起こし、片足でふたたびドアを閉める。

モウジャーがここで死んだとき、広くはないアパートメントながら家具は置いてあった。壁付けの折り畳み式ベッドがあり、大画面のテレビがあり、本棚があり、壁にはエロティックなポスターもかかっていた。

いまのここはがらんどうだ。明かりといえば奥の壁の窓から漏れてくる光しかなかった。ベッドも折り畳まれ、その取っ手にメモがテープで留められていた。とりあえずわたしは、メモを無視しておくことにした。

バスルームは右手側の壁沿いにあり、同じ側のさらに奥まった位置にクロゼットがあった。どちらもドアはあいていた。わたしは壁に張りつくようにしてそちらへ進み、それぞれのドアからなかをのぞいた。どちらも空っぽだった。バスルームにはトイレットペーパーの一巻きすらなかった。

わたしはホルスターに二挺の拳銃をおさめながら、メモを読んだ。

そっと引いて

胃のなかで、また蝶どもが暴れだした。

ここにもブービー・トラップの可能性が示唆されている。いや、また死体かもしれない。そうだ、そのほうがドラマのひねくれたセンスにうったえるだろう。

途方もなく気が進まないのを押して、ベッドを引きだしてみると、清潔な白いシーツとオリーブドラブの陸軍払い下げ毛布をかけたそれはきちんと整えられていた。ぽつんと置かれた枕の下に、またメモがはさまれている。

くつろいで
　メモを握り潰し、通りを見下ろす窓に歩み寄った。

　エスコートが消えている。

　わたしはなにをしたものか考え、もしドラマがここで待機させたいのなら、望むところだと思った。コリーがショーツに縫いつけた追跡機がいまもまだ作動してくれているとすれば、一ヵ所に少しでも長くとどまっているほうが、こちらの位置を早く見つけてもらうことができる。墓地を出たブリジットが、あの後もしムーアやデイルやコリーを無線に呼びだすことができないままだったとしても、ナタリーには電話を入れているはずで、ナタリーがなんらかの方法でほかのメンバーと連絡をとっているはずだった。わたしの自宅にいるナタリーと、デイルのヴァンの後部に乗ったコリーがいれば、こちらの居場所を見つけてもらうことができる。

　ただ、時間はかかるにちがいなかった。

　ベッドの端に腰掛けて、すこしでも肩の緊張をほぐそうと首をまわした。防弾チョッキが胴を締めつけ、そこに意識のおよぶ余裕ができたとたんに、ひどく不快に感じられた。口が渇いて、喉がからからになっていると気づく。そういえば朝からコーヒー以外なにも飲んでおらず、この湿度と緊張とさんざん走りまわったせいで、脱水症になりかけていた。

冷蔵庫をあけるとゲータレードのスポーツボトルがあり、もう一本、グリーンランドの氷河を溶かしたクリスタル・ピュアな水だとラベルに謳ってある大げさな飲料水があった。最上段の奥の隅にはベーキング・ソーダの箱も入っている。冷蔵庫の扉を閉め、かわりにシンクの蛇口をひねって両手一杯の水を飲んでから、水をとめた。Tシャツで手を拭いていると、ドアにノックの音がした。H&Kに手をのばし、壁に背中をつけて、成人男子の平均的体格でちょうど理想的に胸の中央に弾がくるよう狙いを定めた。

さらにドアが叩かれる。

「ミスタ・コディアック？　なかに入るぞ。頼むから怪我をさせんでくれよ」

声は男のもので、訛りがあった。ロシア人か。いや、ウクライナ人かもしれない。なにも答えずにいると、ノブがまわされて大きくドアがひらかれた。部屋に足を踏み入れた男は、平均的体格どころではなかった。ブリジットでも目を合わせるには見上げなければならないほどの大男で、小石のような小さく鋭い目が、幅広の顔に奥まって離れ気味についている。鼻は平たく、傷跡が鼻梁にそって盛り上がった線を描き、尖った黒い山羊髭が口のかたちを決めると同時に強調していた。頭はここ数週間のあいだに剃りあげたらしく、頭蓋の丸みに沿って突きだしたごく短い髪のせいで頭頭部に墨の粉を塗りたくったように見える。三十代のなかばか、少し上あたりだろうか、男は両の手のひらを外に向けて腰のあたりに軽く広げ、なにも持っていないことを示しながら、ごく気軽な様子でドアから入ってきた。黒のジーンズにワークブーツを履き、腰のあたりまである薄手のレザージャケットはジッパーを降ろして羽織っている。Tシャツには、大きな犬にはちょっかいを出さないほうが身のためだと、警告が書いてあった。

わたしは男の頭が見えるよう、視界をやや上に調整した。大きくて強いのは見ればわかるが、敏捷かどうかについてはまだわからない。とはいえ、きょうのような日にレザージャケットを着ている人間というのは、蒸し暑さのような瑣末なことには気づきもしないか、もしくは快適さより見た目の印象のほうがはるかに重要だと宣言しているも同然だった。

この男は天候のことなど屁とも思わないくちだろう、とわたしの勘が告げていた。なかに入ってきた男は、やや首をのばすようにしてわたしを探した。壁際から自分に銃を向けているのをようやく見つけると、男はにっこり笑って軽くうなずいてみせた。

「どうも」

「ドアを閉めろ」わたしは言った。

「はいはい、閉めようと思ってたんだ」男は背中を見せてドアを閉め、向きなおって折り畳み式ベッドのほうを指し示した。「座ったほうがいいか?」

「まだだ。ジャケットを脱げ。ゆっくりだ」

「はいはい」男は同じ言葉をさっきより穏やかに繰り返し、ジャケットを脱いで床に落とした。

「両手を頭に載せて組んでから、まわって見せろ」

男は肩をすくめてから、言われたとおりにした。体には武器も盗聴器も、無線機らしいものもつけている様子はない。

「もう座ってもいいぞ」わたしは言った。男はベッドに近づきはじめ、途中までいったところでわたしは言い足した。「そこでいい」

「床に座れって?」

「そういうことだ」

男はまた肩をすくめ、床に腰を降ろした。

わたしは壁に背中をつけたまま、目と銃を男から離さずにドアまで移動した。

「鍵もかけといたぞ」ノブに手をのばすわたしを、男が見ている。「危害をくわえに来たわけじゃないんだ」

「感謝するよ」と言って、ともかくもドアを確かめた。鍵をかけたというのは本当だった。わたしはドアから離れ、壁沿いを奥にもどり、男から三メートルの距離をとったところで、ふたたび視界の高さを調整した。「あの女に言われてきたのか？」

「ターシャのことかい？」

「あの女をそう呼ぶんであればな」

「そうだ。ターシャに言われてきた」

「それでおまえは何者だ？」

「ここに寄ってあんたをある場所に連れて行くよう頼まれたんだ」

「その辺まではだいたいわかってる。おまえはだれなんだ？」

「ダンだ」

「ロシア人なのか、ダン？」

「ああ、いや、おれはグルジア人だ」

「グルジア人か、悪かった。では、ダンというのは正式には、なんだろう、ダニロフか？」

男は嬉しそうな顔をした。「合ってるよ、正解だ」

「〝ターシャ〟とはどういう知り合いなんだ？」

「友だちさ」

わたしは笑わないでおくことにした。

ダンは左手首にはめたプラチナ製のでかい腕時計をあらためると、床から立ち上がろうとしはじめた。「もう行かないと」

「立てとは言わなかったぞ」

脅しを含ませたくらいで男の動きは止まらず、それはつまり、撃たれることを恐がっていないか、ドラマの影響下にある人間の脅しなど見せ掛けに決まっていると見抜いているかのどちらかだった。男は屈んでジャケットを拾い、いったん振って床の上のなにかで汚れなかったかどうか確認すると、袖を通してドアに向かった。ノブに手をかけて立ち止まり、またしてもわたしに笑顔を向ける。

「頼むよ」ダンは言った。「もう出ないと時間に遅れちまう。銃は持ってていいから」

そしてドアをくぐってしまい、残されたわたしはついていくよりほかはなかった。

15

ダンの愛車であるプラチナ色のメルセデス・ベンツ・コンプレッサー・コンバーテイブルは腕時計の色と完璧な調和を見せており、ダンはそのトップをおろして、雨が降りそうなのも意に介さぬ様子で転がしていた。ステレオが耳を聾するよりもわずかに控えめな音でラップ・ミュージックをがなっているのは、行き交う者すべてと音楽を分かち合いたいという思いからであるらしい。片手運転で左腕をドアの外にぶらさげたダンは、ビートにあわせて車を叩いていた。

「なんか飲むかい、ミスタ・コディアック？」最初の信号で停まったとき、ダンが訊いてきた。

「結構だ」とわたしは言った。

ダンは体をひねり、わたしの席の後ろの空間に手をのばしてごそごそしはじめた。信号が変わるとちらりと上を見あげ、クラッチを離して発進し、両の太腿でステアリングを操っている。探し物が見つかるまでにさらに数秒を要し、やっとまえを向いたときには水滴の浮いたバド・ライトふた缶を片手につかんでいた。ひとつがこちらの膝に転がされ、冷たい水滴が一瞬でわたしのパンツに滲みこんだ。手に残ったほうのプルトップを、ダンが歯で引きあける。まだ車のステアリングにはいずれの手も使われていなかった。

口の開いたビールの缶が原因で車を停められたらどうなるのだろうかと思いながら、わたしは渡されたビールを拾って、また座席の後ろにもどした。

ダンは笑って煙草に火をつけ、わたしが見ているのに気づくと、「なんだい？」と訊いた。

「あんたにはびっくりだな」

おそらく半分ほどの量を一気に飲んでから、ダンが訊ねた。「なんで？」

「彼女はこんなにずさんじゃない」

ダンはにわかに真面目な顔になった。「おいおい、ちがうよ、ミスタ・コディアック。おれはずさんじゃないぞ。おれはブルックリンのどこに警察がいて、どこにいないかを知ってるんだ。この辺にゃまったくいないんだよ。ターシャだって、おれが頼まれたことはする男だと信頼してくれてる」

「で、おれになにをしろと頼まれたんだ？」

ダンはそれには答えずににっこり笑い、次の歌がはじまると一緒に歌いだした。ニ

着いた先はブライトン・ビーチで、それについては意外でもなんでもなかった。

ューヨーク・シティでは、そこがロシアマフィアの主要居住地のひとつであり、ダンは体じゅう〝マフィーヤ〟の徴《しるし》だらけだったのだから。コニー・アイランド病院にほど近い食料雑貨店の入口で店の真正面に違法駐車したダンは、エンジンが切れると同時にドアを越えて外に飛び降りた。歩道で丁重に待っているのでわたしも降りていくと、ダンは店のガラス扉を大きくあけて支えてくれ、わたしが入るとすぐ後ろについてきた。

あまり感じのいい店ではなく、棚に乱雑に積まれた食料雑貨は埃まみれだったし、陳列棚の果物や野菜はあと数分もしたら腐りだしそうだった。薄汚れた防弾スクリーンの後ろで仕事をしているレジ係は十代の少女だったが、鮮やかな赤い口紅とアイシャドウを塗っているせいで顔全体として結核患者のように見える。

ダンはわたしの肩に手を置いてそっと前方にうながし、その少女にロシア語かウクライナ語かグルジア語でなにやら話しかけた。つっけんどんな返事にダンが声を荒らげると、少女はそれ以上なにも言わなかった。ダンのほうに向けて、世界のどこでも意味の通じる仕草で二本の指を振りたててはいたが。

店の奥に鉄の扉があり、ダンはわたしの横から手をのばしてそれを押しあけると、くぐれというように押しやった。奥の部屋は店の倍ほども広く、別の男ふたりがフォーマイカのテーブルを囲んで、いくつもの段ボール箱に立てかけたフラット画面のテレビでメッツの試合を観戦していた。段ボール箱には、どれもちがう家電メーカーのラベルが貼られている。男はふたりとも、こちらを見ようとはしなかった。

左を見ると上につづく階段があり、ダンに上がるよう促されて、わたしは足をかけた。状況から察するに、とりあえずいまのところドラマはわたしを動かしておこうとしているだけなのだろう。おそらくさんざんあちこちひっぱりまわされたあげくには、どこかに落ち着くのだろうと思われた。

そこはカーペットを敷いた受付エリアで、剝がれかけた黄とオレンジの花模様の壁紙が真新しい革のカウチ三点と受付デスクを囲んでいた。すぐそばの窓はオレンジ色の塗料でガラスを塗り潰してあり、窓付けのエアコンが唸っている。緑色のカーペットは、古いけば織りで染みだらけだった。

デスクのまえに四十過ぎの肥った白人女が座り、着ている派手なピンクのタンクトップが、きょうは一日ブラ無しで過ごすつもりだという事実をさらけだしていた。手元にダイエット・コークの缶を置き、同じく電話とインターコム、そしてロシア語の日刊紙も一部ひらいて置いていた。退屈した顔でわれわれを迎えた女は、ダンに気づくと表情を変え、にっこり微笑んだ。

ダンはわたしの肩に右腕をまわしかけ、女と早口で話しながら、親しげにわたしを揺さぶってみせた。聞きながらうなずいていた女は、話が済むとインターコムのボタンを押して、早口でなにかを伝えた。

ほとんど間《ま》を置かずに奥のドアがひらき、せいぜい十八歳にしか見えない若い女が、下着のカタログで見るときのみ扇情的に映るような代物を身に着けて姿をあらわした。髪は黒く、それがゆるやかに顔を縁どり、もしここ以外の場所で見たとしたら美人だと思っただろうが、ここでもその域にかなり近いところにいた。着ている服の生地から体全部が透けて見える。乳房はいまだ重力に屈しておらず、乳首はエアコンの風にあたってつんと立っている。陰部はかろうじて紐つきの黒い超ビキニで隠してあった。

女はドアの入口で立ち止まり、片腕をドア枠についてポーズをとると、わたしに後ろ姿が見えるように反転した。小柄で細い体をしており、一方の太腿に青痣があった。爪は全部——手の爪も足の爪も——赤く塗ってあった。

「カトリーナだ」ダンが言った。「あんたはこの子と行ってきな」

自分が売春宿にいることに気づき、ここから先の展開を察して、わたしは言った。

「いや、結構だ」

そして右足をダンの足の甲めがけて踏み降ろした。その攻撃は効いたようで、すくなくともダンはうめき声をあげ、反転してこちらの腹に膝を食らわせようとしたが、わたしは体をひねってダンのつかんだ手から逃れた。膝蹴りをはずしたダンは、こんどは右手でわたしのジャケットの襟をつかみ、後ろにそれ以上退がることを阻んだ。Ｈ＆Ｋを構えようとすると、ダンの左手にそれをつかまれ、猛烈な力でまたたくまに下方向にねじられて、手を離すか、トリガー・ガードにかかった人差し指を引きちぎられる危険を冒すかのふたつにひとつしかなくなった。ふたりのあいだに銃が転がった瞬間、わたしは前に飛びだして額を相手の鼻にぶつけた。ダンはよろめいたがつかんだ襟は放さず、左ですばやく二発、腎臓を狙った反則パンチを右脇腹に繰りだしてきた。火照りと痛みが腹部を交互に襲い、膀胱の感覚を危うく失いそうになりながら、この世の最悪の瞬間に余計なことを考えてしまう一部の脳が、これまでの人生でこれほど強く殴られたことがあっただろうかと思い巡らせていた。

ダンはまだ襟を握っていた。わたしは両腕を相手の腕に持ちあげながら体をねじって無理やりはずそうとしたが、二発のキドニーパンチに両脚が翻弄されていたのか、踵を返しかけたところでダンが体重を移動し、わたしはデスクに投げ飛ばされて、デスクの角が腹に思いきり食いこんだ。体を折ると、ダンの左手が顔をしたたかにデスクに叩きつけ、その衝撃でダイエット・コークの缶が倒れた。炭酸の水溜まりがわたしの目や髪に流れこみ、手を持ち替えたダンは両手で頭を押さえこむようにして全体重をそこにかけ、両の親指が右こめかみに食いこんでいくのが感じられた。
目のまえにいくつもの光の点が泳ぎはじめた。片側の鼻腔にコークが流れこみ、炭酸が焼けるように沁みて、咳きこみながらもがいたが、ダンは力を緩めようとはしなかった。

「二度とやるなよ、いいな？」その口調は、わたしに体よりも気持ちを傷つけられたかのようだった。たぶんそうだったのだろう。

じっさい選択肢などなかった。わたしはうなずこうとしたが、いまのこの体勢ではあきらかに無理だと気づき、同意の声を絞りだした。ふたたびダンは手を持ち替え、片手は頭を押さえて親指に圧力をくわえたまま、もう一方の手を脚のあいだに這わせてスミス&ウェッソンを探しあてた。それを脇に投げたのち、すべてのポケットをあらためにかかり、財布とナイフと、きょう一日で溜まった紙片のすべてを没収した。

すっかり丸腰になったことを得心すると、ダンは手を離した。わたしは屈辱と怒りと相当量の苦痛を感じながら、なんとか体を押しあげた。カトリーナはまだドアの入口にいて、恥ずかしそうに赤く塗った足の爪を見つめている。太った女はこんなことは日常茶飯事であるかのように、さっさと濡れた机を拭きにかかっていた。

ダンがわたしの両肩をつかんでまっすぐに立たせ、手を離すまえにわたしの眼鏡の位置をなおした。ダンの口と鼻からは血が流れていたが、またとない楽しい時間を過ごしたかのようににっこり笑っている。

「よし、これでまた友だち同士だな？」ダンが訊いた。

わたしは鼻から炭酸を追いだすべく、くしゃみをした。「友だちだ」とわたしは言った。

ダンはふたたびわたしの肩に腕をまわし、ふたり一緒にカトリーナについて奥に入った。

部屋にはクイーンサイズのベッドとバーカウンターがあり、錆の浮いた鏡が天井にかかっていた。ヘッドボードとフットボードには、毛皮の縁飾りがついた革製の枷がとりつけてある。さらにカウチがあり、ソニーのテレビと東芝のビデオデッキがあり、凝ったコーヒーテーブルがあり、安物の合板の衣装箪笥があった。これまでの人生でさまざまな経験を積んではきたが、売春宿に入ったのはこれがはじめてであり、どうもわたしには人がこの手のことを本当に好きになれるとは信じられなかった。

カトリーナは部屋を横切ってもうひとつのドアまで歩いていき、あけたドアを押さえると、一緒に来いと手招きした。そこはバスルームで、主だった設備は一段高くなったジャクージだけだ。反対側の壁にはシャワーがとりつけられ、そのふたつを隔てているトイレとシンクはどちらもブラシでこすったほうがよさそうだった。ここにもまた、いくつもの鏡が備わっている。

わたしがなかに入ると、すぐにカトリーナは上着を脱がしにかかった。

「やめてくれ」とわたしは言った。

カトリーナの注意はこちらの胸に向けられたままで、わたしには理解できない言葉で優しく囁きながら、また上着を剝ぎとろうとした。わたしはその両手をつかまえ、小さくて冷たいと思いながら、目と目を合わそうとした。

「おれは服を脱ぎたくない」わたしは言って聞かせた。

カトリーナは振り返って入口に立っているダンを見やり、何語か知らないがここの人間がみんな使っているらしい言葉でなにか言った。鼻と口をハンカチで拭っていたダンは、唸るような返事をした。

「脱がなきゃだめなんだ」ダンが手に持った布についている血の染みをあらためながら言った。「彼女に手伝ってもらうのが嫌なら、おれが手伝う」

わたしの声に苛立ちがのぼる。「女と寝たいなんて思っちゃいない」

カトリーナは視線をわたしからダンに移し、またわたしにもどすと、ふたたびなにかを囁いた。その言葉にダンが首を横に振って応じる。カトリーナはその動作で納得したらしく、わたしの顔の側面に手をのばすと、さっきの炭酸が乾いた部分に触れてきた。

「ね？」とカトリーナは言った。「これ？　そう？」

「べつにファックはしなくてもかまわないんだ」ダンが言った。

わたしはカトリーナの手を払いのけた。そっとやろうとしたが、じっさいには怒りに制御が利かなくなりそうになっていた。わかったのかわからないのか、どちらにしろカトリーナはからかうようにその仕草を真似て、それからジャクージに歩み寄ると縁に腰かけた。

「選択肢は与えたぞ」ダンはもういちど鼻をハンカチで押さえたのち、几帳面に畳んで尻ポケットにしまった。「なあ、ミスタ・コディアック、こういうことなんだ。あんたはここで二、三時間過ごすことになる、いいか？　五時間か六時間になるかもしれない。代金はすべてこっち持ちで、宿の看板娘といちばんいい部屋をあてがわれる。至れりつくせりで、なにもかも支払い済みだぜ」

「おれはそんなこと――」

「ああ、わかってる、したくないんだろ。いいんだ、あの子を抱かなきゃならないとか、そういう話じゃない。ただ、あんたの服はもらわなきゃならないんだ」

ジャクージに足を浸したカトリーナが、湯をぱちゃぱちゃ蹴っている。

ダンは真顔でじっとわたしを見つめ、その目にわたしが最初の時点で読みまちがえていたものが見えた。いまのこの男がやくざ者であったとしても、それはずっとそうだったわけではない。その表情はどことなくムーアを思い起こさせた。

これこそわたしの恐れていた事態であり、きっと起こるとわかっていたことで、もしまたこの男と殴りあうことがあろうと、まず結果に変わりはないだろうと確信があった。ただそのときはダンも、われわれが〝友だち〟でありつづけるかどうかを気にしたりはしないだろう。服をもらうとダンが言った時点で、一枚残らずという意味だということはわかっていた。いちどこの手を離れたが最後、永久にもどってくることはなく、たぶん燃やされるか捨てられてしまうはずなのもわかっていた。追跡機もまた、隠しもっておく術はない――ダンが見ているまえで、とりはずして体のどこかに隠すことなどできるはずがなかった。

これまで追跡機が作動しつづけ、ナタリーかコリーが位置の特定に成功してくれたことを、だれかが向かってくれていることを祈る以外に、わたしにできることはない。

「わかった」とわたしは言った。

ダンがほっとした顔をして、急いでジャクージのほうになにか伝えると、カトリーナが湯からひらりと脚を抜いてドアの裏側に手をのばし、そこにあるフックからタオル地のバスローブをひっぱっておろした。上着を脱ぎ、次にシャツを脱ぐと、防弾チョッキを見たカトリーナがダンになにやら感想を言っている。ダンが答えると、その説明なら完璧に納得がいくという顔でカトリーナはうなずいた。

素っ裸になったわたしは、バスルームの中央に立った。ふたりともわたしを見ていたが、まだ羞恥心を覚えるには腹が立ちすぎていると思い、まっすぐ見返してやった。カトリーナがローブを持って進みでようとすると、ダンが制止した。

「時計を」ダンが要求する。「ピアスもだ」

オリスのベルトをはずし、手渡しながらわたしは言った。「そいつはあとで返してもらいたい」

ダンは手のひらで時計を裏返してうなずいたが、その時計を目にすることはもうないだろうと、わたしはほぼ確信していた。

ピアスのほうはまったくの別問題だった。ふたつのフープは十二年前にはじめてつけて以来、まだ一度もはずしたことがなく、穴のなかでは問題なく動いているが、シンクの鏡の助けを借りてもいっこうにはずせなかった。わたしの指は輪の切れ目を塞いでいる小さなビーズの上を滑るばかりで、はずそうにもつまむことすらできないのだ。二分近くも素っ裸で耳をひっぱって格闘していると、カトリーナがかわいそうに思ったのか、持っていたバスローブをシンクに掛けて手伝いにやってきた。フープをしっかりつまむためには、わたしにもたれかからねばならず、体温と体温が触れあい、乳房が腕と胸に押しつけられて、わたしの体が反応した。

ようやくふたつともはずれると、カトリーナはそれをダンに渡し、わたしにはローブを差しだした。

「けつの穴になにか突っこんであるものは？」ダンが訊いた。

その質問を文法的に解析するのに一秒を要した。「いいや」

「本当のことを言ってるのか？　それとも調べてみたほうがいいか？」

「本当のことを言ってるさ」

ダンは山羊髭を撫でていたが、やがて片手を差しだした。「あと、眼鏡ももらっておこうか。あとで返すから」

眼鏡を渡してしまうと、こんどこそ素っ裸になった気がした。

「よし、これでいいぞ、さてと」ダンは言った。「風呂にでも浸かるか、シャワーでも浴びてくれ。カトリーナはずっと一緒にいるから」

ダンが出ていったあとでドアを閉めたカトリーナは、ジャクージにもどって身に着けていたわずかばかりの衣装をはぎとると、湯に体を沈めて、あえぎとため息を漏らした。

「あなた、はいる？」そう訊かれ、カトリーナの手がぼんやり動くのが見えて、おそらくわたしをそばに呼ぶ手招きだったのだろうと想像した。「こっちに、ダー《イエス》？」

わたしはそうする代わりにシャワーを浴びた。

バスローブを着てシャワーから出てみると、カトリーナはベッドに仰向けに寝そべって、ヘッドボードからのびた手枷をぼんやりといじっていた。髪は丁寧に乳房の上に撫でつけてあった。わたしが首を横に振ってみせると、ようやく彼女はこちらがその体を使う意図のないことを察してくれたようだった。ベッドから降りたカトリーナは、衣装簞笥から適当に服をひっぱりだして、カットオフのジーンズと黄色い〈パワーパフ・ガールズ〉のTシャツを着てから、カウチに移ってMTVのスイッチを入れた。しじゅうこちらに目を走らせては、なんどか片言の英語でわたしと話そうとし、なにかほしいものはないか訊ねてくれたが、そのたびにわたしはノーと答えた。

部屋にはビデオデッキのほかに時計らしきものはなく、デッキの時刻もセットされていなかった。テレビの内容から考えて一時間以上が経ったと思われるころ、デスクにいた女がわたしの眼鏡を持って様子を見に入ってきた。眼鏡はかけるまえに確認したが、とくに変わった様子もなさそうだった。カトリーナと太った女はわたしのことをとおぼしき短い会話を交わし、年上の女のほうがいくつか興味深い仕草をしながら、がっかりしたか、少なくとも不愉快そうな声を漏らしていたが、それがカトリーナに対してなのかわたしに対してなのかは知る由もなかった。話を終えると、女はわたしとカトリーナを残してまた出ていった。

この場所はあきらかに待機所であり、ゲームの次の段階——理想を言うならレディ・アインズリー＝ハンターの返還——にわたしを進める準備が整うまで、ドラマがわたしを一時保管しておくための場所だった。少しでも同じ場所に長く留まっているほうが、だれかに探しあててもらえるチャンスは大きくなる。探しあててからどうするかは、だれが上に立つかによるだろうが、現場指揮を引き継いだムーアの可能性が高いという気がした。ブリジットならなにをおいてもわたしの救出に駆けつけようとするだろうが――その部分でわたしに借りがあると感じ、その負い目に苦しんでいるように思える――ムーアの場合は監視を仕掛け、わたしがふたたび動きだすまで待とうとするにちがいない。

わたしが最初に考えたのもそれだった。

だが午後のいつごろからか、ひょっとしたらブリジット以外のメンバーと連絡がとれなくなったのは、単純な無線のトラブルだけではないなにかがあったのではないかと、わたしは考えはじめていた。ダンに会うまで、わたしはドラマが単独で仕事をしているという考えにかなりの自信を抱いていた。単独であれば同時に二ヵ所に存在することは不可能であり、墓地にいながら、同時にムーアやデイルやコリーに危害をくわえられる位置にいることはありえないと高をくくっていた。しかし、ダンの存在はドラマに人脈があることを、その連中とともに仕事をする意思がドラマにあることを意味し、すなわちなんらかの方法を用いてだれかにわたしの友人を排除させることも可能になってくるのだ。

そんなことを考えているときに、カウチに座って過剰生産されている薄暗い画面の音楽映像をまたひとつ眺めるという行為は、とても耐えられるものではなかった。わたしは立ち上がり、うろうろと部屋を歩きまわりはじめた。簞笥をあけてのぞきこみ、自分に合うものがないか探してみる。だが、破らずに身に着けられるものがないばかりか、だいいち自分の性別に適したものが一枚もなかった。この部屋から脱出する計画も練ってはみたが、そんなことをすれば途方もない苦痛を味わう羽目になるか、さらに悪いことに意識を消失させられる事態になりそうな気がしてならなかった。意識を失うのは嫌だ——なにひとつ見逃したくはなかった。

長い監禁状態のおかげでかなり真剣に頭がいかれてきたようだと思いはじめたそのとき、ドアがひらいて〈ギャップ〉の紙袋を抱えたダンがもどってきた。

「服だ」そう伝えてから、ダンは袋をベッドに放った。「急いでそいつを着てもらえないかな、すぐ行かなきゃならないんだ」

ダンがカトリーナのほうを向き、ふたりが話をはじめたのをよそに、わたしは袋の中身をぶちまけた。もともと着ていた服は一枚もない——すべてが新品だった。包装紙に包まれたままの替えの下着セットもあり、ナイキのスニーカーが入った箱もあった。下は黒のカーゴパンツで、上は左胸にポケットのついたシンプルな白いTシャツ。ベルトまで用意されていた。

すべてがぴったりで、ダンとカトリーナがしゃべり終わったときには、わたしも服を着終えていた。

「おれの時計は？」わたしは訊いた。

「申し訳ないが」

「あの時計は三十歳の誕生日に親父がくれたものだ。返してもらいたい」

「時計のことはターシャと話をしてくれ、な？」

「本人と会うことになってるのか？」

「すぐにな。もうすぐだ」ダンはわたしを品定めして気に入ったような顔をした。

「カトリーナが言ってたが、触りもしなかったそうだな」

「嘘をついてるんだ。激しすぎてベッドを壊しちまった」

ダンは笑った。「ああ、そうだろうとも、わかったわかった。それじゃ行こう、ついてきてくれ」

「ついていくとも」わたしはそう言い、そのとおりにしたら、はじめここに来たとき階下《した》で見かけたふたりの男と、ドアを出てすぐにぶつかった。

完全にわたしのミスだった。自分で守りを下げてまんまと相手の懐に飛びこんでいき、男ふたりに両手をつかまれると同時に、振り返ったダンからみぞおちに強烈な一発を打ちこまれた。息が詰まり、バランスの大半を失い、どちらもまだとりもどせないでいるうちに、ダンは眼鏡を奪ってポケットにしまった。別のポケットから黒い布袋をとりだすと、ダンはそれをわたしの頭にかぶせて縛り、抗議の声をあげる暇もなければ、抵抗など問題外だった。

「すまないな」とダンは言った。「時間の節約なんだ」

そしてなにかがわたしの後頭部にあたり、頭を包んだ布の黒い色を見るだけでなく、まったく別の闇を見ることになった。

16

ダンは意識を呼び覚ますのにアンモニアを使い、割ったアンプルが鼻の下で振られると、衝撃と痛みが鼻腔を貫いて強制的にわたしの目をひらかせた。見当識を失っていたのはわずかな時間で、最大でも数秒のことだったが、まずとっさに閃いたのは闘うことで、自分に苦痛をおよぼしているその男にわたしは殴りかかろうとした。拳固が顎をとらえ、ダンはうめいてアンモニアをとり落とし、こちらの両腕をつかんだ。さらに二秒ほどダンに怒鳴られつづけ、やっと相手がなにを伝えようとしているのかを理解した。

「いまから彼女に会うんだぞ！」ダンは言っていた。「はやく、もう行かなきゃだめだ、ミスタ・コディアック！　おれにかかってくるのはやめろ、もう行くんだ！」

わたしは抗うのをやめ、目のまえの顔を認識しようとした。なにか硬いものの上に仰向けになっており、体を起こそうとすると、ダンにまた突きもどされた。ダンの姿は見えづらく、その向こうは完全に真っ暗で、また眼鏡を失ってしまったのだと思い知らされた。

「もう気が済んだか、おい？　もう殴りかかったりしないか？」

「もうしない」わたしは同意した。

ダンは手を離し、頭を低くした構えの姿勢にもどった。ジャケットのポケットから、わたしの眼鏡を抜きとってはじめて、自分が配達トラックかなにかの荷台にいることに気がついた。それをかけてはじめて、鼻腔に消え残っていたアンモニアでくしゃみが出て、頭の割れるような痛みが走って泣きたくなった。

「吐きそうか？」ダンが訊いた。

「いや」わたしは痛みを和らげようと額をさすった。「殴り倒す必要はなかったろうに」

ダンはまたもやすまなそうな声をだした。「ターシャの命令だ。また通りに連れだして、車で長いこと移動するんで、ターシャはあんたをしゃべれる状態にしておきたくなかったんだ、わかるだろ」

「猿轡《さるぐつわ》をすればよかったんじゃないのか」

「殴り倒せと言われた。おれは言われたとおりにするのみさ」

ダンはわたしの横から手をのばしてヴァンの後部扉を押しひらき、下に降りると、わたしに手を差しのべた。わたしはその手を無視し、脚を順にゆっくり降ろしてから外に出た。

もう夜で、どれだけ遅い時間かはわからなかったが、気を失っていたあいだに雨が降ったらしく、周囲のあらゆるものが光を反射して輝いていた。湿った空気が糞尿や腐った食べ物の悪臭を立ちあげ、周囲を見渡すと彼方に長く延び広がるマンハッタンと水面が見えて、においのもとはハドソン川だと気がついた。通りの角の標識によれば、いまいる場所はフランク・シナトラ・パークらしい。

「ホーボーケンか」

「ホーボーケンだ」ダンが陽気にそれを認め、後部扉を音高く閉めた。それからわたしの立っている場所までまわってきて、紙のランチバッグを渡してよこし、横をすり抜けて運転席に乗りこんだ。

「待てよ」わたしは言った。

「いいや。待つのはおしまいだ」そう答え、ダンは片手でエンジンをかけながら、もう一方の手でドアを勢いよく閉めた。そして、あいた窓から身を乗りだした。「会えてよかったよ、ミスタ・コディアック」

なにを思ったか、わたしは差しだされた手を握っていた。わたしの表情かそれとも握り方だったのか、そのいずれかにダンはもういちど笑い声をあげ、それからヴァンのギアを入れて発進した。テールライトがブロックを下っていき、やがて遠くの角を滑らかに曲がって消えるまで、わたしはじっと見守っていた。

ほかにだれかがいるような気配はなかった。二隻のボートがハドソンに浮かんで水面をけだるげに進み、三十四番ストリートのヘリポートから離昇するヘリコプターの航行灯が見える。数秒後にローターの回転音が耳に届いてまた消えていった。ホーボーケンにいると幹線道路を走る車の音が聞こえるが、さほど走っているような様子がないところを見ると、もう真夜中過ぎかもっと遅いのだろう。北を見ると、ハドソン川をジョージ・ワシントン橋《GW》の照明がまたいでいた。そばの路肩に車が二台駐まっていたが、持ち主たちの姿はどこにも見あたらなかった。一台はフォード・エスコートで、そのライセンス・プレートから、墓地を出るときに乗ったものと同一であることがわかった。

手に紙袋を持っていたのを思いだし、あけるならいまだろうと判断した。中身は一本の鍵と、またしても安っぽいモトローラのトランシーバー——今回は青——と、わたしの腕時計だった。鍵はエスコートに合致した。

手首に時計をはめ、ポケットに鍵をしまい、公園の隅にあったごみ箱に袋を捨ててから、トランシーバーの電源を入れた。送信ボタンを押す。

「着いたぞ」わたしは言った。

「知ってるわ」ドラマが言った。「頭の具合はどう？」

「痛いさ。もうそろそろ終盤か？　長い一日だったが」

「おたがいにね。その質問が彼女を引き渡す用意ができたかという意味なら、答えはイエスよ。どんなふうにやるか説明していいかしら？」

「お願いするよ」

「いまわたしはアキュラシー・インターナショナルＡＷＭの後ろに座っていて、その銃口があなたの警護対象者の頭を狙っているの。あなたがわたしの言うとおりに動くかぎり、照準をあわせる以上のことはしない。でも……」

「わかった」

「わかってくれると思ってたわ。彼女のいる場所まで案内するから、トランシーバーの電源はつけたままにしておいてね。まず、向かって左に折れたら角まで進んで。ずっと側道をいくのよ。角にきたら右に曲がってそのまま歩きつづけて。止まる場所にきたら知らせるわ」

左折は公園から出ることを意味し、ハドソン川を背にして三番ストリートを二十メートルばかり歩くことになった。わたしの右側には最上部に鉄条網を渡したネットフェンスが二メートル半の高さにそびえていた。フェンスの向こうの暗がりには、かつて埠頭や倉庫のあった空間が見えたが、いまはただ、ひび割れた舗装路が果てしなく広がるなかに錆だらけの足場部材が散らばり、コンクリートの割れ目を押しあげて生える性根の据わった雑草がはびこっているだけだった。

指定された角はリヴァー・ストリートにあたり、右に曲がってもフェンスはまだつづいた。五百メートルほど進んで、深くなった雑草がフェンス越しにあふれるように茂りはじめたころ、フェンスの網にぶらさげた大きな看板があらわれて、このエリアは開発予定地域であり、サウス・ウォーターフロント云々という名称で〝生まれ変わります〟と宣言していた。その話は新聞で読んだことがあるが、じっさいにこの場所に来たのははじめてだった。大規模な建設工事がこのエリアで計画され、そのほんの一部としてシナトラ・パークも組みこまれるという話だ。まもなくオフィスビルやホテルが乱立しはじめる予定で、トランプやレフラックといった最大手の不動産業者が資金提供をすることになっている。証券取引所をニューヨークからこの場所に移そうかという話まで持ちあがっていたが、まずそんなことにはならないだろう。

「ダンのことをどう思った？」ドラマが訊いた。

「おもしろい男だ」わたしは言った。「ターシャというのは？」

「たんなる名前のひとつよ」ドラマはすげなくやり過ごした。「いまの位置からあと五メートルほど進むと、フェンスに穴のあいた場所があるの。這ってなら通れるはずよ」

一分後、雑草に隠れていた裂け目が見つかった。周辺の地面にはガラスの破片やごみが幾重にも積もり、それでもその裂け目をくぐろうと思えば腹這いでいくほかはないので、とにかくゆっくりいくことにした。すぐ近くでドラマがライフルを構えているとわかっていても、いまは錆びた釘で破傷風になるほうが恐ろしかった。最後に予防注射をしたのがいつだったかもわからないのだ。

やっと穴から抜けて立ち上がり、体をはたきながら周囲を見渡した。すぐそばに送電線の鉄塔が対をなしてそびえ、コンクリート・スラブがそれをどっしりと支えていた。その向こうには打ち捨てられた機械片や、壊れて錆びたいくつもの部品が散らばっている。鉄塔のひとつをまわりこむと、周囲一帯が見渡せた。すくなくとも百メートル四方に遮蔽物と呼べるものは見あたらず、街灯こそ辺りを照らす役目をほとんど果たしてはいないが、暗視装置や赤外線で見ている者なら、なんの造作もなくわたしの姿を特定できるにちがいなかった。

「まえに進んで、海に向かうつもりで」

わたしはがらくたのいちばん大きな山を避けるようにして歩いた。ひらけた場所に抜けたころ、雷の音が聞こえ、遠くの雲間に稲光が踊った。わたしの心臓は胸のなかで驚くほど落ち着いており、呼吸もらくだったが、それをどう解釈したものかわからなかった。ドラマはこちらを視界にとらえているにちがいなく、自分はいま警護対象者のすぐ近くまできているはずで、心底怖くてしかるべきだった。だが、怖くないのだ。

「止まって。左へ」

散らばったごみの向こうに目をやると、壊れかけた桟橋が北側奥のフェンスまで連なっているのが見えた。その際《きわ》から八百メートルほど離れているだろうか、水の真上に張りだした低い建物があり、建物と東側の急な斜面とのあいだに一本の道がのびていた。斜面にナトリウム灯の光輪がいくつも並んで見えたが、照明そのものは見えなかった。

ドラマはその斜面のどこか高い場所にいるにちがいなく、おそらく自分はいま、まっすぐにドラマを見ているのだろう。

「あなたの正面に灯油のドラム缶があるわ」ドラマが言った。「彼女はそのなかよ」

トランシーバーを下げるとドラム缶が見え、わたしは歩み寄った。蓋があいているのは近づく途中でわかったが、内部《なか》はのぞきこむほど近づかなければ見えず、のぞいた瞬間にアントニア・アインズリー＝ハンターが目に入った。黒い布袋で頭を覆われ、縛られて震えていた。

「アントニア」わたしは言った。「アティカスだ、おれだよ」

その声に彼女は弾かれたように頭をあげ、覆われた目でわたしを見ようとした。うめくような声が発せられ、猿轡も嵌められているのだと気づく。モトローラにクリップが付いていたので、それでベルトに掛けてから、アントニアに手をのばした。

「いまからきみに触れる」わたしは言った。「フードをとるぞ」

アントニアがうなずこうとし、また声を出したが、まわりを囲む金属で増幅されてやっと聞こえた程度の声だった。すでに嫌というほど触られたくない手に扱われているのを知っているから、努めてそっと触れるようにし、首まわりにきている布袋の端に指先を這わせて結び目が見つかるまでたどっていった。結び方は単純だった。すぐにほどいて袋を引き抜き、地面に投げ捨てた。

アントニアの目には言い知れぬ感謝の表情が浮かんでいたが、涙はなかった。口にボールギャグが嵌められており、それはあとでもいいと判断したわたしは、脇の下に手を差しいれにかかった。本人も少しでも動いて手を貸そうとしたが、動きたくてもその隙間がなく、最終的にわたしの折り曲げた上半身がまるごと一緒になかに入った状態になって、ようやくしっかり手がかかった。円筒部の縁《ふち》を体に引っ掛けて自分の体重を支え、そこにアントニアをずりあげるようにして、一度にわずかずつ後退しながら彼女の体を抜いていった。ようやく体の大部分が外に出てきたと思ったそのとき、ついにドラム缶が転倒し、コンクリートに叩きつけられる金属の虚ろな音が響き渡って、そのあとを次の雷が追いかけた。

立つことができないアントニアを地べたに降ろし、両脚をまっすぐ体の前にのばしてやった。紐で両手両脚を縛られていたが、こちらもさほど複雑な結び方ではなく、まず四肢を自由にしてやって、そのあとギャグをはずした。はずれたとたん、アントニアは上体を折って咳きこむように空えずきを繰り返し、横にしゃがんだわたしはその背中に手を置いた。アントニアは喉を詰まらせ、咳をしながら、なおもしゃべろうとしている。わたしは両手で手早くその体を探り、怪我がないか確かめた。わたしの見るかぎりでは、三十六時間近い拘束による影響と考えられる以上に傷ついている様子はなかった。

「まず息をするんだ」わたしは言った。「もうだいじょうぶだから、とにかく息をしろ」

なんとか言葉を発せられる程度に呼吸がおさまってくるまで、そこから一分かかった。「ここから連れだして」ようやくそう言った声はしゃがれていた。

少しでも落ち着きをとりもどし、立ち上がってみようという気になるまでに、ほぼ十分を要した。ドラマはずっと沈黙を保っているが、見張っているのはわかっていたし、照準器の十字線がまだ令嬢に重なっているのもわかっていた。アントニアはようやく立ちかかったが、まだ手を貸してやらねばならなかった。最初の一歩を試しに踏みだすと、とたんに転びそうになって支える羽目になった。

「だいじょうぶよ」アントニアの声は嗄れ、しばらく使っていないせいで慣れていない感じがした。「ちゃんと歩いてみせる」

「ゆっくりでいいで」

「いいえ、もう行きたいの。ここから出たくてたまらない」

「わかった」わたしは腕を貸してやり、一緒にフェンスへと歩きはじめた。

「一緒に行ってもらうわけにいかないわ」ドラマが穏やかに言った。

その声はレディ・アインズリー＝ハンターに即時効果をもたらし、極度の疲労や痛みも忘れてわたしから飛びすさった彼女は、狂ったように声の出どころを探した。退がるときに壊れたパイプを踵がかすめ、転ぶ寸前にわたしがその体をつかまえた。

「トランシーバーだ」そう説明し、混乱していまにもパニックに陥りそうな様子を見守りながら、手を添えてまっすぐ立たせてやった。「だいじょうぶだ、きみに手出しはさせない」

「どこに……あの女はどこ？」

「わからない」片手でアントニアを抱いたままベルトのモトローラをはずし、送信ボタンを押して言った。「車まで送っていく」

「だめよ」きっぱりと拒絶しながら、ドラマの穏やかな声は変わらない。まるで反抗的な生徒を諭す教師の口調だった。「場所を伝えて、鍵を渡してあげなさい。一緒に行かせるわけにはいかないの」

わたしはアントニアを背後に退がらせ、遠い斜面とのあいだに自分が立った。

「アティカス」

「言われたことは全部やってきた」わたしは言った。「望みのものをくれてやる。だが、おれの望みはこれだ。おれはどうしても彼女を車まで送り届けなければならないし、車が走り去るのをこの目で見届けなければならない。それがおれの仕事なんだ」

モトローラが静かになった。

「すべて失うことになるぞ」わたしは言い足した。

「彼女が行ってしまえば、あとはこちらの望みのままだと？」

「そう言ったはずだ」

さらなる沈黙。

「ひとつ条件があるわ。彼女に約束させてほしいの、車に乗ったらまっすぐあなたのアパートメントに向かい、到着するまではだれが呼んでも停まらず、だれとも接触しないことを」

「いいとも」

「本人の口から言わせてちょうだい」

わたしはモトローラをアントニアに差しだした。「まちがいなく言われたとおりにすると、言ってやってくれ」

「一緒には来てくれないの？」

「あとから追いかける」わたしは言った。

「どういうことか理解できないわ」

「きみは約束するしかないんだ」

「約束するわ」アントニアが言い、そしてもういちど同じ言葉をトランシーバーに繰り返した。「約束する」

「それなら行ってきなさい」とドラマが言った。


車まであと半分というところで瞬間的に稲妻が閃き、割れるような雷鳴が轟いた。降りだすと同時に雨は土砂降りになり、地面に叩きつけるような重い雨滴がふたりをずぶ濡れにして、わたしの新しい服にもどっぷり水を含ませていった。腕にしがみついたままのアントニアは置いた足の前に次の足を置く作業に没頭していたが、やがて訊ねられたわけでもないのに話しはじめた。

「エレベーターも、明かりが消えたのも、あの音も覚えてる。そのあとは、なにもかもが恐ろしいほど支離滅裂だったわ。あの女に縛られているときに目が覚めて、叫ぼうとしたけど猿轡を嵌められていて。自分の居場所すらほとんどわからなかったの。あの女はなにひとつ教えてくれなかったわ、アティカス。理由さえ教えてくれなかった。なにも言おうとしなかったの……」

最後の角を曲がって公園にもどるころには、アントニアは自力でトラウマを脱出し、もう脚もふらふらではなくなって、ひとりで歩こうという意思が見られた。車にたどりつくと、わたしはポケットから鍵をとりだしてドアをあけ、運転席に乗りこむアントニアに手を貸した。助手席にはいつのまにかドラマが〈トリプル・A〉の地図をひらいて置いていったようで、一本のルートが蛍光ペンでなぞってあった。崩れるように運転席に座ったアントニアは、しばらくダッシュボードの上を見つめたまま手首を順番にさすっていたが、やがて地図に気づいた。

「ドラマの指示だ」わたしは説明した。「おれの自宅までの帰路が記してある」

「みんなになんて伝えればいいの?」アントニアが訊いた。車のルーフを叩く雨音で、声が聞きとりづらかった。

「わからない」本当のことだから、そうとしか言えなかった。

アントニアがわたしの顔を探っている。「彼女はあなたを殺すつもりなんでしょう?」

わたしはなにも言わなかった。この頭に弾丸を叩きこむためだけにしては、ドラマはずいぶんと手のかかることをしている気がしたが、この夜がどんな終焉を迎えるかで賭けをする気もなかった。

「アティカス——一緒に来て」

わたしはアントニアの手に車の鍵を押しつけた。「ホーランド・トンネルを通って帰るんだ。さあ令嬢、もう行かなきゃだめだ」

その手にわたしが置いた金属片を、そんなものは生まれてはじめて見たという顔で眺めていたアントニアは、やがてそれをイグニションに挿しこんだ。エンジンがかかり、わたしは片手をドアにかけたままで一歩退がった。

「シートベルトを締めないと」わたしは言った。

アントニアは笑おうとしたが、頼りなげな笑みを浮かべるのが精一杯だった。ベルトをしっかり締めて、アントニアは言った。「ありがとう」

「またいつでも、きみのためなら」わたしはドアを閉め、車からあとずさった。窓を流れ落ちる雨滴越しに、最後にもういちどアントニアがわたしを見た気がしたが、同時にヘッドライトが点いて車は走りだした。

エスコートが雨と闇に消えてしまうと、わたしは踵を返してドラマが待っている斜面へと引き返しはじめた。

水の上に佇《たたず》むレストランのすぐ先の駐車場で、ドラマはわたしを出迎えた。そのレストランもフランク・シナトラにちなんで名づけられているとわかり、きっとドラマはシナトラのファンで、だからこんな場所を選んだのではないかと、しばしそんなことを考えた。だが、すぐにそうではないと気がついた——この場所を選んだのは、北方向のやや東寄りにスティーブンス工科大学のキャンパスがあり、そこからなら下でなにが起こっているか一望のもとに見渡せるからだ。

エスコートからこの場所まで歩いてもどるのに十二分と少しが経過し、そのあいだにいくぶん雨足が弱まりはじめ、いつのまにか雷も遠くで響く不規則な唸りに変わっていた。稲妻はもうどこにも見えなかった。ドラマからの指示はひっそりと沈黙し、あとどのくらい進めばいいのかすら、なにも教えられないままだった。

レストランの北側にまわったところでドラマからの指示が入り、右に折れてハドソン川に近づき、モトローラを川に投げ捨てるよう命じられた。言われたとおりにしてから振り返ると、そこにドラマがいた。レストランの日除けの下、影のない場所に立っていた。どうやらすぐ横を通ってきたのに、気づきもしなかったらしい。

そのままわたしとのあいだに一定の距離をとるものと思っていたが、ドラマはまっすぐこちらに歩み寄り、途中でいっとき立ち止まって、自分のモトローラをわたしに倣って川に投げ捨てた。捨てたあとの両手は空っぽのように見えた。

過去にふたりがここまで接近したときは、常にドラマは顔を隠していた。だが今回、その手間ははぶかれていた。荒れ果てた桟橋では不在だった恐怖が、ここへきて存在を主張しはじめ、ずぶ濡れのシャツの下で心臓が外に飛びださんばかりの勢いで搏《う》っていると感じたのは誇張でもなんでもない。両手の震えをなんとか止めようと、握ってはひらきながら、いま自分がここではなくどこか別の場所に、暖かく乾いていて生き延びられる場所にいるならどんなにいいかと思っていた。

ドラマの容貌はほぼ記憶していたとおりで、そのことにわたしは驚いていた。なんども繰り返し描写させられているうちに、じっさいには知りもしない詳細まででっちあげている気がしはじめていたのだ。身長はわたしよりやや低い程度で、細身だが肩幅は広く、上半身の強さを感じさせる。着ている服はごく普通のもので、ジーンズとシャツに、青か黒かわからないが布地のジャケットを羽織っていた。髪はベリーショートに刈られ、さっき後ろを向いたときには、首の後ろを剃りあげるほど短くしてあるのが見えた。

いつ立ち止まるかと待っていると、そのまままっすぐ近づいてきて、やがて腕を完全にのばさなくとも触れられるくらいの距離までくると、じっさいに彼女は左の手のひらをわたしの胸に押しあてた。濡れた布地を通して、手の熱い感触が伝わってくる。その行為自体に敵意はなんら感じられなかったが、わたしは震えあがり、動くことも彼女から目をそらすこともできなかった。

しばらくたがいに相手を見据えていた。

ドラマは豊かな口元と、細い顎と、小ぶりですらりとした鼻をしていた。目は大きめで、まばたきをせず、明かりが弱くて色まではわからなかった。頭の両側に張りつくような小さな耳をし、宝石のたぐいはつけていなかった。頬骨が高く、そのせいでどこから見ても顔全体がシャープに映った。

「わたしの名前は、アリーナ・シズコワよ」彼女は言った。

わたしの口がひらき、自分の声が聞こえた。なんと言ったかは憶えていない。

左の太腿に小さく、焼けるような痛みを感じ、勇気を出して見おろすと、彼女が針を引き抜くのが見え、その手から注射器が落ちるのが見えた。細いプラスティックの使い捨ての注射器で、プランジャーは最後まで押し下げてあり、それがふたりの見おろす舗道に落ちて、着地と同時に水溜まりの水をかすかに跳ねあげるのをこの目で見ていた。

ふたたび目を上げて、わたしは言った。「そんなふざけた方法で殺すのか」

彼女がまばたきをした。口の端が動き、唇がわかれ、頭が後ろに傾いて、彼女は笑いだした。わたしの口に泡が溜まりだし、おかしくなどないと言って、彼女をつかまえようとし、まだ胸に置かれていたその腕をつかんだ。彼女は一歩退がり、わたしは少しでも前にでてもういちどつかみかかろうとしたが、右脚はそれを理解したのに、左脚がいまある場所からどうしても動こうとせず、とうとうわたしは濡れたアスファルトに片膝を落とし、そして両膝をつき、さらに両手をついた。

ドラマはこんなおかしい光景は見たことがないというように、わたしの死を笑っていた。

（下巻へつづく）

|著者|グレッグ・ルッカ　1970年、サンフランシスコ生まれ。ニューヨーク州ヴァッサー大学卒。南カリフォルニア大学創作学科で修士号を得る。1996年、プロのボディーガードを主人公にした『守護者（キーパー）』でデビュー、PWA最優秀処女長編賞候補に。その後『奪回者』『暗殺者（キラー）』と快調にヒットを飛ばす。『暗殺者』の1ヵ月後から始まる番外編的作品『耽溺者（ジャンキー）』に続く作品が本書である。

|訳者|飯干京子　1964年、兵庫県生まれ。英米文学翻訳家。

逸脱者《いつだつしゃ》(上)

グレッグ・ルッカ｜飯干京子《いいぼしきようこ》 訳

講談社文庫

定価はカバーに表示してあります

2006年1月15日第1刷発行

発行者――野間佐和子
発行所――株式会社　講談社
東京都文京区音羽2-12-21　〒112-8001
電話　出版部（03）5395-3510
　　　販売部（03）5395-5817
　　　業務部（03）5395-3615

デザイン―菊地信義
本文データ制作―講談社プリプレス制作部
印刷―――豊国印刷株式会社
製本―――株式会社国宝社

Printed in Japan

落丁本・乱丁本は購入書店名を明記のうえ、小社業務部あてにお送りください。送料は小社負担にてお取替えします。なお、この本の内容についてのお問い合わせは文庫出版部あてにお願いいたします。

ISBN4-06-275307-3

講談社文庫刊行の辞

二十一世紀の到来を目睫に望みながら、われわれはいま、人類史上かつて例を見ない巨大な転換期をむかえようとしている。

世界も、日本も、激動の予兆に対する期待とおののきを内に蔵して、未知の時代に歩み入ろうとしている。このときにあたり、創業の人野間清治の「ナショナル・エデュケイター」への志を現代に甦らせようと意図して、われわれはここに古今の文芸作品はいうまでもなく、ひろく人文・社会・自然の諸科学から東西の名著を網羅する、新しい綜合文庫の発刊を決意した。

激動の転換期はまた断絶の時代である。われわれは戦後二十五年間の出版文化のありかたへの深い反省をこめて、この断絶の時代にあえて人間的な持続を求めようとする。いたずらに浮薄な商業主義のあだ花を追い求めることなく、長期にわたって良書に生命をあたえようとつとめるところにしか、今後の出版文化の真の繁栄はあり得ないと信じるからである。

同時にわれわれはこの綜合文庫の刊行を通じて、人文・社会・自然の諸科学が、結局人間の学にほかならないことを立証しようと願っている。かつて知識とは、「汝自身を知る」ことにつきていた。現代社会の瑣末な情報の氾濫のなかから、力強い知識の源泉を掘り起し、技術文明のただなかに、生きた人間の姿を復活させること。それこそわれわれの切なる希求である。

われわれは権威に盲従せず、俗流に媚びることなく、渾然一体となって日本の「草の根」をかたちづくる若く新しい世代の人々に、心をこめてこの新しい綜合文庫をおくり届けたい。それは知識の泉であるとともに感受性のふるさとであり、もっとも有機的に組織され、社会に開かれた万人のための大学をめざしている。大方の支援と協力を衷心より切望してやまない。

一九七一年七月

野間省一

講談社文庫 最新刊

安野モヨコ
美人画報ハイパー
キレイへの最短かつ最速の道、見イつけた!? 美容の道は女道! 爆走する人気エッセイ!!

重松 清
ニッポンの課長
21世紀の課長21人を突撃ルポ。その意外な仕事とは? 彼らの元気の原動力を徹底解明!

北方謙三
試みの地平線〈伝説復活編〉
「ソープに行け!」など数々の名言を残した青春人生相談の決定版が、今よみがえる!

衿野未矢
依存症がとまらない
誰もが心に抱えている依存が依存症に変わる時を丹念なルポで解き明かす。文庫書下ろし

童門冬二
日本の復興者たち
三菱の岩崎弥太郎、早稲田の大隈重信、ダルマ蔵相・高橋是清。3人の掲げた強烈な理想。

大橋巨泉
巨泉流 成功! 海外ステイ術
セミ・リタイアを実現した著者が、誰にでも可能な〝ゆったり海外生活〟の実践法を伝授。

村野 薫
死刑はこうして執行される
急増する死刑執行。いま現場で何が起きているのか。判決から絞首台へのプロセスを詳述。

近藤史人
藤田嗣治「異邦人」の生涯
日本を飛び出し、独特の画風で世界を魅了した、天才・藤田嗣治の真の姿に迫る渾身作。

L・M・モンゴメリー
掛川恭子 訳
アンをめぐる人々
『アンの友だち』に続いて、アボンリーの村人たちの15の愛情物語。完訳版全10巻完結。

ロバート・ゴダード
加地美知子 訳
最期の喝采
舞台俳優の妻をつけ回す男の真の狙いとは!? 巨匠が放つ最もスピーディーなサスペンス。

グレッグ・ルッカ
飯干京子 訳
逸脱者(上)(下)
要人の誘拐事件で火蓋を切った、プロのボディーガードとプロの暗殺者の壮絶なる闘い!

講談社文庫 最新刊

佐藤雅美 **疑惑** 〈半次捕物控〉
女房の志摩が家に帰ってこない。〝疫病神〟蟋《こお》蟀《ろぎ》小三郎に寝盗られたのか。半次は悩みこむ。

津島佑子 **火の山——山猿記(上)(下)**
火の山（富士山）の麓に生きた一家の6代にわたる生と死の記録！　野間文芸賞受賞作。

南里征典 **寝室の蜜猟者**
貿易商の若妻の激しい求めに応じるリゾート会社の営業マンほか、充実の官能ワールド！

森村誠一 **殺意の造型**
家族の団欒に割り込む老婆、愛犬と愛猫のために復讐する男——殺意が醸成されるとき。

和久峻三 **京都冬の旅殺人事件** 〈赤かぶ検事シリーズ〉
雪の渡月橋を一望する旅館の古井戸から女性の死体が。起訴されたのは人気俳優だった。

池井戸潤 **仇敵**
地方銀行の庶務行員が、かつて追われたメガバンク上層部の腐敗追及に再び立ち上がる！

松浪和夫 **非常線**
同僚殺しの濡れ衣を着せられた元SP。コカインの闇にひそむ敵との、たった一人の戦い。

本格ミステリ作家クラブ・編 **死神と雷鳴の暗号** 〈本格短編ベスト・セレクション〉
目前にそびえたつ謎また謎。非情の論理が唸りをあげる！〈本格〉の最先端がここにある。

藤沢周平 新装版 **決闘の辻**
宮本武蔵、神子上典膳、柳生宗矩など、有名剣客の生涯最高の決闘シーンを描く短編集。

京極夏彦 分冊文庫版 **絡新婦《じょろうぐも》の理《ことわり》(一)(二)**
房総の女学校、聖ベルナール学院で次々と起こる殺人。刑事・木場は謎の目潰し魔を追う。

島本理生 **リトル・バイ・リトル**
淡々と流れゆく日常を明るく照らし出す日射しのような、第25回野間文芸新人賞受賞作品。

講談社文芸文庫

丹羽文雄
鮎・母の日・妻
丹羽文雄短篇集
解説・年譜＝中島国彦
非情な冷徹さで眺める作家の〈眼〉は、生母への愛憎、老残の母への醜悪感を鮮烈に描く。処女作「秋」から出世作「鮎」、後半の「妻」に至る丹羽文学の傑作短篇十篇。
にB1　198430-6

篠田一士
三田の詩人たち
解説＝池内紀　年譜＝土岐恒二
明治以降の詩的創造の重要な結節点に位置する久保田万太郎、折口信夫、佐藤春夫、堀口大學、西脇順三郎の五人に永井荷風を加え、現代詩の全貌を明かした名講義録。
しN1　198429-2

河井寛次郎
蝶が飛ぶ　葉っぱが飛ぶ
解説＝河井須也子　年譜＝鷺珠江
陶芸家としての名声に背を向け同志柳宗悦等と民芸運動を立ち上げる。職人仕事や工業製品に美を発見、自由奔放な作陶を貫いた河井の味わい深い随筆・談話を精選。
かK2　198422-5

海外作品

小説

グレッグ・アイルズ 雨沢　泰訳　24時間
グレッグ・アイルズ 雨沢　泰訳　沈黙のゲーム(上)(下)
グレッグ・アイルズ 雨沢　泰訳　戦慄の眠り(上)(下)
グレッグ・アイルズ 雨沢　泰訳　魔力の女
レニー・エアース 田中　靖訳　夜の闇を待ちながら
D・エリス 中津　悠訳　覗く。(上)(下)
リチャード・P・エヴァンズ 笹野洋子訳　クリスマス・ボックス
チャールズ・オズボーン 羽田詩津子訳　招かれざる客〈アガサ・クリスティー〉
エイミー・ガットマン 坂口玲子訳　不確定死体
S・カミンスキー 中津　悠訳　消えた人妻
S・クーンツ 北澤和彦訳　キューバ(上)(下)
D・クロンビー 西田佳子訳　警視の休暇
D・クロンビー 西田佳子訳　警視の隣人
D・クロンビー 西田佳子訳　警視の秘密
D・クロンビー 西田佳子訳　警視の愛人
D・クロンビー 西田佳子訳　警視の死角
D・クロンビー 西田佳子訳　警視の接吻
D・クロンビー 西田佳子訳　警視の予感
D・クロンビー 西田佳子訳　警視の不信
W・グルーム 小川敏子訳　フォレスト・ガンプ
ウィリアム・K・クルーガー 野口百合子訳　凍りつく心臓
ウィリアム・K・クルーガー 野口百合子訳　狼の震える夜
ロバート・クレイス 村上和久訳　破壊天使(上)(下)
ロバート・クレイス 村上和久訳　ホステージ(上)(下)
D・クーンツ 田中一江訳　汚辱のゲーム(上)(下)
D・クーンツ 田中一江訳　サイレント・アイズ(上)(下)
M・クーランド 吉川正子訳　千里眼を持つ男
J・ケラーマン 北澤和彦訳　モンスター〈臨床心理医アレックス〉
テリー・ケイ 笹野洋子訳　そして僕は家を出る(上)(下)
J・コーゾル 公文俊平 藤原作弥 訳　ドル大暴落の日〈ハードランディング作戦〉
P・コーンウェル 相原真理子訳　検屍官
P・コーンウェル 相原真理子訳　証拠死体
P・コーンウェル 相原真理子訳　遺留品
P・コーンウェル 相原真理子訳　真犯人
P・コーンウェル 相原真理子訳　死体農場
P・コーンウェル 相原真理子訳　私刑
P・コーンウェル 相原真理子訳　死因
P・コーンウェル 相原真理子訳　接触
P・コーンウェル 相原真理子訳　業火
P・コーンウェル 相原真理子訳　警告
P・コーンウェル 相原真理子訳　審問(上)(下)
P・コーンウェル 相原真理子訳　黒《くろ》蠅《ばえ》(上)(下)
P・コーンウェル 相原真理子訳　痕跡(上)(下)
P・コーンウェル 相原真理子訳　神の手(上)(下)
P・コーンウェル 相原真理子訳　スズメバチの巣

講談社文庫　海外作品

B・ブロンジーニ　木村二郎訳　幻　　　影
マイケル・フレイズ　西田佳子訳　天使の悪夢(上)(下)
ジム・フジッリ　公手成幸訳　N　Y　P　I
A・ヘンリー　小西敦子訳　フェルメール殺人事件
A・ヘンリー　小西敦子訳　ミッシング・ベイビー殺人事件
ジェイムズ・W・ホール　北澤和彦訳　豪華客船のテロリスト
C・J・ボックス　野口百合子訳　沈　黙　の　森
C・J・ボックス　野口百合子訳　凍　れ　る　森
スジャータ・マッシー　矢沢聖子訳　月　殺　人　事　件
S・マルティニ　斉藤伯好訳　弁　護　人(上)(下)
マーシャ・マラー　古賀弥生訳　沈　黙　の　叫　び
フィオナ・マウンテン　竹内さなみ訳　死　よ　り　蒼　く
P・マーゴリン　井坂　清訳　女　神　の　天　秤
C・G・ムーア　井坂　清訳　最　後　の　儀　式
キャシー・ライクス　山本やよい訳　骨　と　歌　う　女
P・リンゼイ　笹野洋子訳　目　　　撃

P・リンゼイ　笹野洋子訳　宿　　　敵
P・リンゼイ　笹野洋子訳　殺　　　戮
P・リンゼイ　笹野洋子訳　覇　　　者(上)(下)
P・リンゼイ　笹野洋子訳　鉄　　　槌
ギリアン・リンスコット　加地美知子訳　姿　な　き　殺　人
スー・リム　野間けい子訳　オトメノナヤミ
G・ルッカ　古沢嘉通訳　守護者《キーパー》
G・ルッカ　古沢嘉通訳　奪　回　者
G・ルッカ　古沢嘉通訳　暗殺者《キラー》
G・ルッカ　古沢嘉通訳　耽溺者《ジャンキー》
D・レオン　北條元子訳　ヴェネツィア殺人事件
D・レオン　北條元子訳　ヴェネツィア刑事はランチに帰宅する
N・ロバーツ　加藤しをり訳　スキャンダル(上)(下)
N・ロバーツ　加藤しをり訳　イリュージョン(上)(下)
N・T・ローゼンバーグ　吉野美耶子訳　不　当　逮　捕
ピーター・ロビンスン　幸田敦子訳　誰もが戻れない

ピーター・ロビンスン　野の水生訳　渇　い　た　季　節
キム・S・ロビンスン　赤尾秀子訳　南　極　大　陸(上)(下)

ノンフィクション

W・アービング　江間章子訳　アルハンブラ物語
P・コーンウェル　相原真理子訳　真　相(上)(下)〈"切り裂きジャック"は誰なのか?〉
M・セリグマン　山村宜子訳　オプティミストはなぜ成功するか
ユン・チアン　土屋京子訳　ワイルド・スワン 全三冊
ニルソン他　松山栄吉訳　生　ま　れ　る〈胎児成長の記録〉
J・ラーベ　E・ヴィッケルト編　南　京　の　真　実
J・D・ワトソン　江上・中村訳　二　重　ら　せ　ん

児童文学

エーリッヒ・ケストナー　山口四郎訳　飛　ぶ　教　室

2005年12月15日現在